Christian Försch

DER TOTE AM LIDO

atb aufbau taschenbuch

Christian Försch, Jahrgang 1968, lebt seit 1995 zwischen Berlin und Italien, dessen Landschaften und Menschen er in seinen preisgekrönten Radiofeatures und Filmdokumentationen porträtiert. Er hat u. a. die Kriminalromane von Claudio Paglieri sowie Paolo Sorrentinos Roman »Ragazzi, was habe ich verpasst?« übersetzt. 2011 erschien Lunaus erster Fall unter dem Titel »Acqua Mortale«. »Ein rasanter Krimi, der Italien so zeigt, wie es wirklich ist.« (ZEIT Online)

www.christianfoersch.de

Kaspar Lunau kehrt nach Italien zurück, um mit seiner Lebensgefährtin Silvia und deren Kindern ruhige Tage am Meer zu verleben. Das Ferienidyll ist jedoch nur von kurzer Dauer, denn vor den Augen der Kinder wird die verstümmelte Leiche eines Schwarzafrikaners angespült. Lustlos nehmen die Behörden die Ermittlungen auf, für die Presse ist der Fall schnell klar: ein illegaler Einwanderer, Opfer eines Arbeitsunfalls.

Zwar hat Lunau seine Zweifel, doch um des lieben Friedens willen lässt er die Finger von der Geschichte. Bis eine junge Prostituierte bei ihm erscheint, sich als Verlobte des Toten ausgibt, um Hilfe bittet – und spurlos verschwindet. Dann wird in Lunaus Ferienwohnung eingebrochen, und auch Silvias Tochter Sara ist verschwunden ...

Lunau begegnet einer unsichtbaren Macht, gegen die er mit legalen Methoden keine Chance hat. Die Zeit läuft ihm davon, und er muss sich entscheiden: Will er seine Prinzipien retten? Oder Sara, Silvias achtjährige Tochter?

»Der Tote am Lido« ist ein Italienkrimi der Extraklasse, der kenntnisreich und packend die Schattenseiten des heutigen Italien entlarvt.

Christian Försch

DER TOTE AM LIDO

KRIMINALROMAN

atb aufbau taschenbuch

FSC
www.fsc.org
MIX
Papier aus verantwortungsvollen Quellen
FSC® C083411

ISBN 978-3-7466-2934-6

Aufbau Taschenbuch ist eine Marke
der Aufbau Verlag GmbH & Co. KG

1. Auflage 2013

Umschlaggestaltung capa design, Anke Fesel
unter Verwendung eines Motivs von
DEA/G. SOSIO/getty images
Druck und Binden CPI – Clausen & Bosse, Leck
Printed in Germany

www.aufbau-verlag.de

»Kannst du denn ertragen, was du siehst? Und kannst du dich ertragen, wenn du wegsiehst?«

Amanda

TEIL I

1

Meseret drückte den Gummiknopf, der Motor erstarb. Die Heckwelle versetzte dem Boot einen letzten Schub, dann glitt es fast lautlos über die ruhige See. Im Dunst tauchte die Plattform auf, wo der Wachmann Dienst schob. Licht brannte, sein Boot schaukelte im sanften Wellengang. Er hatte Meseret nicht bemerkt.

Dieser nahm das Ruder, tauchte es vorsichtig ein und dirigierte das Boot durch die im Mondlicht schimmernden Pfähle, auf denen Möwen saßen, weiß und reglos wie Statuetten. Er nahm den Eisenrechen und fischte nach den großblättrigen Algen, die in nur achtzig Zentimetern Tiefe wucherten, und dem Getier, das unter diesem Teppich vegetierte, Licht und Sauerstoff nahmen. Seine Schultern und Oberarme schmerzten nach dem langen Arbeitstag am Strand und mit der Farbrolle. Aber in seiner Heimat hieß es: »Dein Ziel sagt dir, wie viel Kraft du hast.«

Immer wieder tauchte er den Rechen ein und schaufelte die Algen an Bord. Während sich unter seinen Gummistiefeln ein glitschiger, süßlich riechender Haufen bildete, dachte er an Joy, in deren Augen sich die Farbe spiegeln würde, die er heute auf die Wände aufgetragen hatte. Pistaziengrün, ihre Lieblingsfarbe. Und morgen würden sie Einweihung feiern und Muscheln essen.

Er ließ den Metallkorb hinab auf den Grund, fixierte das Stahlseil an der Bordwand und paddelte vorsichtig, so dass der Korb sich wie ein Schirmanker in die Schicht aus Schalentieren grub.

Meseret sog die salzige Luft und die Würze des Meertangs ein. Er schloss für einen Moment die Augen. Fast wie früher, als er mit seinem Vater hinausgefahren war, um Tintenfische zu fangen.

In der Ferne war ein kräftiger Motor zu hören. Meseret legte das Ruder in den Rumpf und wartete. Es war verboten, in der Nacht mit den Fischerbooten rauszufahren. Wenn die Küstenwache oder der private Wachdienst ihn erwischte, dann kostete das fünfhundert Euro Strafe.

Er starrte in den Nebel, und als die laue Brise eine Lücke riss, sah er das Boot des Wachmanns. Es schaukelte noch immer neben der Plattform. Hatte sich Meseret das Geräusch nur eingebildet? Die Lagune war groß, 26 Quadratkilometer, der Wind trug Geräusche weit über die See.

Eine Möwe, die sich von einem der Pfähle erhoben hatte, ließ sich im Sturzflug auf das Boot fallen, fing sich mit einem Schlag ihrer breiten Schwingen ab und drohte mit ihrem Schnabel.

»Ich habe keinen Abfall«, flüsterte Meseret. »Du musst dich selbst um deinen Fang kümmern, verstehst du? Geh fischen.« Er versuchte, den Vogel zu vertreiben, aber dieser wich dem Rechen mit einem nonchalanten Hüpfer aus und kreischte meckernd.

»Du willst mich auf den Arm nehmen?«, zischte Meseret.

Als wieder Stille herrschte, hievte er den Metallkorb an Bord. Die Muscheln prasselten auf die Algen.

Plötzlich gab es einen metallischen Schlag, die Möwe flog auf, ein heftiger Ruck, Meseret lag auf dem Bauch. Aus dem Augenwinkel sah er den weißen Rumpf einer imposanten Yacht. Sie hatte ihn gerammt.

»He, bist du blind? Was hast du hier verloren?«, rief Meseret zornig, aber er dämpfte seine Stimme, damit der Wächter ihn nicht hörte.

Auf der Yacht stand ein Mann, der beschwichtigend die Hand hob. »Der Nebel, tut mir leid.«

»Sie dürfen hier nicht rein. Sehen Sie die Markierungspfähle nicht?«

»Ich muss mich verfahren haben.« Der Mann startete seinen Motor, kurbelte am Ruder und drehte bei. Dann schaltete er in den Leerlauf, stand auf, ging schwankend am Steuerrad vorbei bis zur Bugspitze und kontrollierte, dass keines der Boote beschädigt war.

»Und?«, fragte Meseret.

»Nichts passiert.«

Der Mann hielt die Hand ausgestreckt, um sich zu entschuldigen.

»Schon gut«, sagte Meseret, der wusste, wie stabil sein Metallrumpf war. »Wo wollten Sie denn hin?«

»Moment«, sagte der Mann. »Ich habe eine Markierung auf der Karte.« Er verschwand in der von getöntem Plexiglas umspannten Kommandobrücke. »Kommen Sie ruhig an Bord.«

Meseret zögerte. Er wollte so schnell wie möglich in den Hafen zurück. Wieso hatte der Wachmann den Zwischenfall nicht bemerkt?

»Was ist?«, fragte der Mann. Und da erkannte Meseret das Gesicht. Noch ehe er auf Abstand gehen konnte, hörte er ein Wuschen, wie wenn eine Peitsche durch die Luft saust. Er wurde am Kopf getroffen, flog nach hinten, spürte, wie sein Ohr am Gashebel entlang schrammte und sein Nacken auf den Sitz prallte. Der Schock lähmte Meseret nur für einen Moment. Dann pumpte der Schmerz das Adrenalin in seine Muskeln, er war wieder auf den Beinen und suchte nach einer Waffe. Er fasste nach dem Enterhaken in der Bordwand. Aber da schlug es mitten in seinem Gesicht ein. Er sah ein Phosphorleuchten. Seine Beine sackten weg.

Er lag auf dem Rücken und versuchte, die Hände vors Gesicht zu bringen. Aber er war zu langsam. Sein Kopf wurde wie ein Pflock in die schmierigen Algen getrieben, bis seine Ohren verstopft waren. Er wunderte sich, dass seine Muskeln nicht mehr gehorchten, dass auch der Schmerz, der in seinen Schädel gefahren war, allmählich erlahmte, während ihn die stählernen Streben, durch die er die Sterne und das zur Fratze verrutschte Gesicht des Mannes sehen konnte, wieder und wieder trafen. Er erkannte den Korb, seinen eigenen Muschelkorb, der sich in die Luft erhob und dann heruntersauste und beim Aufprall ein Geräusch erzeugte, als wäre sein Kopf gar nicht mehr da, sondern nur noch die nassen Algen.

Dieselben Algen wie zu Hause. Dieselben Algen, in denen er als kleines Kind gelegen hatte. Zum ersten Mal mit seinem Vater auf See, wieder und wieder hatte er sich, statt die Netze einzuholen, ins Meer erbrochen und sich dann zitternd und kraftlos auf die schmierigen Grünalgen gelegt, die, nach Öl und Fischblut stinkend, ein kühles Bett bildeten und ihn sanft in eine andere Welt hinübergleiten ließen. Er hatte seinen Vater angestarrt, eine Bitte auf den Lippen, und der Vater hatte nur gelächelt, mit seinem schmalen Schädel auf dem halbnackten Körper, der mit gespreizten Beinen auf den Bordwänden stand und mit der Wade den Außenborder dirigierte. Ein Gott. Bei jedem Augenkontakt lächelte dieser Gott, und je öfter er lächelte, desto größer wurde Meserets Versagen. Dann waren sie an Land, Meseret trug seinem Vater die Gummistiefel und den Enterhaken hinterher. Die Worte kamen ihm undeutlich und stammelnd über die Lippen: »Darf ich morgen wieder mit?« Da war sein Vater stehen geblieben und hatte ihn ernst betrachtet. »Solltest du nicht besser in die Schule gehen?«

Meseret lag auf dem Rücken und spürte die sanfte Dünung. Plötzlich kehrte in seine Hände das Gefühl zurück. Ein stechendes Gefühl. In kleinen Portionen zog man ihm die Haut vom Körper. Dann rutschte er über den Algenberg und schlug mit dem Kopf und den Schultern gegen die Bordwand. Er war verwirrt, dass alles so lange dauerte und so unangenehm war.

»Niemand erlernt einen Beruf an einem Tag. Die richtige Einstellung hast du schon, und bald hast du auch den richtigen Magen«, hatte sein Vater am Ende gesagt.

Mit einem Platschen nahm ihn das kalte Wasser in Empfang, und Meseret wusste, auf eine klare und unaufgeregte Weise, dass er jetzt sterben würde.

2

In warmem Orange krochen die ersten Sonnenstrahlen über die Dünenkämme, zwischen denen sich der Pfad schlängelte. Kaspar Lunau lief in einem gleichmäßigen Rhythmus, seine Sprunggelenke federten auf dem Sand, tief sog er die jodhaltige Luft in die Lungen.

Aus dem Röhricht kamen einzelne Vogelrufe, die Dünung rollte grummelnd heran und lief in zischender Gischt aus. Er trug keine Ohrplugs, sein Gehör funktionierte. Seit vier Monaten und einem Tag hatte er keinen Anfall mehr gehabt, keine akustischen Halluzinationen, keine Überlagerungen von Schallwahrnehmungen. Er genoss, was er hörte, und er dachte an Silvia, die am Frühstückstisch sitzen würde, mit frischen Brötchen, Orangensaft und der Zeitung, in der Dinge standen, die ihn nicht kümmerten.

Dieses Gefühl hatte ich vollkommen vergessen, dachte er, so richtig und einfach fühlt sich wohl an, was man Glück nennt.

Er kämpfte sich eine Düne hoch, erreichte den

Strand und lief auf die Wasserkante, wo der Sand kompakter war, wie frisch versiegeltes Parkett. Bizarr die Silhouetten des Treibgutes: Sonnengebleichte Wurzeln, zertrümmerte Obstkisten, gestreifte Stofffetzen. Er wurde auf einen Ärmel aufmerksam, der in einem verrosteten Klappstuhl hing. Als er näher kam, war es nur eine Windhose, die eine Bö von ihrem Mast gerissen und in einer Laune hierher getragen hatte.

Lunau lief zurück auf die asphaltierte Strandpromenade, begegnete Frühaufstehern, sog den Duft der Bäckereien und Bars ein, und als er durch das Tor der Ferienanlage trabte, war alles so, wie er es sich ausgemalt hatte: Da saß Silvia in ihrem hellblauen Sommerkleid und pumpte mit dem Milchschäumer. Sie lächelte Lunau an.

»Ich geh nur schnell unter die Dusche.«

Als sie einander gegenüber saßen, schenkte er sich Wasser ein, trank es in einem Zug, genoss die kühle Flüssigkeit in seiner Kehle. Er setzte das Glas ab und schaute Silvia an.

»Was ist?«, lachte sie.

»Ich habe nachgedacht.«

»Worüber?«

»Über uns.«

Sie erstarrte in der Bewegung, und er wusste, dass er vorsichtig sein musste. »Ich könnte wieder als freier Journalist arbeiten. Dann könnte ich leben, wo ich will.«

»Du meinst: hier? In Italien?«, fragte sie.

Er nickte.

Sie stand auf und legte ihm von hinten die Hände auf die Schultern.

»Warum wollen wir nicht alles so lassen, wie es jetzt ist?«

»Jetzt ist Urlaub. In zwei Wochen musst du wieder täglich unterrichten, und ich sitze in Berlin in meiner Redaktion.«

»Um halb neun beginnt die Konferenz. Ich muss los.«

Sie drückte ihm einen Kuss auf die Wange und verschwand im Haus.

3

Lunau lag auf der Strandliege und dachte mit Unbehagen an das Gespräch mit Silvia zurück. Dieser Urlaub verlief anders als geplant. Sie hatten die ersten beiden Septemberwochen gebucht, weil Silvia da gewöhnlich noch frei hatte. Doch dann hatte sie überraschend eine Springerstelle in Venetien bekommen, und dort begann das Schuljahr früher. Deshalb war Lunau an diesem Montag mit den Kindern alleine am Strand.

Die munter flatternden bunten Sonnenschirme standen dicht an dicht, darunter noch dichter die Strandliegen, auf denen sich deutsche, polnische, russische und italienische Urlauber räkelten, sich mit Sonnenmilch einrieben, unter ihren Zeitungen schliefen und vor allem: redeten. Über Rabatte bei Autohändlern, Hautkrebsrisiko, das fehlende Aroma bei spanischen Erdbeeren, Überbeine, die Erstkommunion, die Kinder, die den ganzen Tag vorm Computer hockten, die Kinder, die den ganzen Tag am Fernseher hockten, die Kinder, die den ganzen Tag nicht still sitzen konnten und in der Wohnung Fußball spielten …

Lunau hatte den Fehler gemacht, die Zeitung mit an den Strand zu nehmen. Es stimmte nicht, dass die Pressemeldungen ihn nicht tangierten. Es war Wahlkampf in der Provinz Ferrara, und vor sich sah Lunau ein riesiges Porträtfoto von Adelchi Schiavon. »Saubere Lösungen dank sauberer Politik«, stand darüber. Ausgerechnet durch dich, dachte Lunau. Er blätterte den Politik- und den Lokalteil durch, seitenweise gab es Annoncen und Artikel zu diesem »neuen Gesicht« in der Politik. Lunau kannte Adelchi Schiavon. Er war ein zwielichtiger Karrierist. Außerdem der Vater von Amanda. Und jetzt schlug das Unbehagen in Groll um.

Plötzlich verstummten alle Stimmen um ihn her. Der ganze Strand schien den Atem anzuhalten. Dann setzte eine hektische Betriebsamkeit ein. Liegen quietschten, spitze Schreie stachen, Badeschlappen knarrten.

Die Kinder, dachte Lunau. Wo sind die Kinder? Er sprang auf, beschirmte seine Augen gegen die grelle Sonne, aber er sah nur einen wachsenden Pulk aus Leibern, die sich an der Wasserkante drängten.

Wo zum Teufel sind Sara und Mirko? Eben hatten sie noch, mit anderen Kindern, eine Burg gebaut. Von der Burg waren nur noch ein paar Zinnen zu erkennen, der Rest war niedergetrampelt, die Kinder verschwunden. Lunau hatte in wenigen Sekunden das Wasser erreicht. Wo war Saras pinkfarbener Bikini? »*Scusi*, Verzeihung«, rief er und arbeitete sich durch die Menge. Aller Augen waren in eine Richtung gewandt: auf einen schwarzgebrannten Modellathleten, der auf einem rotlackierten Rettungsboot stand und ruderte. Der Bademeister. Ein Mädchen kam schreiend aus dem Flachwasser gerannt, wurde von seiner Mutter umarmt, ließ sich nicht beruhigen.

Wo, verdammt noch mal, waren Mirko und Sara? Vom Heck des Katamarans ging ein Tau ab, an dem die Wellen zupften. Am Ende des Taus hing ein langes, schwarzes Bündel.

Die beiden bananenförmigen Schwimmer des Bootes gruben sich in den Sand, der Bademeister sprang in die Brandung. Lunau ging auf ihn zu, und dann sah er Sara und Mirko, bis zum Knöchel im Wasser. Ein Gefühl der Erleichterung ergriff ihn, bis er erkannte, was die Kinder betrachteten: eine Leiche, durch die die Dünung lief wie der Wind durch eine Flagge am Mast.

Lunau war in zwei, drei Sprüngen bei den Kindern, er ging in die Knie, umarmte sie und drehte vorsichtig ihre Gesichter zur Seite. »Kommt bitte mit unter den Sonnenschirm.« Sie bewegten sich nicht. »Bitte«, wiederholte Lunau.

Zwei Männer hatten sich aus dem Pulk gelöst und wateten auf die Leiche zu.

»Nicht anfassen«, rief Lunau. Die beiden drehten sich nach ihm um, auch der Bademeister, der ganze Strand schaute Lunau vorwurfsvoll an.

»Vielleicht lebt er noch«, rief einer der Männer. Aber der Bademeister schüttelte nur den Kopf und winkte ab.

Lunau zog sein Handy aus der Badehose und wählte den Notruf. Er ging auf den Katamaran zu und sagte zu dem jungen Mann: »Halten Sie die Leute auf Abstand. Wenn Sie sicher sind, dass er tot ist, müssen wir auf die Polizei warten.«

Der Bademeister schaute missmutig. Am Strand hatte *er* die Befehlsgewalt, aber eine bessere Idee als Lunaus kam ihm nicht.

Mirko und Sara hatten sich nicht vom Fleck gerührt. Sie starrten immer noch auf das dunkle Bündel, wie alle anderen. Lunau ärgerte sich über sich selbst, dass er sie nicht sofort weggebracht hatte. Er schob sie sanft vom Wasser weg. »Die anderen Kinder dürfen auch bleiben«, sagte Mirko.

»Das interessiert uns nicht«, sagte Lunau.

»Mich schon«, sagte Mirko.

Sara griff nach der Hand ihres Bruders und zog ihn weiter. »Du hast doch gehört, was Kaspar gesagt hat.«

»Er hat mir nichts zu sagen, er ist nicht mein Vater.«

Nach elf Minuten kam eine Polizeistreife, nach eineinhalb Stunden der Leiter der Mordkommission aus Ferrara. Michele Balboni, ein gutmütiger Mann Ende vierzig. Lunau kannte ihn seit April, er mochte ihn, und er glaubte, dass die Sympathie auf Gegenseitigkeit beruhte. Aber jetzt schaute der Kriminaler ihn misstrauisch an:«Was machen Sie hier?«

»Urlaub.«

Balboni winkte verächtlich ab, hob mit dem Handrücken das Absperrband und betrachtete die Leiche. Irgendwer hatte sie auf den Rücken gedreht. Bekleidet war sie mit Jeans, einem zerfetzten karierten Hemd, Socken und Halbschuhen. Kein Unterhemd, keine Uhr, keine Schmuckstücke. Keine Nase, kein Mund, keine Augen mehr, nur noch ein käsigroter Matsch, aus dem weißlich die Knochen schimmerten. Ebenso fehlten die Fingerkuppen.

Die Verletzungen im Gesicht endeten in roten Striemen, die unter den Ansatz des dichten Haares und über Hals und Brust liefen. Die Leiche war männlich. Hautfarbe: schwarz.

Balboni sah sich um, sah die Schaulustigen, die Frauen, die aufgeregt plauderten, statt ihre Kinder wegzuschaffen. Ein etwa dreißigjähriger Mann in gelbem Sommerjackett, eine Sonnenbrille auf dem kahlgeschorenen Schädel, fotografierte mit seinem Handy.

»Hätte man ihn nicht zudecken können?«, raunzte Balboni einen Brigadiere an.

»Wir haben Anweisung, Leichen nicht zu verändern.«

»Um Spuren nicht zu kontaminieren. Aber der Mann war mindestens drei Tage im Wasser. Mit einem Badetuch können Sie da nichts mehr kontaminieren. Nur ein wenig Taktgefühl beweisen.«

Als die Kriminaltechniker kamen, verließ Balboni den abgesperrten Bereich. Er trat auf Lunau zu. »Also, raus mit der Sprache. Was haben Sie mit der Geschichte zu tun?«

»Nichts. Ich war hier am Strand.«

»Alleine?«

Lunau runzelte die Stirn. Der Ton gefiel ihm nicht. Balboni wirkte seit ihrer letzten Begegnung stark verändert. Lunau war damals durch Zufall in den Mordfall Vito di Natale verwickelt worden. Der Vater von Sara und Mirko hatte ihm das Po-Delta gezeigt, wenige Stunden später war er ertränkt worden. Als Lunau Nachforschungen anstellte, berief Balboni sich zwar immer wieder auf das Dienstgeheimnis, versorgte ihn aber unter der Hand mit dem Obduktionsbericht und anderen Informationen. Von dem jovialen Gemütsmenschen, den Lunau kennen- und schätzen gelernt hatte, war wenig übrig geblieben. Balbonis Wangen waren eingefallen, der Teint fahl, und um den Mund hatte er einen bitteren Zug. Lunau überwand seine Irritation und erzählte das Wenige, das er wusste. »Und, was meinen Sie?«, fragte er am Ende.

»Was soll ich meinen? Sie haben die Fingerkuppen gesehen.«

»Fischfraß war das nicht.«

»Nein.«

»Sie glauben doch nicht ...«

»Was ich glaube, ist meine Sache. Kein Stoff für die Presse.«

»Ich bin hier nicht als Journalist.«

Wieder winkte Balboni ab. »Wo kann ich Sie erreichen?«

»Meine Handynummer haben Sie. Ich bin die nächsten vierzehn Tage hier am Meer.«

Balboni nickte und wandte sich dann dem Staatsanwalt zu, der mit einem Tross an Beamten und Reportern erschien.

4

Am nächsten Tag fuhr Lunau die fünfzig Kilometer Superstrada nach Ferrara, um auf der Questura seine Aussage zu machen. Die Morgensonne blinkte auf den Reisfeldern, die Reiher standen in majestätisch unbequemer Pose im Wasser.

Lunau dachte an die Artikel, die er gelesen hatte. Für die Presse war der Fall auf den ersten Blick klar. Ein illegaler Einwanderer, der sich die Haut an den Fingerkuppen abgetrennt hatte, um sich der Identifizierung und der damit verbundenen Abschiebung zu entziehen, war gewaltsam zu Tode gekommen. Vielleicht von Schleppern erschlagen, vielleicht von einer rivalisierenden Gruppe von Dealern oder fliegenden Händlern. Egal. Das Wort »egal« stand nirgendwo, aber Lunau hörte es heraus. Jährlich starben im Mittelmeer Zehntausende, das »Mare nostrum« war ein Massengrab, das sich zwischen den afrikanischen und den europäischen Kontinent geschoben hatte. Wenn sich ein Grabdeckel öffnete und sich eine dieser zahllosen Leichen den Augen der Badegäste zeigte, dann war das bedauerlich, nach den Gesetzen der Wahrscheinlichkeit aber nicht zu verhindern.

Lunau passierte das herrschaftliche Stadttor, das ihn

an seinen ersten Besuch in Ferrara erinnerte. Damals hatte ihn die eigentümliche Mischung aus mittelalterlichen Gassen und luftiger Renaissancepracht betört, bis man versucht hatte, ihn mit dem Auto zu überrollen. Er fuhr über die schnurgerade Hauptachse Richtung Zentrum, suchte einen Parkplatz, und als er die Wagentür öffnete, schlug ihm eine klebrige Hitze entgegen, wie er sie nur in den Tropen erlebt hatte. Jetzt wurde klar, warum sich alle Ferrareser in den Sommermonaten an die Küste flüchteten. Häuser, Straßen, ja selbst die vertrockneten Grünflächen strahlten eine gallertartige Schwüle ab, die jeden Schritt zur Qual machte.

Die Questura lag schräg gegenüber dem Palazzo dei Diamanti, einem der Wahrzeichen der Stadt, vor dem sich gewöhnlich die Touristen drängten. Aber auch für den Palazzo war Sommerurlaub.

Balboni empfing Lunau freundlich in seinem Büro. Nachdem alle Formalitäten erledigt waren, lud er Lunau sogar auf einen Kaffee aus dem Automaten ein. Auch er schien sich jetzt daran zu erinnern, dass sie schon einen Mordfall gemeinsam aufgeklärt hatten. Auch wenn Balboni auf diese Zusammenarbeit keinen Wert gelegt hatte.

Sie rührten mit dem Plastikstick in den kleinen geriffelten Bechern, in denen die Schaumbläschen kreiselten.

»Und?«, fragte Lunau.

Balboni warf genervt seinen halbvollen Becher in die Mülltone. »Was heißt: und?«

»Wie weit Sie mit den Ermittlungen sind.«

Balboni schüttelte den Kopf. »Die Sache ist verdammt schwierig. Der Mann hatte keine Papiere bei sich, keine persönlichen Gegenstände. Die Kleidung ist billige Importware, vermutlich in Bangladesch produziert und über China vertrieben. Keine Tätowierung, keine Operationsnarbe.«

»Alter?«

»Um die Dreißig.«

»Ja, und weiter?«

»Hören Sie, wir machen unsere Arbeit. Das können Sie mir glauben.«

Lunau hob die Hände. »Niemand stellt das in Abrede.«

Balboni schaute ihn an, die Sehnen am Hals waren gespannt. Wieder war dieser leidende Zug in seinem Gesicht. War er ernsthaft erkrankt?

»Nicht, was Sie denken«, sagte der Ermittler.

»Was denke ich denn?«

»Weil er ein Illegaler war, deshalb interessiert er uns nicht.«

»War er denn ein Illegaler?«

Balboni zuckte mit den Achseln.

»Was ich mich frage: Wieso sich soviel Mühe geben, um das Gesicht eines Menschen unkenntlich zu machen, der sowieso anonym ist?«, sagte Lunau.

»Wie meinen Sie das?«

»Wenn die Vermutungen der Presse stimmen, dann haben wir es mit einem illegalen Einwanderer zu tun, mit jemandem, dessen Papiere vernichtet sind, der sich an den Wänden eines Erstaufnahmelagers die Fingerkuppen abgescheuert hat, damit er nicht identifiziert werden kann. Er ist also namenlos. Wieso dann ein solcher Aufwand, ihm auch noch das Gesicht zu nehmen? Wer hätte dieses Gesicht erkennen können? Andere Illegale, die sich sowieso nicht zur Polizei trauen? Wer konnte dem Mörder gefährlich werden?«

Balboni schwieg.

»Das wird jetzt aber keine Reportage für die deutschen Medien, oder?«

»Ich stelle mir nur die Fragen, die sich aufdrängen. Ist die Haut an den Fingerkuppen vor oder nach dem Exitus entfernt worden?«

Balbonis Gesicht war starr. »Wir haben den Obduktionsbericht noch nicht.«

»Sie sollten auf dieses Detail achten.«

Balboni knurrte einen Gruß und verschwand durch die Tür seines Büros. Die Hand hatte er Lunau nicht gegeben.

5

Lunau lag wieder auf der Sonnenliege und versuchte, sich mit dem Nichtstun abzufinden. Anfangs waren ihm der öde Sandstrand und das grau-braune Wasser wie eine krankhafte Verzerrung vorgekommen, aber da die Kinder ausgelassen im Sand und an den Hüpfburgen spielten und nichts zu vermissen schienen, ließ er sich von der Brandung und der Sonne betäuben. Alle paar Minuten kam ein Schwarzer vorbei, begrüßte

Lunau mit »Capo« oder »Signore«, jammerte, wie schlecht die Geschäfte gingen und wedelte mit grellbunten Handtüchern, Damenhandtaschen, billigem Schmuck oder Kinderspielzeug herum. Jedes Mal wenn Lunau in das Gesicht eines Afrikaners sah, musste er an die Leiche denken, an das gebrochene Nasenbein, die Splitterungen an den Jochbögen.

»Wollt ihr ein Eis?«, fragte Lunau die Kinder, die sich seit dem Fund dem Wasser nur noch selten näherten und meist in der Nähe des Sonnenschirms spielten.

»Ich darf um diese Uhrzeit kein Eis essen, das weißt du genau«, fauchte Mirko und klatschte eine Schippe Sand auf einen Haufen.

»Tut mir leid, ich hatte nicht daran gedacht. Können wir nicht eine Extradosis Insulin spritzen?«, meinte Lunau.

»Das ist schädlich.«, knurrte Mirko.

Lunau wusste nicht, ob das stimmte.

»Ich fänd's toll«, sagte Sara und sprang auf. »Du bist doch nicht sauer auf mich, oder?«

»Nein«, knurrte Mirko.

Lunau streckte ihr die Hand hin, und sie legte ihre schmalen, weichen Finger in die seinen. Er zögerte einen Moment, wollte seine Einladung aber nicht zurückziehen und nahm sich vor, Mirko etwas zum Spielen mitzubringen.

»Bleib bitte am Sonnenschirm, bis wir zurück sind«, rief er dem Jungen zu.

Mirko antwortete nicht. Aber Lunau wusste, dass Verlass auf ihn war.

In der Strandbar suchte Sara sich ein Eis aus, und dann setzten sie sich unter ein Schilfdach, ließen sich die warme Luft um die nackten Beine wehen und genossen den Schatten, während das Geschrei der Badegäste nur noch in lauen Fetzen herübergeweht wurde. Lunau blätterte die Zeitungen durch. Langatmige Interviews mit Kandidaten der bevorstehenden Wahl. Männer in grauen Anzügen hatten sich mit ihren Kindern, mit ihren Ehefrauen und ihren Haustieren fotografieren lassen. Alle lächelten, alle hatten Italien im Sinn. Aber niemand war so oft fotografiert worden wie Schiavon. Wie hatte er das geschafft? Vor drei Monaten war er nur Insidern bekannt gewesen, jetzt schien er auf einmal eine enorme Popularität zu genießen. Was war den Sommer über passiert?

»Und?«, fragte Sara und schaute ihn mit großen Augen an, während ihre knallrote Zunge an dem cremigen Eis schleckte.

»Was: und?«

»Was sagen die Zeitungen zu dem Mann?«

»Sie sagen gar nichts.«

Lunau hatte nicht eine Zeile zu dem Thema gefunden.

»Wer macht so etwas?«, fragte Sara.

Lunau schüttelte den Kopf. »Keine Ahnung. Jemand, der diesen Mann gehasst hat oder eifersüchtig war oder Angst vor ihm hatte.«

»Zappaterra?«

Andrea Zappaterra war der Mann, der Saras Vater umgebracht hatte. Das war erst viereinhalb Monate her, und doch kam es Lunau vor wie in ferner Vergangenheit. Er hatte sogar Mühe, sich das Gesicht des klobigen Kerls vorzustellen, während Vito Di Natale, Saras Vater, seine dunklen Locken und seine kleinen, flinken Augen, denen er nur zwei Mal begegnet war, in seiner Erinnerung lebendig waren. Vielleicht weil Sara vor ihm saß, mit denselben Locken und demselben Blick. »Nein, Zappaterra sitzt im Gefängnis«, sagte Lunau.

»Dann gibt es noch einen Mörder hier.«

Lunau nickte.

»Was macht er jetzt?«

»Keine Ahnung.«

»Versteckt er sich vor der Polizei?«

»Vielleicht. Aber die Polizei weiß nicht, wer es ist.«

»Und du?«

»Ich auch nicht. Sonst würde ich es der Polizei sagen.«

»Aber wenn die Polizei ihn nicht findet, dann kann er auch noch andere Leute umbringen. Auch Mama oder mich.«

»Das wird er nicht. Euch hasst der Mörder nicht.«

»Woher willst du das wissen? Du kennst ihn doch gar nicht.«

Lunau schwieg.

»Oder kennst du ihn doch?«

»Nein. Aber wer sollte euch hassen?«

Sara leckte nicht mehr an ihrem Eis. Lunau ließ den Blick über den Strand schweifen, suchte Mirko, aber die dichten Schirmreihen verdeckten die Sicht.

»Wir gehen zurück.«

»Sag mir erst, ob du ihn kennst.«

»Nein.«

»Aber du würdest ihn gerne kennen.«

»Ja.«

»Dann such ihn doch.«

»Das ist nicht so einfach. Die Polizei kann das besser.«

»Zappaterra hast auch du gefunden.«

»Das war Zufall.«

Sie schüttelte den Kopf.

»Du bist klüger als die Polizei.«

»Bin ich nicht. Frag Mirko, der meint, ich bin sogar dümmer, als die Polizei erlaubt.«

»Er würde dich gerne mögen, aber er kann nicht, weil du nicht Papa bist.«

Lunau nickte und schaute in Saras Augen. Er stand auf, damit er nicht die Fassung verlor. Er dachte an seine eigenen Kinder, die er nur noch am Wochenende sehen konnte, und er fragte sich, ob er nicht nach einem billigen Ersatz suchte. Jette, seine Frau, hatte Fakten geschaffen. Sie hatte Lunaus Kontakt zu Paul und Stefan beschränkt und die Scheidung eingereicht. Jeden noch so vorsichtigen Versuch der Annäherung blockte sie ab. Sara blickte ihn fragend an. Ein ernster Gedanke huschte durch ihre Mimik und brachte sie auf die Idee, dass Lunau Aufmunterung brauchte. Sie zwinkerte und erhob sich, und er war sicher, dass sie für nichts ein Ersatz war.

6

Lunau freute sich auf ein ausgefallenes Mittagsmahl mit Silvia. Er hatte Venusmuscheln besorgt, *Tapes philippinarum*, die Sorte, die nur vierzig Kilometer weiter nördlich, in der Sacca di Goro, der Lagune vor dem Fischerdorf Goro, gezüchtet wurde. Er ließ kaltes Wasser in die Spüle und kippte die Tiere hinein. Mit einer alten Zahnbürste schrubbte er den Sand von den geriffelten, in Braun-, Gelb- und Rotschattierungen marmorierten Schalen. Gleichzeitig setzte er eine Pfanne mit Olivenöl auf. Er sah auf die Uhr: In zwanzig Minuten würde Silvia eintreffen, und bis dahin sollte alles angerichtet sein. Lunau mochte festlich gedeckte Tafeln, blinkendes Besteck auf farbigen Servietten. Als er den Knoblauch schnitt, ging im Wohnzimmer der Krach los. Sara heulte, weil Mirko ihr ein Eselsohr in eine Seite gemacht hatte.

»Stimmt nicht, du dusselige Kuh. Du hast beim Ausmalen dein Buch immer weiter zu mir rübergeschoben, und dabei ist die Seite umgeknickt.«

Lunau sah gerade noch, wie Sara Mirkos Buch gegen die Wand warf, und dann war dieser auch schon über den Tisch gesprungen und hatte Sara den Arm auf den Rücken gedreht.

Lunau wusste, wie reizbar die Kombination aus Sonneneinstrahlung und Hunger machte. Jeden Tag spielten sich die gleichen Szenen ab, und jeden Tag nahm er sich aufs Neue vor, die Kinder nicht einfach vor den Fernseher oder den Nintendo zu setzen.

Lunau trennte die beiden. »Das war sicher nur ein Versehen. Mirko wollte dein Buch nicht kaputt machen.«

»Wollte er doch, weil seins nämlich so langweilig ist.«

»Ist es gar nicht!«

»Hast du selbst gesagt. Jetzt lügst du, weil es ein Geschenk von Kaspar war und er dich hört.«

Sara warf mit einem Buntstift nach Mirko und hätte ihn fast im Gesicht getroffen. Lunau griff sich ihre Handgelenke und schaute sie an. »Das darfst du nicht. Du könntest ihm ein Auge ausstechen.«

»Na und?«

Sie versuchte loszukommen, und Lunau musste fester zudrücken.

»Du tust mir weh. Mirko hat recht. So gemein wäre Papa nie zu uns gewesen.«

Lunau machte sich ein ums andere Mal klar, dass die Kinder mit dem Verlust des Vaters kämpften. Sie schwankten zwischen Anlehnungsbedürfnis und plötzlicher Aggressivität, gerade ihm gegenüber. Er brauchte Geduld und Phantasie.

»Will mir einer von euch beim Kochen helfen?«

Keine Antwort.

»Tischdecken?«

Mirko traf Saras Hinterkopf mit einem Klaps, den sie nicht abwehren konnte, weil Lunau noch immer ihre Hände festhielt.

»Hast du das gesehen? Und du hilfst ihm auch noch!«, schrie Sara.

Lunau kapitulierte. Er holte den Tresorschlüssel aus Silvias Nachtkästchen, ging zurück ins Wohnzimmer und schloss die kleine Stahlluke auf, die hinter dem Fernseher in die Wand eingemauert war. Er nahm die beiden Nintendos und legte sie aufs Sofa.

»Setzt euch hier hin. Ihr dürft so lange spielen, bis das Essen fertig ist.«

»Wow«, rief Mirko. Ein pädagogisches Desaster.

»Aber das ist heute eine Ausnahme.«

»Ist klar«, sagte Mirko zerstreut, während sein Gerät munter losdudelte.

»Und stellt bitte den Ton leise.«

Als Lunau in die Küche zurückgehen wollte, zeichnete sich die Silhouette einer Person im Fliegenvorhang ab. Ein schwarzes Mädchen stand hinter den bunten Plastikstreifen, die es nicht zu berühren wagte.

»Können wir Ihnen helfen?«, fragte Lunau. Wie war die Frau in die geschlossene Ferienanlage gekommen?

»Sind Sie Kaspar Lunau?«, fragte sie.

»Ja. Und Sie?«

Sie schaute sich hektisch draußen um.

»Wollen Sie einen Moment hereinkommen?«

Sie trat durch den Vorhang und sagte: »Danke.«

Lunau schätzte sie auf etwa zwanzig. Sie hatte ein strahlendes Kindergesicht über einem kurvenreichen weiblichen Körper. Nicht einmal die billige Aufmachung mit hochhackigen Schuhen, einem vulgär knappen Kleid und greller Schminke konnten ihre natürliche Schönheit stören.

»Ich bin Meserets Verlobte«, sagte sie.

Lunau schaute sie fragend an. »Meseret?«

»Der Tote«, sagte das Mädchen.

Die Kinder blickten auf. Mit einer Geste bat Lunau das Mädchen in die Küche und zog die Tür zu.

Er hatte den Topf mit Olivenöl auf der Flamme vergessen, und das überhitzte Öl verbreitete einen stechenden Geruch. Lunau nahm es vom Feuer, ließ es abkühlen und warf dann die tranchierten Knoblauchzehen hinein, die sofort zu zischeln anfingen.

»Wie haben Sie mich gefunden?«

»Amanda hat mir die Adresse gegeben.«

Lunau hielt einen Moment inne. Die Gedanken an Amanda verstörten ihn nach wie vor. Unweigerlich fiel ihm zuerst ihr schlanker nackter Körper ein, der grazil und provokant auf dem weißen Flussufer dahin sprintete, in einem irrealen, stahlblauen Mondlicht. Und dann dachte er an ihre Stimme, ihr Gestammel am Telefon. Wie ihre Verzweiflung und ihre Hilflosigkeit in die Routine seines Berliner Büros eingebrochen waren. Ihre Trauer über den Tod ihres Freundes, der noch immer nicht aufgeklärt war. Sie hatte Lunau das erste Mal nach Ferrara gerufen. Nun war er zum zweiten Mal hier, und wieder brach Amanda seine Routine auf. Aber was hatte sie mit dieser nicht identifizierten Leiche zu schaffen?

»Woher kennen Sie Amanda? Und warum schickt sie Sie zu mir?«

»Ich bin Meserets Verlobte.«

»Das sagten Sie bereits. Dann müssen Sie mit der Polizei reden.«

Sie schüttelte den Kopf. Und Lunau meinte zu begreifen.

»Sie haben keine Aufenthaltsgenehmigung?«

»Das weiß ich nicht.«

»Das wissen Sie nicht?«

»Michael hat meine Papiere.«

»Wer ist Michael?«

Jetzt hing der Knoblauch an und roch verbrannt.

»Scheiße«, rief Lunau. Braunen Knoblauch mochte Mirko nicht, er würde wieder maulend im Teller herumstochern, und Lunau würde Mühe haben, die Broteinheiten zu berechnen, die Mirko verzehrt hatte. Mirko war Diabetiker, und es war für Lunau eine völlig neue Aufgabe, rund um die Uhr die Kontrolle über die Insulindosierung zu wahren, die der Junge sich spritzen musste. Lunau warf schnell die Muscheln in die Pfanne, löschte sie mit Weißwein ab und setzte Nudelwasser auf.

»Also noch einmal: Ihre Papiere sind bei Michael, aber Ihr Verlobter hieß Meseret. Und Meseret ist der Tote, der hier angeschwemmt wurde.«

Sie schluchzte.

»Und warum kommen Sie damit zu mir? Hätte nicht Amanda zur Polizei gehen können?«

»Sie sind ein guter Mann.«

»Wer sagt das?«

»Amanda.«

Lunau schaute dem attraktiven Mädchen in die Augen. Sie waren klar, das Weiß wirkte unverbraucht, noch nicht von Drogen zerstört, obwohl sich die Kapillaren jetzt gerötet und die Tränen einen Schleier darüber gezogen hatten. Ich bin kein guter Mann, dachte Lunau, ich bin ein Idiot.

Da ging die Tür auf, Silvia steckte den Kopf in die Küche, schloss die Lider und sagte: »Mhh, das duftet.« Dann öffnete sie die Augen, und angesichts der Schwarzen im Minirock blieb ihr auch der Mund offen stehen. Hinter Silvia stand ein Fremder mit einer Aktentasche. Joys Blick irrte zwischen Lunau und den beiden Neuankömmlingen hin und her, fiel auf die Ledertasche in der Hand des Mannes. Im Nu hatte sie ihre Stöckelschuhe von den Füßen gezogen, und dann rannte sie los. Sie war mit einem geschmeidigen Manöver zwischen Silvia und dem Mann hindurchgewischt, und trotz des engen Rocks hatte sie schnell zehn, zwanzig Meter Vorsprung. Sie rannte über den Rasen und durch die Buchsbaumhecke, mit der die Parzellen an den Ferienwohnungen abgeteilt waren. Sie passierte das Törchen und verschwand hinter einer Mauer.

»Nun warten Sie doch, keine Sorge, das sind …!« Lunau hatte seine Badeschlappen abgestreift und rannte barfuß, so schnell er konnte. Er war gut im Training und zweifelte nicht, dass er sie bald einholen würde. Nachdem er die kleine Ferienanlage durchquert und den Fußweg zum Meer erreicht hatte, sah er sie über die Strandpromenade laufen. Eine kilometerlange schnurgerade Straße, gesäumt von breiten Geh- und Radwegen, vereinzelte Touristen mit Luftmatratzen und Strandtaschen, die unterwegs zur Siesta waren. Joy lief Richtung Süden. Er konnte sie nicht verlieren, doch als sie Lunau bemerkte, bog sie ab. Sie versuchte, ihn im Gewirr der schmalen Wege abzuschütteln, die zwischen den Gartenmauern verliefen. Lunau war schon auf Schlagdistanz. Wenn er sie aus den Augen verlor, musste er nur einen Moment stehen bleiben, um ihre nackten Füße auf dem Asphalt platschen zu hören.

Da änderte sie wieder ihre Taktik. Sie steuerte den Ortskern an, um im Gedränge der Touristen unterzutauchen, aber um diese Zeit lag der *Corso*, die Fußgängermeile mit den Pizzerien, Eisdielen und Spielhöllen, verlassen da. Joy rannte bis zum Ortsrand. Lunau war auf wenige Meter herangekommen. Ihre Füße wirbelten vor seinen Augen. Ihr Laufstil war nicht elegant, aber effizient. Er wollte einen Arm nach ihr ausstrecken, als er angebrüllt wurde. Ein Fahrradfahrer war aus einer Einfahrt geschossen und schlitterte vor Lunau über die Betonplatten. Lunau half ihm auf.

Die Badeorte, die man als »Lidi Ferarresi« bezeichnet, ziehen sich als ein einziger Betongürtel von den Sumpfgebieten nördlich vom Ravenna bis ins Po-Delta hin. Der südlichste Ort ist Lido di Spina, daran schließt sich, nur durch einen Kanal getrennt, Lido degli Estensi an, wo Lunau wohnte. Joy hatte inzwischen die Brücke erreicht, die über den Kanal führte. Sie überquerte die Brücke, bog von der Straße ab und verschwand auf einem Gewerbehof. Lunau folgte ihr, kam durch ein großes Schiebetor, das offen stand, und fand sich auf einem geschotterten Hof wieder. An dessen Ende lag eine große Halle, aus der ein kühler Lufthauch zog. Lunaus Fußsohlen brannten, er japste und fragte sich, ob er wirklich so gut in Form war wie gedacht.

Er sah sich um: ausgebrannte Autowracks und Eisenschrott. Keine Spur von dem Mädchen. Kein Laut. Sie musste in die Halle geflohen sein. Zögerlich trat Lunau ein. Der Betonboden war kalt, kein Licht brannte, man hörte nur ein helles, vielstimmiges Klappern auf Blech. Lunaus T-Shirt klebte am Rücken. Es dauerte eine Weile, ehe er im Zwielicht etwas erkennen konnte. Das Gebäude schien einst eine Montagehalle gewesen zu sein. Ähnlicher Schrott wie auf dem Vorplatz lagerte auch im Innern und schwitzte einen Geruch von Altöl, verbranntem Kunststoff und Fisch aus. Aber das war nicht der typische faulige Geruch von Trawlern. Es roch nach gekochtem Fisch. Immer intensiver. Metall klimperte, Badelatschen schlurften über den Boden. Ein Dutzend Schwarzafrikaner saßen auf den Metallteilen und löffelten Essen aus Blechgefäßen. Eine übergewichtige Frau stand in einer Ecke und kratzte in einem Topf.

»Hier ist eben ein Mädchen hereingekommen«, sagte Lunau. Niemand nahm Notiz von ihm. »Es heißt Joy. Wo ist sie?«

Neben Lunau saß ein hagerer junger Mann, der mit seinem Löffel aufreizend oft über den Rand seines leeren Napfes kratzte. Lunau fasste ihn an der Schulter und sagte: »Joy. Du kennst sie doch. Sie versteckt sich hier, aber sie braucht vor mir keine Angst zu haben. Ich will ihr helfen.«

Der Mann schüttelte mit einer unwirschen Geste Lunaus Hand ab und sagte: »Niente capito. Italiano niente.« – »Nichts verstehen, nichts Italienisch.«

Lunau sah ihm direkt in die Augen. Er hatte ein fein geschnittenes Gesicht mit breiter Nase. Seine schwarzen Locken waren zu einem leicht ondulierten Helm getrimmt. Er mochte dreißig sein.

»Kommst du aus dem Senegal?«, fragte Lunau. »Wie heißt du?«

Kopfschütteln. »Niente capito. Italiano niente.« Lunau ging zum nächsten und bekam dieselbe Antwort. Es war klar, dass man ihn auf den Arm nahm. Zwischen den essenden Männern lagen große Müllsäcke mit gefälschten Markenhandtaschen, Badetüchern, Hüten und Schmuck. Offensichtlich war das eine Brigade fliegender Händler, der sogenannten Vu cumpra'. Lunau schritt die Runde ab und wandte sich dann der Köchin zu. Sie hatte sich mit dem großen Holzlöffel die letzten Reste in den Mund geschoben und setzte jetzt Spülwasser auf einen Gaskocher. Sie hatte ein breiteres Gesicht, gröbere Züge.

»Kommen Sie aus Nigeria?«, fragte Lunau.

Sie antwortete nicht.

»Wo ist Joy? Ich will ihr helfen.«

Die Frau fügte dem Wasser einen Spritzer Spülmittel hinzu und schlug mit der Hand Schaum auf. Da niemand ihn daran hinderte, ging Lunau durch den aufgetürmten Schrott. In einer Art Gasse, die man entlang der Wände freigelassen hatte, standen Metallpritschen mit bunten Decken und Schlafsäcken. Lunau fand einen Hinterausgang und verließ die Halle. Fliegen surrten im Gebüsch, es roch nach Exkrementen. Er ging einen Trampelfad entlang, zwischen den Gerippen von Fischkuttern hindurch. Er stieg über eine Begrenzungsmauer, auf der ein vom Rost zerfressener Maschendrahtzaun hing. Dahinter begann der Dünengürtel, der bis zum Strand reichte. Dies war einer der wenigen wilden Abschnitte, die nicht an Strandbetreiber verpachtet waren. Es gab hier keine Bars, keine Sonnenschirme im Spalier. Die Leute lagen kreuz und quer in ihren Strandmuscheln und aus Treibholz errichteten Unterständen.

Lunau fand keine frischen Spuren im Sand. Joy musste also noch in der Halle sein. Er kehrte zurück. Die Männer warfen ihr Blechgeschirr in den Bottich mit Spülwasser, während der junge Mann mit dem ondulierten Helm aus einer riesigen Espressokanne Kaffee verteilte.

»Joy!«, rief Lunau. »Das waren Freunde von mir. Keine Polizei, keine Ausländerbehörde. Du brauchst keine Angst zu haben.« Seine Stimme erzeugte einen enervierenden Hall. »Joy!«, schrie er noch einmal, überzeugt, dass das Mädchen ihn hörte. Er schritt die Metalltürme ab und versuchte, im Zwielicht etwas zu erkennen. Man schien wahllos Maschinenteile, Motoren, Werkzeuge und Stahlträger aufeinander geworfen zu haben. Insgesamt hatte man fünf Haufen gebildet, zwischen denen sich jeweils ein Durchlass befand. Joy musste in irgendeinem Hohlraum stecken. Als Lunau auf den größten der Türme zuging, versperrte ihm auf einmal der junge Mann mit dem ondulierten Haar den Weg. Zwei andere sprangen ihm bei, und dann waren es schon fünf. Sie waren unbewaffnet, aber ihre Haltung war klar. Sie standen unbeweglich und blickten Lunau unverwandt an, während draußen ein *Ape,* ein Dreiradroller mit Ladepritsche, vorbei knatterte und sich am Eingang der Halle zwei Möwen kreischend um Essensreste stritten.

»Ihr kennt keine Joy, wie?«, sagte er verächtlich. Als er nach seiner Gesäßtasche griff, traten plötzlich die Sehnen am Hals der Männer hervor.

»Nur ruhig«, sagte Lunau und zeigte die Visitenkarte, die er aus der Tasche geholt hatte. »Sagt Joy, sie kann mich jederzeit anrufen.«

Er steckte die Karte dem jungen Mann in die Brusttasche und verabschiedete sich mit einem Wink. Als er wieder im Sonnenlicht stand, zitterten seine Beine.

7

Dank surrender Elektrik öffneten sich die beiden Flügel des Metalltores, und Lunau hatte einen freien Blick auf die Villa der Schiavons. Es war ein geschmackvoller Bau mit mehreren Dependancen. Dahinter lag ein parkähnlicher Ziergarten, davor ein Kiesrondell, an dem noch mehr Autos parkten als gewöhnlich. Schwere, teure Limousinen, an denen der Staub des Hochsommers nicht zu haften schien. Aus dem Haus drangen Gelächter und ein Streichquartett von Franz

Schubert. Ein gut gebauter Mann in schwarzem Anzug kam auf Lunau zu. Er schwitzte nicht.

»Haben Sie eine Einladung?«, fragte der Mann der Sicherheitsfirma.

»Nein. Amanda wartet auf mich.«

Und da kam sie auch schon aus der Tür. »Er gehört zu mir«, rief sie. Der Sicherheitsmann hob eine Braue und ließ Lunau vorbei. Amanda hatte ihren Kleidungsstil nicht geändert. Sie trug immer noch Klamotten, in die Designer teure Löcher geschnitten hatten. Ihre Haare waren rot gefärbt, aber zu einem braven Bubikopf gestutzt, der sie noch attraktiver machte. Sie umarmte ihn und drückte ihm einen Kuss auf den Mund. Flüchtig, allerdings auch mit einem Klopfen ihrer harten Zungenspitze. Sie konnte es nicht lassen, Lunau zu provozieren.

Schon bei ihrem ersten Anruf in Berlin hatte sie bei Lunau eine Irritation ausgelöst, mit der er nicht umzugehen verstand. Sie hatte den englischen Akzent teurer Sommerkurse und die Bedingungslosigkeit einer Jeanne d'Arc. Sind Sie Punk oder höhere Tochter?, hatte Lunau sie später gefragt. Geht nicht beides?, war ihre Antwort gewesen. Sie ging achtlos mit dem Luxus um, in dem sie lebte, so wie mit ihrem jungen, makellosen Körper. Sie gefiel Lunau, und das missfiel ihm.

»Störe ich bei einer Feierlichkeit?«, fragte er.

»Mein Vater hat eine Party organisiert.«

»Für seine Gönner, die ihm den Wahlkampf finanzieren?«

Amanda rückte ein Stück von Lunau ab. »Woher weißt du von seiner Kandidatur?«

»Selbst wenn man nichts davon wissen will – man schafft es nicht.«

Amanda lachte. »Klar, wie doof von mir.«

»Meint er wirklich, dass die Leute nach fünfzig Jahren Hegemonie der Linken ausgerechnet ihn wählen, einen Unbekannten, noch dazu von der Lega Nord?«

Sie zuckte mit den Achseln. »Man weiß nie. Im Moment steht Italien auf der Kippe. Und nicht alles, was mein Vater vorhat, ist verkehrt.«

Lunau traute seinen Ohren nicht. Vor vier Monaten hatte Amanda an ihrem Vater kein gutes Haar gelassen. Sie hatte ihn als Menschen ebenso verachtet wie seine politischen Ideen. »Wie meinst du das?«

Sie hatten das Foyer der Villa erreicht, wo kleinere Gruppen standen und plauderten. Plötzlich kam Adelchi Schiavon auf Lunau zu, streckte ihm begeistert die Hand hin und schrie fast: »Die internationale Presse, welch eine Ehre!«

Lunau gab ihm die Hand und sagte: »Ehrlich gesagt, bin ich wegen Ihrer Tochter gekommen.« Schiavons trockenes Gesicht verrutschte für einen Augenblick, dann hatte er sich wieder im Griff. »Trotzdem würde ich Ihnen gerne einige meiner Freunde vorstellen.« Lunau wurde in den Salon gezogen. Auf einem Podest saß das Streichquartett in Frack und steifer Hemdbrust. Die Musiker spielten ein Andante, verzogen den Mund und zuckten bei jedem Bogenstrich wie Klageweiber. Sie waren mit Franz Schuberts Seele beschäftigt, nicht mit der faschistoiden Ideologie, für die sie Schubert werben ließen. Lunau dachte an seine Eltern, an die Hausmusikabende, bei denen sich international bekannte Solisten um den Steinway-Flügel gesetzt und die Instrumente gestimmt hatten. Er dachte daran, mit welcher Ehrfurcht er anfangs die weihevollen Mienen betrachtet hatte, die komplizierten Muster auf den Partituren, die Feierlichkeit, mit der das Rosshaar auf den Bögen gespannt wurde, und wie er diese Feierlichkeit später verachtet hatte, weil sie für sich eine höhere Wahrheit beanspruchte, egal, wer sie finanzierte. Aber die Töne lösten trotzdem eine Wehmut in ihm aus, die stärker war als seine klugen Gedanken.

Er wurde einem Bankpräsidenten, einem Stiftungsvorsitzenden und anderen Honoratioren vorgestellt, die ihm Komplimente zu seiner Radiodokumentation über Ferrara machten. Sie mussten im Mai bei der öffentlichen Vorführung gewesen sein, aber er erinnerte sich an niemanden, außer an Gasparotto, den hageren Chef der Deichbehörde, der sich an illegal abgebautem Sand bereichert hatte und nun seinen komfortabel dotierten Ruhestand genoss. Während Lunau sich fragte, warum er nicht die nötige Weltgewandtheit besaß, um solchen Situationen zu entgehen oder ihnen ein komisches Vergnügen abzugewinnen, wurde er einem Mann vorgestellt, der sich vom Rest der Gruppe wohltuend abhob. Er hieß Gennaro Tarantella, hatte ein von markanten Furchen gezeichnetes Gesicht, einen geradlinigen, entschlossenen Blick. Ein Mann, der nicht im Bückling auf der Karriereleiter hochgeschlichen war, da war Lunau sicher. »Dies ist einer der letzten unbestechlichen Journalisten«, sagte Schiavon, »und das ist einer der letzten unbestechlichen Geschäftsleute. Herr Tarantella ist der Gründer von *Ex*, ein Vorkämpfer gegen die Organisierte Kriminalität.« Sie schüttelten einander die Hand, schauten sich an und mussten beide grinsen. Tarantella gab Lunau eine Visitenkarte: »Sie sind nicht unseretwegen hier, wie ich höre. Aber falls Ihnen mal nach einem Gespräch der Sinn steht, oder falls Sie bei Ihrer heiklen Arbeit Hilfe brauchen …«

»Ich bin im Urlaub.«

Tarantella lächelte, als wüsste er über irgendetwas Bescheid, und nickte. »Hat mich gefreut.«

Lunau betrachtete Amanda, die ebenfalls lächelte. Sie lächelte Tarantella an, dann Lunau. Was fand sie so amüsant an der Situation?

Amandas Zimmerwände waren tapeziert mit den Zeitungsartikeln, Fotos und Flugblättern, die sich um Marco drehten. Marco war ihr Freund gewesen, bis er bei einer nächtlichen Polizeikontrolle ums Leben kam. Amanda war überzeugt, dass die Polizisten ihn erschlagen hatten, und kämpfte seit vier Jahren um einen gerechten Prozess. Diesem Kampf hatte sie alles andere untergeordnet, auch ihr Publizistik-Studium und journalistische Gehversuche.

»Wieso hast du dieses Mädchen zu mir geschickt?«, fragte Lunau.

Amanda bot Lunau einen Stuhl an. »Entschuldige«, sagte sie.

»Wofür?«

»Ich wusste nicht, dass du deswegen gekommen

bist. Ich hätte nicht gedacht, dass es so schnell geht, ich wusste nicht einmal, dass Joy dich angerufen hat.«

»Sie hat mich nicht angerufen, sie stand plötzlich bei mir in der Ferienwohnung.«

»Joy ist ans Meer gefahren?«, rief Amanda alarmiert.

»Jetzt tu nicht so überrascht! Du hast sie doch geschickt.«

Amanda sah aus dem Fenster und ging im Zimmer auf und ab. Sie ballte eine Faust und schlug damit kleine Dellen in die Luft, als hätte sie einen Eiscrusher in der Hand.

»Wenn Michael das erfährt, bringt er sie um.«

Lunau hielt Amanda am Handgelenk fest. Die zarten, starken Knochen, diese etwas zu langen Gliedmaßen. Er spürte ein Bitzeln unter der Haut seiner Unterarme. Das Mädchen war 21 Jahre alt, halb so alt wie er. Er fürchtete, dass ihm gleich die Hand ausrutschte. Mit undurchschaubaren Absichten. Er dachte an Silvia. Er war verliebt in Silvia, aber das immunisierte ihn nicht.

»Kannst du dich bitte setzen und mir alles der Reihe nach erklären?«

Es fiel Amanda sichtlich schwer, ihre Unruhe zu zügeln. Sie rutschte auf dem Stuhl hin und her und erzählte: »Joy kommt aus Nigeria, sie ist erst neunzehn.«

Lunau wartete einen Moment, ehe er selbst den Rest zusammenfasste: »Sie geht anschaffen, und Michael ist ihr Zuhälter?«

Amanda nickte. »Er ist ebenfalls Nigerianer. Ein Schläger, angeblich dealt er. Er kommt aus einem Vorort von Benin City, wie Joy. Fast alle Mädchen hier kommen aus diesem Vorort.«

»Und dort hat sich noch nicht herumgesprochen, was sie hier erwartet?«, fragte Lunau.

Amanda winkte ab.

»Woher weißt du das alles? Was hast du überhaupt mit dieser Szene zu schaffen?«

Das Mädchen reichte Lunau eine Broschüre. »Ex« stand darauf.

»Ist das der Verein von Gennaro Tarantella, dem Freund deines Vaters?«

Amanda nickte. »*Ex* kämpft gegen soziale Not und gegen jede Form der Organisierten Kriminalität. Wir kümmern uns auch um die Opfer, versuchen, die Mädchen von der Straße zu holen.«

»Wir?«

»Ich arbeite ehrenamtlich für sie.«

»Seit wann?«

»Was spielt das für eine Rolle?«

8

»Also?«, fragte Michele Balboni und sah Lunau fordernd an. Er hatte sich am Telefon zuerst verleugnen lassen, dann in barschem Ton von »Wichtigerem« geredet und sich schließlich doch zu einem Treffen in seinem Büro bereiterklärt. Lunau war von dem Umtrunk bei den Schiavons direkt zum Kommissariat gefahren.

»Ich habe seit einer halben Stunde Feierabend.«

»Ich habe wahrscheinlich die Identität des Toten herausgefunden«, setzte Lunau an.

»Ach ja?«

Lunau überlegte. Er wusste nichts Genaues, und was er wusste, stammte von einer Zeugin, die anonym bleiben wollte. »Meseret heißt der Tote. Senegalese. Er soll am Strand als fliegender Händler gearbeitet haben.«

»Haben Sie ein Bild? Kennen Sie seinen Nachnamen?«

»Sayé oder Zahie, aber ein Foto besitze ich nicht.«

»Woher haben Sie Ihre Informationen?«

Lunau schüttelte den Kopf und zeigte eine Miene des Bedauerns.

»Meldeadresse? Alter? Geburtsort? Hatte er eine reguläre Aufenthaltsgenehmigung?«

»Ich glaube schon.«

»Sie glauben?«

»Hören Sie, warum überprüfen Sie nicht einfach meine Angaben? Haben Sie eine andere Identität ermittelt?«

»Nein. Aber wir denken, dass der Mann auf dem Bau gearbeitet hat. Wahrscheinlich schwarz, illegal. Womöglich kam es zu einem Unfall, und man musste die Leiche entsorgen.«

»Wieso Bauarbeiter?«

Balboni ignorierte die Frage, und Lunau setzte neu an: »Also hatte er die Verletzungen im Gesicht von einem Sturz oder von einer Maschine, in die er geraten ist? War er schon tot, als man ihn ins Wasser geworfen hat?«

Balboni erwiderte:«Ich habe Ihnen sowieso schon zuviel gesagt.«

»Also: nein? Man hat ihn bei lebendigem Leib ins Wasser geschmissen? Weil man Angst vor einem Bußgeld für Schwarzarbeit hatte?«

»Alles nur Vermutungen.«

»Wie kommen Sie dann darauf, dass er auf einer Baustelle beschäftigt war?«

Balboni schüttelte den Kopf. »Sie kennen unsere Vorschriften. Selbst wenn ich wollte – ich kann nicht.«

»Beim letzten Mal haben wir hervorragend harmoniert.«

»Finden Sie?«

Lunau nickte.

»Das war eine besondere Konstellation, die sich nicht vermeiden ließ. Geben Sie mir den Namen Ihres Informanten, fahren Sie zurück ans Meer, und lassen Sie mich meine Arbeit tun.«

Lunau schaute Balboni direkt in die Augen. »Sagen Sie mir, was im Obduktionsbericht steht.«

Balboni warf einen Blick auf die Uhr und tat, als wollte er die Unterredung beenden. Ein taktisches Spielchen. Bei ihrem ersten »gemeinsamen« Fall hatte er Lunau sogar in Handschellen in die Questura führen und eine Stunde in einem Verhörraum schmoren lassen, um sich am Ende doch kooperativ zu zeigen. Lunau beschloss, ebenfalls zu taktieren. Er erhob sich und sagte: »Tut mir leid. Mir sind nur Gerüchte zu Ohren gekommen. Aber ich werde mich an Ihren Rat halten und von jetzt an meine Ohren verschließen.«

Balboni ließ die Augenlider sinken, atmete zweimal tief ein. Lunau meinte, gleich würde er einknicken, nachdem er ein letztes Mal auf die Vorschriften verwiesen hatte. Er dachte daran, wie Balboni ihn bei dem verwahrlosten Schäfer aus der Baracke geholt, wie er ihn vor der Flinte Zappaterras gerettet hatte. Lunau hatte Andrea Zappaterra, Vitos Mörder, eine Falle gestellt, gegen Balbonis Anordnung. Aber als er in dieser Falle fast selbst umgekommen wäre, war auf Balboni doch Verlass gewesen. Der Kommissar entstammte der besseren Ferrareser Gesellschaft, aber er teilte deren Dünkel nicht. Auch nicht bei seiner Ermittlungsarbeit, das hatte er im Mai bewiesen. Aber jetzt stand er abrupt auf und streckte Lunau zum Abschied die Hand hin. »Auf Wiedersehen.«

»Und der Obduktionsbericht?«

»Raus.«

9

»Wo, bitte, kommst du jetzt her?«, fragte Silvia. Sie saß in der Loggia vor dem Ferienapartment und hatte Lunau beim Einparken beobachtet.

»Aus Ferrara.«

»Was hast du da getan?«

»Ich war bei der Polizei und habe meine Aussage gemacht.«

»Die hattest du schon gestern gemacht.«

»Ich habe ein paar Neuigkeiten erfahren.«

»Woher?«

Er überlegte, ob er ihr den Besuch bei Amanda verschweigen sollte. Es wäre die bequemste Lösung gewesen. Aber bequeme Lösungen gab es nicht.

»Von Amanda. Ich wollte wissen, warum sie diese Joy zu mir geschickt hat.«

Silvia biss sich auf die Lippen und griff nach dem Weinglas, ließ die Hand vom Kelch gleiten und drehte dann nur den Stil zwischen den Fingern. Lunau streichelte über ihren Handrücken, um ihre Eifersucht zu besänftigen, doch sie sprang plötzlich auf und sagte: »Komm mal mit.«

Sie ging zur Haustür und zeigte auf das Schloss. Es war aufgestemmt, der Türstock gesplittert.

»Wer war das?«, fragte Lunau.

»Das möchte ich von dir wissen.«

Lunau schüttelte den Kopf und sah sich in der Wohnung um. Am Wandtresor waren Kratzspuren, ansonsten war nichts Ungewöhnliches zu entdecken.

»Die haben alles auf den Kopf gestellt. Aber ich habe schon wieder aufgeräumt.«

»Die Kinder?«

»Ihnen ist nichts passiert. Sie schlafen.«

»Fehlt irgendetwas?«

»Nein.«

»Bist du zur Polizei gegangen?«

»Nein.«

Lunau setzte sich aufs Sofa, das den Raum in einen Wohn- und einen Essbereich teilte. Silvia schüttelte den Kopf und weinte. »Die Kinder haben nach dir gefragt.«

Er nickte.

»Mirko hat wieder kaum einen Bissen gegessen. Er wiegt jetzt nur noch 34,5 Kilogramm.«

Man hörte die Grillen, die aus den Ästen der Pinien zirpten, der Wind trug das Geräusch der Brandung heran.

»Was wollten diese Einbrecher bei uns?«

»Woher soll ich das wissen? Einbrüche in Ferienwohnungen sind hier an der Tagesordnung. Das haben sie uns auch im Maklerbüro gesagt.«

»Warum bist du hinter diesem Mädchen her gerannt? Dieser Schwarzen? Und was hat sie dir erzählt?«

»Das habe ich dir gesagt. Sie hatte mich um Hilfe gebeten und hatte plötzlich Angst vor deinem Kollegen mit der Aktentasche. Sie dachte, er wäre ein Zivilbulle oder jemand von der Ausländerbehörde. Ich wollte sie beruhigen und hören, was sie zu erzählen hat.«

Silvia schwieg und starrte auf ihr leeres Glas.

Die Kluft, die sich unvermittelt zwischen ihnen aufgetan hatte, lähmte Lunaus Zunge und seine Gedanken. Silvia war überempfindlich. Seit dem Tod ihres Mannes brauchte sie Zuspruch und ein Gefühl von Sicherheit, über das Lunau selbst nicht verfügte. »Warum hast du keine Anzeige erstattet?«

»Ich wollte zuerst mit dir reden. Ich glaube nicht, dass es ein normaler Einbruch war.«

»Sondern?«

»Es hat mit dieser Geschichte zu tun.«

Lunau dachte nach. »Wie kommst du darauf?«

»Das waren keine Einbrecher. Sie haben nichts mitgenommen.«

»Wirklich gar nichts?«

»Es fehlen nur die paar Euro-Scheine, die wir in die Müsli-Dose gesteckt hatten.«

»Dein Schmuck?«

Sie schüttelte den Kopf.

»Vielleicht wollten sie nur schnell ein bisschen Bargeld.«

Sie erhob die Stimme: »Schnell ein bisschen Bargeld? Sie haben alles durchwühlt, sie waren hier mindestens eine Stunde drin, ihre Dreckfinger waren in unserer Wäsche, in unserem Kühlschrank, sogar im Spülkasten. Sie haben irgendetwas gesucht und nicht gefunden. Was war das?«

»Wie gesagt: Geld.«

»Das glaube ich nicht.«

»Ich gehe mich noch mal umsehen.« Er kontrollierte Wohn- und Schlafzimmer. Seine Ledertasche war ausgeleert worden, alte Sendemanuskripte und Notizen lagen auf dem Boden. Aber auch hier schien nichts zu fehlen. Als er zurück auf die Loggia kam, saß Silvia da und hob den Blick: »Ich will nicht, dass du in solchen Geschichten herumrührst.«

»Das ist mein Beruf.«

»Nicht hier. Nicht mit uns. Wir sind hier im Urlaub. Prostitution mit illegalen Einwanderern, weißt du, was das heißt? Das sind Leute, die …«

»Ich weiß.«

»Und warum machst du es dann? Das ist Sache der Polizei. Die werden dafür ausgebildet, ausgerüstet und bezahlt.«

»Ich bin auch dafür ausgebildet, und wenn ich eine Geschichte produziere, werde ich auch bezahlt.«

Sie schüttelte den Kopf. »Darum geht es nicht. Es geht um diesen Masochismus, den du mit dir rumträgst. Du meinst, du musst dafür büßen, dass deine Schwester …«

Jetzt wurde Lunau ungehalten. »Ich hätte dir nie davon erzählen sollen.«

»Es war gut, dass du mir davon erzählt hast. Ich rechne dir das hoch an. Und genau deshalb weiß ich, dass du damit aufhören musst.«

»Mit welchem Recht mischst du dich eigentlich in mein Leben ein? In deinem Leben existiere ich offiziell gar nicht.«

»Ich wusste nicht, dass du so viel Wert aufs Offizielle legst.«

10

Lunau schlief auf dem Sofa im Wohnzimmer, von dem aus er den Eingang im Auge behalten konnte. Er schlief schlecht, wie immer wenn er sich an neue Geräusche gewöhnen musste. Der Kühlschrank sprang alle halbe Stunde an, brummte und schaltete sich mit einem Rumpeln wieder ab. Die Wanduhr tickte, manchmal fiel ein Wassertropfen in die Spüle. Er überlegte, ob er seine Ohrplugs holen sollte, die teuren, individuell für ihn angefertigten Schaumstoffpilze, die sich weit in die Gehörgänge schieben ließen und diese fast hermetisch verschlossen. Aber er tat es aus Aberglauben nicht. Er hatte das Gefühl, dass er damit der Krankheit wieder den Weg bereiten würde. Er war genesen, die Geräusche waren natürlich, und er nahm sie natürlich wahr, nicht krankhaft verstärkt oder mit eingebildeten Lauten vermengt. Er musste sie einfach ausblenden. Ein gesundes Gehirn war dazu in der Lage. Es hatte einen speziellen Filter in der auditiven Hirnrinde, und seit der Nacht, in der er, mit einem Eisengewicht beschwert, im Fluss versunken war und sich mit letzter Kraft ans Ufer gerettet hatte, schien dieser Filter wieder zu funktionieren.

Am nächsten Morgen stand er zeitig auf. Er fand einen Werkzeugkasten und ein paar lose Schrauben, mit denen er den Rahmen stabilisierte und das Schließblech befestigte, dann ging er Brötchen holen und machte Frühstück.

Als Silvia aus dem Schlafzimmer trat, hatte sie eine Hand in ihren verstrubbelten Locken und auf den Lippen, den Lippen, die so voll waren, dass er sie anfangs für ein Wunder der Chirurgie gehalten hatte, ein verschlafenes Lächeln. Sie gab ihm einen Kuss, setzte sich zu ihm in die Morgensonne auf die Loggia und ließ sich einen Cappuccino machen.

»Gut geschlafen?«, fragte er.

Sie nickte und räkelte sich behaglich. »Tut mir leid wegen gestern.«

»Schon okay. Deine Befürchtungen sind verständlich. Ich gehe gleich ins Maklerbüro, lasse einen Schlosser kommen, und danach erstatte ich Anzeige.«

»Wozu?«

Lunau schaute sie verblüfft an. »Ich denke, wir wollen der Sache auf den Grund gehen, oder? Du glaubst, dass der Einbruch mit Joy zu tun hat. Sie werden die Fingerabdrücke aus der Wohnung nehmen und mit Joys Zuhälter, diesem Michael, abgleichen. Falls er hinter dem Einbruch steckt, dann wird er in Gewahrsam genommen.«

Sie winkte ab. »Das ist doch nicht dein Ernst. Die Polizei wird bestenfalls ein Protokoll aufnehmen und irgendwo abheften. Niemand wird sich hierher bemühen. Die Zeit können wir uns sparen.«

»Dann frage ich wenigstens die Nachbarn, ob die irgendjemanden beobachtet haben.«

Sie schüttelte den Kopf. »Ich will, dass du gar nichts unternimmst, verstehst du? Ich will, dass du aufhörst, den Ermittler zu spielen.«

»Aber wir können doch nicht so tun, als wäre nichts geschehen. Die Lage wird nicht sicherer, wenn wir uns tot stellen.« Er lehnte sich zurück und schaute sie an. Ihr Gesicht war ebenso entspannt wie entschlossen. Aber es waren ihre Kinder, die sie schützen wollte. Sie hatte das Recht zu entscheiden.

»Okay. Einverstanden«, sagte er, schmierte sich Marmelade auf ein Brötchen und grub seine Zähne in die frische knusprige Kruste. Er trank einen Schluck Kaffee, schaute in die Pinienkronen und überlegte.

»Willst du den Urlaub abbrechen? Sollen wir nach Ferrara umziehen?«

Als er ihr verkniffenes Gesicht sah, wusste er, dass er schon wieder einen Fehler gemacht hatte. Das Thema hatten sie schon oft genug besprochen, immer mit demselben Ergebnis: Lunau durfte nicht in Silvias Haus übernachten, nicht im Trauerjahr. Lunau verstand die altmodische Haltung nicht, aber er akzeptierte sie.

»Nein. Wir lassen das Schloss erneuern und bleiben hier. Die Kinder haben nichts von dem Einbruch mitbekommen. Die Sonne und das Meer tun ihnen gut. Ich will, dass sie einen Strandurlaub machen. So wie jedes Jahr. Sie sollen endlich wieder so etwas wie Normalität erleben.«

Er erwiderte nichts.

»Verstehst du das?«, fragte sie.

Er nickte, obwohl er wusste, dass Silvia sich hilflos an Rituale klammerte. Rituale waren kein Schutz, aber sie waren ein Halt, der einzige, den die Menschen entwickelt hatten. »Natürlich.«

Sie stand auf, kam um den Tisch und legte ihre Arme um seinen Hals. Sie beugte sich herunter, rieb ihre Nasenspitze an seinem Ohr, küsste ihn auf den Hals und fragte: »Versprichst du mir etwas?«

»Klar.«

»Bleibst du rund um die Uhr bei den Kindern?«

»Also willst du in die Agentur und zum Schlosser gehen?«

Sie lachte. Sie fuhr Lunau durchs Haar, drückte ihn

an sich und lachte immer noch. Als sie wieder bei Atem war, sagte sie: »Herrlich, ihr Deutschen. Mit eurem Buchstabengehorsam. Ich meinte natürlich, dass du die Kinder beschützen sollst, wenn ich nicht da bin.«

Er drehte sich um und sah ihr Strahlen und den vollen femininen Körper, der sich unter dem leichten Schlafanzug abzeichnete. Sie hatte heute frei, sie hatten Zeit. Es war noch nicht einmal acht Uhr.

Er trug sie ins Haus, legte die Kette des Vorhängeschlosses vor und führte sie ins Schlafzimmer. Während ihre Fingerspitzen über die Haut des anderen strichen, lauschten sie auf Geräusche. Irgendwo fuhr ein Lieferwagen durch die Straße, die Rufe von Dachdeckern wurden herangetragen, die Metallpforte der Wohnanlage quietschte. Dann hörte man nur noch, ganz leise, die Brandung. Die Kinder im Nebenzimmer schliefen. Silvias Hände erkundeten seinen Körper mit der Neugier eines Kindes und der Bestimmtheit des Erwachsenen, sie trieben kleine Schauer über den Bauch, die Hüften. Ihr Atem duftete nach warmem Milchkaffee, an ihrer Haut hing noch der Geruch der Nacht. Als ihre nackten Körper zueinander fanden und alle Geräusche zu einem weichen, gleichmäßigen Rauschen in seinen Ohren verschmolzen, dachte er an einen albernen Spruch: »Jeder bekommt eine zweite Chance.« Aber was wusste er schon über Albernheiten?

11

Der Sandstrand war am Lido degli Estensi mehrere Hundert Meter breit, Folge der Strömungen aus dem Po-Delta. Andernorts erodierte der Strand, aber hier wurden ständig neue Sedimente angeschwemmt. Für die Urlauber wurde der Weg von der Bar zum Wasser immer unbequemer. Für die Strandbetreiber immer lukrativer. Sie konnten von Jahr zu Jahr mehr Schirmreihen stellen.

Silvia packte die Handtücher und das Sandspielzeug zusammen und suchte nach den Beachtennisschlägern. Vergeblich. Sie schaute landeinwärts. An der Strandbar waren fünf Netze gespannt und Felder markiert. Hier kämpfte Mirko mit rotem Kopf gegen einen Jungen, der zwei Jahre älter war. Die anderen Kinder saßen am Rand und beobachteten das Match.

Silvia fiel ein, dass sie für das Abendessen noch Salat brauchten. Sie wollte Lunau bitten, welchen vom Einkaufen mitzubringen, aber sein Handy war ausgeschaltet. Sie stopfte das Telefon mürrisch in die Tasche zurück, warf einen flüchtigen Gruß in die Runde der letzten Badegäste, die sich Pullover und lange Hosen übergezogen hatten, dann ging sie zu den Kindern. An Mirkos schweißnasser Haut klebte der Sand und hüllte seinen schlanken, drahtigen Körper ein wie eine Skulptur. Wie eine bildschöne Skulptur, fand Silvia.

»Wie steht's?«, rief sie.

»Fast fertig.«

»Wir wollen essen.«

»Das ist das Finale.«

Silvia blickte in die Runde der Kinder, die bei diesem Turnier bereits ausgeschieden waren.

»Wo ist Sara?«, fragte sie. Mirko zuckte mit den Achseln. »In der ersten Runde schon rausgeflogen. Vielleicht bei den Tischtennisplatten.«

Silvia nahm die Taschen und die Luftmatratze und ging zur Strandbar. Unter einer großen Pergola standen zwei Platten. Aber schon bevor sie diese sehen konnte, wusste sie, dass Sara dort nicht spielte. Es fehlte das typische Klacken des kleinen Plastikballs. Sie ließ die Taschen fallen, schaute in die Bar und fragte den Besitzer. Sie lief an den Umkleidekabinen entlang, an den Türen der Toiletten und rief immer wieder Saras Namen. Silvias Stimme hallte in dem betonierten, von Flachbauten umschriebenen Halbkreis. Keine Antwort.

Sie rannte zurück zum Beachtennisfeld. »Mirko, wo ist Sara?«

»Weiß ich nicht.«

»Was hat sie gesagt?«

»Was hat sie wann gesagt?«

Mirko drehte seinen Kopf Richtung Mutter und übersah, dass sein Gegner den Ball mit Effet schlug. Deshalb ging Mirkos Return ins Netz.

»Mama, du versaust mir das Match.«

»Hat irgendjemand von euch Sara gesehen?«, fragte sie in die Runde.

Die Kinder schüttelten den Kopf.

»Mirko«, sagte Silvia, »komm mit.«

Der Junge wollte aufbrausen, dann sah er die Miene seiner Mutter und sagte zu seinem Gegner: »Du hast gewonnen.«

Der schüttelte den Kopf und antwortete: »Morgen spielen wir es zu Ende.«

Zur Wohnanlage waren es nur fünfzig Meter. Man überquerte einen karg bewachsenen Grünstreifen und die breite Uferpromenade. Dahinter begannen die eingezäunten Grundstücke mit Ferienvillen und Mehrfamilienhäusern, deren Fenster zwischen Pinien und Weidengewächsen Richtung Meer wiesen. Silvia schrie schon auf der Straße Saras Namen, dann umrundete sie die Wohnanlage – der Zugang lag auf der Binnenseite –, während Mirko über den Zaun kletterte. Sie fragten die Nachbarsfamilien. Keine Spur von dem Mädchen.

»Reg dich nicht auf«, sagte Mirko. »Sie wird irgendeine Freundin getroffen haben und am Strand spielen.«

»Du hast wahrscheinlich recht«, antwortete Silvia, aber das trockene Klacken des Tischtennisballs, das gefehlt hatte, pickte in ihrem Gehirn. Sie rannten zurück zum Meer. Dort suchte sie das Ufer ab, während Mirko, unter den erstaunten Gesichtern seiner Freunde, noch einmal in die Bar, in die Umkleiden, Toiletten und an den beiden Pools schaute. Er traf seine Mutter in einer der verlassenen Sonnenschirmreihen.

»Wir müssen den Nachbarstrand kontrollieren«, sagte Mirko, »da drüben hat sie manchmal mit Stefania gespielt.«

»Welcher Stefania?«

»Der aus der Parallelklasse. Ihre Familie liegt da drüben.«

12

Lunau hasste Einkaufszentren, er hasste die sinnlose Vielfalt an Farben, Produkten und Geräuschen, er hasste das Schlangestehen, er hasste Treuepunkte. Es war kurz vor acht, als er endlich in den Hof der Ferienanlage rollte. Er war erleichtert, als er das Licht im Apartment sah. Er parkte und holte die Tüten aus dem Kofferraum. Niemand kam ihm helfen, obwohl er kurz gehupt hatte. Er stellte sich vor, wie alle mit Kochen und Tischdecken beschäftigt waren.

Als er die Klinke drücken wollte, wurde die Haustür aufgerissen, und Silvia fragte mit einem bösen Zischen: »Kannst du mir sagen, wo du jetzt herkommst?«

»Aus dem Einkaufszentrum, das weißt du doch.«

»Ich versuche seit Stunden, dich zu erreichen.«

Lunau fiel ein, dass der Akku seines Handys schon den ganzen Tag lamentiert hatte.

»Du bist …« Silvias Teint hatte eine merkwürdige Färbung angenommen. Er dachte einen Moment, sie hätte getrunken, aber nichts in dem Wohnraum deutete darauf hin. Zwar herrschte ein für Silvia untypisches Durcheinander, aber es waren keine Getränke zu sehen, nur Badesachen, Schreibutensilien, Zettel mit Telefonnummern. Der Esstisch war leer. Mirko saß reglos auf dem Sofa, den Kopf an die Wand gelehnt. Er schien zu schlafen.

»Willst du mir nicht sagen, was los ist?«, fragte Lunau, obwohl er eine böse Vorahnung hatte.

Silvia hielt ihm ein Blatt Papier unter die Nase, und dabei glitzerte etwas in ihren Augen, was er erst einmal gesehen hatte: Als sie ihn darum gebeten hatte, den Mörder ihres Mannes zu »erledigen«.

Auf dem DIN A4-Blatt stand eine einzige Zeile, die offensichtlich aus einem Laserdrucker stammte.

»Ich ertrage das nicht mehr. Warum ich? Warum schon wieder ich?« Sie schlug sich mit der Faust gegen die Stirn. »Ich muss verrückt sein. Ich dumme Kuh. Ich habe es gewusst, ich habe es gewusst.«

Sie setzte sich auf die Eckbank an den großen Esstisch, stützte den Kopf in die Hände und fing an zu weinen. Lunau betrachtete Mirko, der von all der Aufregung nichts mitzubekommen schien, dann las er den Zettel: »Joy gegen Sara. Keine Polizei. Lunau, der Arsch, weiß Bescheid.«

Lunau spürte einen eisigen Ring, der sich um seine Gelenke schloss. Er versuchte, die Bilder und Geräusche zu ordnen und sich nicht von Silvias Panik anstecken zu lassen. Er hielt das Papier gegen das Licht. Kein Wasserzeichen, keine besondere Qualität.

»Wo hast du es gefunden?«

»Was spielt das denn für eine Rolle?«, schrie sie. Mirko bewegte den Kopf, verlor das Gleichgewicht und rutschte zur Seite. Er fing sich instinktiv ab und war wach.

Lunau zwang sich, ruhig zu bleiben. »Bitte, Silvia. Wo lag der Zettel?«

Sie deutete auf die Tür.

»Wo genau? Drinnen oder draußen? Wart ihr in der Wohnung, als er abgelegt wurde? Wurde er unter der Tür durchgeschoben?«

»Wahrscheinlich.«

»Hast du jemanden gesehen?«

Sie schüttelte den Kopf. »Nein, verdammt. Sara war auf einmal weg.«

Lunau nahm sein Handy und suchte eine Nummer im Adressbuch.

»Was hast du vor?« Silvia war aufgesprungen und versuchte, Lunau das Telefon zu entreißen.

»Ich rufe Balboni an.«

»Den Kommissar? Keine Polizei, steht auf dem Zettel. Hast du das nicht gesehen?«

»Das verlangt jeder Entführer.«

»Das sind keine normalen Entführer. Das sind deine Niggerfreunde. Und sie werden Sara umbringen.«

Lunau sah Mirko an. Dieser erwiderte den Blick, ernst, verängstigt, aber ohne Hass gegen Lunau. Er schien nur um Verständnis für seine Mutter zu bitten.

»Mirko, kannst du mich einen Moment mit deiner Mama reden lassen, bitte?«

Mirko nickte und verschwand ins Kinderzimmer.

»Silvia, bitte lass uns vernünftig reden.«

Sie schrie hysterisch: »Vernünftig? Weißt du, was du mich mal kannst mit deiner Vernunft? Hast du allen Ernstes von Vernunft geredet? Du, du … Ich hatte dich gewarnt, ich hatte dich um etwas gebeten. Du sollst deine Finger von dieser Geschichte lassen. Du sollst uns beschützen.«

»Das habe ich versucht. Und ich werde alles tun, um Sara zu finden. Aber alleine bin ich machtlos. Ich weiß auch nicht, wo Joy steckt. Sie ist verschwunden.«

Silvia sprang Lunau regelrecht an. Sie riss an seinem Hemdkragen und schrie, die Nasenspitze nur wenige Zentimeter von der seinen entfernt:

»Sag, dass das nicht stimmt! Sag, dass das nicht stimmt!«

In Lunaus Ohren klingelte es. Die gellende Stimme verursachte einen Schmerz in seinen Hirnlappen, der alle sonstigen Funktionen blockierte. Er musste sich beherrschen, dass er nicht einfach zurückschlug.

»Wo ist Sara, wo ist sie?«

»Keine Ahnung.«

»Wer hat sie entführt?«

Lunau schwieg. Es gab nur eine Erklärung: Michael, Joys Zuhälter. Er musste irgendwie erfahren haben, dass das Mädchen bei Lunau gewesen war. Vermutlich hatte er sie in dem Apartment gesucht, hatte nach Hinweisen auf ihr Versteck gesucht. Und als er nichts gefunden hatte, hatte er sich Sara gegriffen. Aber woher wusste er von Joys Besuch am Meer?

»Du weißt es. Sag's mir. Sag's mir sofort.«

Sie schrie immer lauter, während Lunau ihre Handgelenke festhielt. Sie rangen miteinander.

»Bitte«, sagte er ganz leise, hielt Silvias Arme fest, ihren Kopf, dann drückte er mit aller Gewalt ihren Oberkörper an sich. Dies hatte Erfolg. Silvias Arme fielen herab, der Kopf senkte sich, sie löste sich aus Lunaus Griff, warf sich aufs Sofa und zuckte nur noch konvulsivisch.

Teil II

13

Die Tage waren kürzer geworden. Es war halb neun und schon vollständig dunkel. Amanda sah auf die Uhr. In dreißig Minuten begann ihre Nachtschicht. Wie jeden Sonntag parkte sie an dem begrünten Oval, 24 Quadratmeter, die von Straßenlaternen und zahllosen Kerzen in ein warmes, irisierendes Licht getaucht wurden. Das Gras war trocken, duftete nach Heu. Die Hundehaufen lagen schwarz dazwischen und stanken zum Himmel. Sie holte ihre frischen Nelken aus der Tüte, wechselte das Wasser in der größten Vase und ersetzte den alten Strauß durch den neuen. Dann goss sie Wasser in die zahllosen Marmeladengläser, Töpfe und Vasen, die seit vier Jahren auf der Sitzbank standen. Neben Fotos, Briefen, Kerzen und Grußkarten für Marco. Jemand hatte einen Fan-Schal von der SPAL abgelegt, ein anderer einen billigen Ring. Filippo, Marcos Klassenkamerad und Bassist, hatte eine Gitarrensaite um das Holz der Lehne geschlungen, sein Mitspieler Matteo einen Fußballschuh festgeschraubt. Doch es gab auch Devotionalien, die Amanda nicht zuordnen konnte. Ein Autoschlüssel lag da, ein kleiner Teddybär und ein Brieföffner. Vielleicht von einem Mädchen, das Marco heimlich angehimmelt hatte.

Amanda spürte einen Stich Eifersucht, dann Wut, die sich jedes Mal in ihre Trauer mischten, wenn sie hier war. Denn sie hatte den Verdacht, dass dies nicht nur ein Ort für Marcos Freunde war, sondern dass auch seine Widersacher heimlich herkamen. Feiglinge, die ihr Gewissen beruhigen wollten. Vielleicht sogar Angehörige der Polizisten, eine Mutter womöglich, die sich für ihren Sohn schämte, die für ihn büßen wollte.

Oder vielleicht kamen auch die Zeugen jener Nacht, die alles gesehen, aber nie ausgesagt hatten, die sich ihr Schweigen hatten kaufen lassen.

Amanda packte die alten Blumen und stopfte sie in den Müllsack. Dann nahm sie die Schaufel, sammelte die Hundehaufen auf und schippte sie ebenfalls in die Tüte. Als sie damit fertig war, verknotete sie den Beutel, warf ihn in einen Mülleimer und setzte sich auf den einzigen Fleck auf der Bank, der frei war. Man hatte ihn absichtlich frei gelassen, denn dort hatte Marcos Handy gelegen und stundenlang geklingelt. Während Marco darunter lag. Tot. Umringt von einem Dutzend Polizisten, die auf dem Display des Handys die Worte »Mutter«, »Oma«, »Amanda« lasen, ohne sich darum zu kümmern. Sie wollten nicht antworten, oder konnten nicht, weil sie damit beschäftigt waren zu vertuschen, was an diesem Ort geschehen war.

Amanda legte den Kopf auf die Rückenlehne und schaute auf die Fassade des Mehrfamilienhauses, das auf der anderen Straßenseite stand. Drei Stockwerke, in jedem Stock elf Fenster. Fenster, daneben und darüber Fenster. Die meisten erleuchtet. Fenster, aus denen Kinder und alte Leute, gelangweilte Familienväter und Rentner blickten und ihr Tun beobachteten. Immer waren Augenpaare auf sie gerichtet, wenn sie hier saß. Nur in jener Nacht wollte niemand etwas beobachtet oder gehört haben. Von einer Prügelei, die fünfundfünfzig Minuten gedauert hatte, länger als ein Profi-Boxkampf, begleitet von Polizeisirenen, Funksprüchen, quietschenden Reifen, Türenschlagen.

Amanda zündete sich eine Zigarette an, nahm einen tiefen Zug und spürte, wie sich das Brennen in ihren Bronchien mit dem Brennen in Nase und Augen vermischte. Sie wischte sich die Tränen mit dem Handrücken ab, als ihr Handy klingelte. Es war Kaspar Lunau. Aber sie war nicht in der Stimmung, den Anruf entgegenzunehmen.

14

Lunau hatte keine Ahnung, wie viel Zeit ihm blieb, Joy zu finden. Er hatte keine Ahnung, wo er zuerst suchen sollte. Und er wusste nicht einmal, was er tun würde, wenn er sie gefunden hatte: Festhalten und Michael ausliefern?

Er brauchte unbedingt Hilfe, irgendeinen Anknüpfungspunkt. Die Polizei durfte er nicht kontaktieren, Amanda reagierte auf seine Anrufe nicht. Er würde nach Ferrara fahren und Joy am Straßenstrich suchen. Aber wie groß war die Wahrscheinlichkeit, sie zu finden? Oder Michael zu finden, den er nie gesehen hatte?

Er wusste nicht einmal, ob hinter der Entführung tatsächlich Michael steckte.

Ehe er die fünfzig Minuten auf der Superstrada zubrachte, wollte er noch einmal die Lagerhalle überprüfen. Vielleicht fand er dort doch einen Hinweis auf Joy. Oder Joy selbst. Er parkte den Wagen in sicherer Entfernung und überquerte die Straße vor dem mit einem Stahlzaun umgebenen Areal. Der Hof lag im Dämmerlicht, das Tor war abgeschlossen. Die Berge aus Metallteilen und ausgeweideten Maschinen sahen aus wie eine verdorrte Landschaft. Vom Meer wehte eine kühle Brise her, aber Asphalt und Sand hatten so viel Hitze gespeichert, dass man die Wärme selbst durch die Jeans spüren konnte. Lunau arbeitete sich durch ein verwildertes Gelände Richtung Strand vor, bis er von einem Dünenkamm aus die beste Aussicht hatte. Er legte sich in den warmen Sand, peilte die Lagerhalle mit seinem Richtrohrmikro an und drehte den Pegel hoch. Kein Geräusch. Kein Licht, auch nicht in den Lüftungsluken unter der Dachrinne. Die einzigen Geräusche waren die Brandung, Möwenschreie und der Verkehr auf der Strandpromenade. Manchmal sirrte eine Stechmücke an Lunaus Ohren.

Er lief zurück zum Auto, und als er es startete, kam ein ramponierter, ehemals weißer Lieferwagen und hielt vor dem Tor. Ein junger Mann stieg aus, öffnete das Vorhängeschloss, schob das Tor auf und fuhr hinein.

Lunau sprang aus dem Panda, lief in einem weiten Bogen zurück auf seine Düne und presste sich in den Sand.

Im schwachen Schein einer Straßenlaterne waren mehrere Schwarze zu erkennen, die mit ihren Warensäcken aus dem Fond stiegen. Aus dem Führerhaus waren zwei Weiße gesprungen. Einer war Mitte vierzig, er hatte einen Bierbauch über zu dünnen Beinen. Der andere war jünger, schlank, eine Sonnenbrille auf dem kahlgeschorenen Schädel. Lunau meinte, ihn schon gesehen zu haben. Die beiden bildeten eine Art Schleuse, vor der die Schwarzen sich anstellten. Und dann fror die Szene ein. Irgendetwas schien nicht zu funktionieren. Der Mann mit dem ausladenden Bauch zischte etwas durch die Zähne. Daraufhin lief der erste Vu cumpra' einfach los, als wollte er die Schleuse ignorieren. Sie schnappten ihn sich, stießen ihn hin und her. Lunau setzte die Kopfhörer auf.

»Wir wollten nicht mit eurem Lieferwagen fahren«, sagte der Farbige.

»Ihr seid immer mitgefahren, und ihr werdet es auch weiter tun.«

»Wir gehen am Tag zwanzig oder dreißig Kilometer, da kommt es auf die zwei auch nicht an. Wenn es umsonst ist, fahren wir mit.«

»Es ist nicht umsonst, es kostet fünf Euro. Wie abgemacht.«

»Wir haben keine Abmachung.«

»Ach nein?«

Der Rest der Schlange blieb stehen. Beobachtete die Szene, ohne sich zu rühren, obwohl der Aufrührer in ihrer aller Namen gesprochen hatte. Die beiden weißen Männer ließen drohend den Blick über die Gruppe schweifen. Der Schwarze, der aufbegehrt hatte, schulterte plötzlich seinen Sack und rannte los, aber da hörte man das Hecheln eines Hundes. Ein weißer Pitbull schoss aus dem Lieferwagen, überquerte den Hof und verbiss sich in den Sack, den der Schwarze dem Hund entgegengeschleudert hatte. Das Tier peitschte mit seinem Kopf hin und her, brachte den Mann zu Fall und sprang ihm auf die Brust. Der Schwarze schrie verzweifelt, und da ertönte ein scharfer Pfiff. Der Hund sah zum Lieferwagen, wo der Pfiff hergekommen war. Dort stand ein dritter Mann. Er war sicher über fünfzig, kräftig. An seiner rechten Ohrmuschel fehlte das obere Drittel. Er steckte sich eine Zigarette an, während der Hund gutmütig und zufrieden auf ihn zu trabte. Der Mann nickte seinen beiden Leuten zu. Der Dicke ging in Richtung eines Schrotthaufens, zog eine Eisenstange heraus, schwang sie über den Kopf und schlug dem Schwarzen vier Mal auf die Adduktoren. Vier Mal unterdrückte der Mann seinen Schmerzensschrei, während Lunau vor Wut die Zähne zusammenbiss. Die beiden Männer drehten sich zum Rest der Gruppe, der Kräftige schrie: »Sonst noch jemand unzufrieden?«

Sie zögerten, aber als der Hund sie anknurrte, schüttelte einer den Kopf, und die anderen taten es ihm nach. Sie drückten dem Dünnen mit dem kahlrasierten Schädel Geld in die Hand.

»Dann verschwindet! Das ist der Dank?«

Die Farbigen zogen sich schweigend in die Halle zurück. Die beiden Männer stiegen in den Lieferwagen, starteten den Motor und fuhren vom Hof. Im Licht der Scheinwerfer konnte Lunau das schmerzverzerrte Gesicht des Schwarzen sehen. Es war der junge Mann mit dem ondulierten Haar, der ihm die Auskunft zu Joy verweigert hatte. Lunau lief am Zaun entlang und wischte durch das offene Tor.

»Soll ich dich stützen?«

»Wer sind Sie?«

»Ich bin Kaspar Lunau.« Er streckte ihm die Hand hin, und der Schwarze schlug im Liegen ein. »Kannst du aufstehen?«

Der Mann nickte. »Es ist nichts.«

Lunau schob ihm die Hände unter die Achseln und stellte ihn auf die Füße. Als der Mann ein Bein zu heben versuchte, schossen ihm Tränen in die Augen.

»Soll ich dich zum Arzt bringen?«

»Unsinn«, sagte der Mann.

»Wie heißt du?«

»Oba. Oba N'Doiou.«

»Du bist Senegalese?«

Der Mann nickte und presste die Luft durch die Nase.

»Hat auch Meseret bei euch gearbeitet?«

Wieder nickte der Mann. Er musste seine ganze Konzentration aufbringen, um die schmerzenden Muskeln unter Kontrolle zu halten. Bei jedem Schritt lief eine Serie von Grimassen über sein Gesicht. Trotzdem hatten sie fast schon die Lagerhalle erreicht, und Lunau musste sich beeilen. Vor den Kameraden würde Oba nichts mehr sagen.

»Und du warst sein Freund.«

Wieder ein Nicken.

»Wo ist Joy?«, flüsterte Lunau. Der Schwarze reagierte nicht. »Ich muss sie finden. Das Leben eines kleinen Mädchens hängt davon ab.« Der Schwarze ging einfach mechanisch weiter. »Wo ist Michael? Joys Zuhälter. Kennst du ihn?«

Die anderen hatten sich Oba gegriffen, trugen ihn in die Halle und legten ihn vorsichtig auf eine Pritsche.

»Kennst du die Adresse von Michael? Oder von Joy?«

»Sie sehen doch, dass es ihm nicht gut geht«, blaffte Lunau ein Hüne mit vorspringenden, blütenweißen Zähnen und einem riesigen Mund an.

Lunau richtete sich auf und trotzte der Drohgebärde des großen Mannes. Er schaute in die Runde: »Weiß einer von euch, wo Joy ist?«

Keine Reaktion. Lunau hörte das Blut in seinen Ohren rauschen. Er sah Saras Gesicht vor sich, hörte ihr Lachen.

»Sie wissen nichts. Sie müssen hier verschwinden«, sagte der Hüne wieder. »Die kommen gleich zurück.«

»Und was passiert dann?«, fragte Lunau. Er wusste nicht, wohin mit seiner Wut, seiner Angst und Verzweiflung.

»Sie müssen gehen«, sagte der Hüne und trat auf Lunau zu. Er bewegte sich ganz entspannt und gleichmütig und wirkte dadurch umso entschlossener. Lunau sah hilfesuchend zu Oba. Aber Oba war schon wieder von der Pritsche aufgestanden und machte sich an seinen Sachen zu schaffen. Lunau schaute in die feindseligen Gesichter.

»Wenn irgendjemand von Joy hört, oder von ihrem Zuhälter, diesem Michael, dann sagt mir sofort Bescheid. Bitte«, sagte Lunau und erkannte, wie sinnlos seine Bitten waren. Immer noch dieselben stumpfen Mienen.

»Kennt jemand den Nachnamen von Michael? Oder eine Handynummer? Hat jemand die Handynummer Joys?«

Der Hüne begann jetzt, Lunau zu schubsen. Dieser wischte beim zweiten Stoß die ausgestreckte Hand des Schwarzen mit einem Unterarmblock zur Seite. Die Bewegung war so schnell gewesen, dass der Mann fast das Gleichgewicht verloren hätte und Lunau überrascht anschaute.

»Nicht anfassen, das mag ich nicht«, sagte Lunau. Einen Moment überlegte sein Gegenüber, ob er es auf eine körperliche Auseinandersetzung ankommen lassen sollte, aber das Duell war zu ungleich. Zwar war Lunau allein, allein gegen ein halbes Dutzend, aber er war weiß und hatte Papiere.

Lunau rannte zum Auto, startete den Motor und versuchte wieder, Amanda zu erreichen, wieder hörte er nur die Mailbox. Als er losfahren wollte, wurde gegen die Seitenscheibe geklopft. Das zu einem strengen Helm gegelte ondulierte Haar Obas leuchtete im Laternenlicht. Lunau öffnete die Beifahrertür.

»Kann ich dich irgendwo hinbringen?«

Oba schüttelte den Kopf. »Sie werden Joy nichts tun?«

Lunau überlegte einen Moment. Darüber durfte er nicht nachdenken. »Joy wird nichts geschehen.«

Oba reichte Lunau ein Schlüsselbund in den Wagen.

»Wozu gehören die?«, fragte Lunau.

»Meseret hatte eine Wohnung. Da wollte er mit Joy einziehen. Vielleicht hat sie sich dort versteckt.«

Die Schlüssel waren neu und gehörten zu modernen Sicherheitsschlössern.

»Wo ist die Wohnung?«

»In Bosco Mesola.«

»Wo ist das?«

»Dreißig Kilometer von hier, Richtung Norden.«

»Und die Adresse?«

Oba zuckte mit den Achseln.

»Am Ende des Ortes ist eine gelbe Reihenhaussiedlung. In der Mitte ist ein Mehrfamilienblock. Da ist die Wohnung.«

15

Sara spürte, wie die Kälte durch ihre Schulterblätter in den Brustkorb kroch, sie spürte den harten Beton an ihren Fersen und am Hinterkopf, die Kanten des Kabelbinders, die sich in ihre Handgelenke schnitten.

Eben war sie noch froh gewesen, dass der Mann sie allein gelassen hatte. Sie hatte alles getan, um ihm nicht in die Augen sehen zu müssen. Aber jetzt machte ihr das Alleinsein Angst. Durch die Wand drangen gedämpfte Geräusche. Holzbohlen knarrten, eine Eisenkette schleifte über den rauen Boden, immer lauter, immer näher.

Die Erinnerungen harte, chaotische Splitter: Die Abendsonne, die auf dem Autodach gefunkelt hatte, das Eis am Stiel, das man ihr durchs offene Fenster hingestreckt hatte, der große Panda, der auf der Rückbank saß und sie anzulächeln schien.

Wie oft hatte die Mutter ihr gesagt, sie müsse in Mirkos Nähe bleiben? Wie oft hatte ihre Mutter gesagt, man müsse Niederlagen einstecken können? Konnte Sara aber nicht. Sie ärgerte sich jedes Mal über ihre zu kurzen Arme. Sie geriet so in Rage, dass sie ihren Bruder dafür hasste, dass er längere Arme hatte, Arme, mit denen er fast an jeden Ball kam. Hätte Mirko nicht wieder alle gezwungen, ein Turnier zu spielen, dann hätte Sara sich nicht gelangweilt und wäre nicht zwischen den Umkleiden herumspaziert. Sie hätte nicht den Eisvogel entdeckt, mit seinem blauschillernden Kopf, diesem langen schlanken Schnabel und seinen Schwanzfedern, die bei jedem Hüpfer wippten. Es war seine Schuld.

Nein, das alles war ihre Schuld. Sie wusste es. So wie sie wusste, dass ihre Mutter schreiend durch die Wohnung lief, dass sie mit der Faust gegen die Wand schlug, wie damals, als Papa verschwunden war. Papa. Tot. Im Himmel, sagten sie. Wenn sie starb, würde sie ihn wiedersehen. Und trotzdem wollte sie nicht tot sein. Das war ihr zu unbestimmt, dass »dort drüben« auch ihr Vater sein sollte. Niemand hatte ihr je erklärt, wie es da drüben aussah. Und manchmal dachte sie, »da drüben«

gab es gar nicht. Sie wussten ja nicht einmal, war es »drüben« oder »oben«.

Anfangs hatte sie sich nicht zu rühren gewagt. Sie war steif geblieben wie ein Katzenjunges, dessen Mutter es an der Nackenschwarte fasst. Sie hatte sich auf den Beton legen und zudecken lassen. Und als sie die Augen aufschlug, war es so finster gewesen wie vorher. Ich muss nur überleben, dachte sie. Wenn ich überlebe, werde ich meine Mutter wiedersehen.

Der Boden drückte so hart gegen ihren Hinterkopf, dass sie versuchte, sich ihr Kissen unter den Kopf zu denken. Aber der Gedanke trieb ihr die Tränen in die Augen. Ich muss stark sein, dachte sie. Sie nahm den großen Panda und legte ihn sich unter den Kopf. Aber er roch nicht wie ihr Kopfkissen, er roch nach Tankstelle und nach Uhu.

Sie dachte an den Atem ihrer Mutter, der warm und sanft über ihr Gesicht strich, wenn sie ihr Gute Nacht wünschte und einen Kuss auf die Stirn drückte. Und dann konnte sie nicht mehr stark sein. Sie schluchzte und hörte, wie ihr Schluchzen sich an den kahlen Wänden brach.

Der Riegel wurde aufgezogen, und dann öffnete die Tür sich einen Spalt. Ein Keil aus grau-blauem Licht hebelte die Schwärze auf, Sara wagte aber nicht, in den schwachen Lichtschein zu sehen. Wenn ER jetzt in diesem Spalt steht?, dachte sie. Sie drehte schnell den Kopf weg und stellte sich schlafend.

Ein blechernes Gefäß kratzte über den Boden. Dann noch eines. Ein süßlicher Geruch stieg Sara in die

Nase. Aber um nichts in der Welt würde sie Essen anrühren, das von IHM kam.

Ich muss einfach überleben, dachte sie. Ich darf nichts tun, was IHN gegen mich aufbringt. Ich tue, was ER will. Aber was wollte ER von ihr?

16

Lunau war die dreißig Kilometer an der Küste entlanggefahren, am Lido degli Estensi, Lido degli Scacchi, Lido di Pomposa, Lido delle Nazioni vorbei, an Orten, die so eintönig und austauschbar waren wie ihre Namen. Schließlich waren nur noch Ödland, Sumpf und Weidengewächse zu sehen gewesen.

Bosco Mesola war ein Dorf mit zweitausend Einwohnern im Nirgendwo, benannt nach einem Sumpfwald, der dem Fürstengeschlecht der Este einst als Jagdrevier gedient hatte. In der Umgebung gab es, bis auf ein bescheidenes Überbleibsel des Waldes, nur Felder, Abzugsgräben und Deiche. Keine Industrie, keine Arbeitsplätze, nicht einmal eine Tankstelle. Es war ihm ein Rätsel, warum Meseret und Joy sich ausgerechnet hier ansiedeln wollten. Aber vielleicht war die Antwort einfach: Sie wollten abtauchen. Eine billige Miete.

Lunau durchquerte den Ort mit dem Wagen und sah nur verlassene Sträßchen, bescheidene Einfamilienhäuser, an einer rechtwinkligen Kurve lag eine Bar mit einer verblichenen Speiseeisfahne, die den Ortskern markierte. Zweihundert Meter weiter kam die Überraschung: die gelbe Reihenhaussiedlung. Ein Neubau, ein bemerkenswerter Kontrast zur Umgebung. Die meisten Fenster waren erleuchtet, dahinter strahlten Flachbildfernseher, in den Vorgärten parkten blinkende Autos neben jungen Sträuchern. Dreiräder und Tretroller, Kinderfahrräder, Wäsche, Gartenhäuschen und aufblasbare Plantschbecken waren zu sehen. Lebensfreude und Wohlstand. Woher Lebensfreude und Wohlstand hier kamen, war unerklärlich.

Lunau parkte und ging an den Häuschen vorbei. Nach etwa hundert Metern zeichnete sich der Block mit Apartments ab, der das Zentrum des Ensembles bildete. Lunau wartete eine Weile hinter einer Pinie und suchte die Vorderfront ab. Es gab drei Stockwerke, mit jeweils acht Fenstern. Elf waren beleuchtet, die meisten mit Fernseherlicht. Kein Gesicht war zu sehen, keine Gardine, die sich bewegt hätte. Ob tatsächlich Joy hier war?

Lunau trat an den Hauseingang. Auf der erleuchteten Klingelleiste waren zehn Namen zu lesen, durchweg italienische, an zwei Klingeln fehlte der Name. Lunau probierte die Schlüssel am Hauseingang aus. Einer passte.

Von den beiden Wohnungen, deren Klingeln anonym waren, lag eine im Erdgeschoss. An der Tür stand jedoch ein Name: Bianchi. Aus der Wohnung drang Kindergeschrei, ein Mann brüllte Drohungen und fing dann mit einer Frau zu streiten an.

Blieb die Wohnung im dritten Stock. Lunau ging die Treppe hoch und suchte den Korridor ab. Er dachte daran, wie schnell Joy laufen konnte. Er musste sie überraschen. Und dann?

Sara hatte ihn nach dem Mörder Meserets gefragt. Er wird euch nichts tun, hatte Lunau geantwortet und war sich seiner Sache sicher gewesen. Er betrachtete den Rauputz an den Wänden, die sauberen, frisch gestrichenen Kanten. Als ob das Leben eine geordnete Angelegenheit wäre.

Als die Zeitautomatik das Licht abschaltete, blieb er im Dunkeln stehen und wartete einen Moment. Aus den Apartments drang ein diffuser Brei aus Fernsehton, Musik, Stühlerücken, Geklapper von Geschirr und Gläsern. Als Lunaus Augen sich an die Dunkelheit gewöhnt hatten, erkannte er vier Wohnungstüren. Die letzte Klingel rechts war nicht beschriftet. Er legte das Ohr an die Tür und hörte Schritte in der Wohnung. Schubkästen wurden aufgezogen, Schranktüren geöffnet. Lunaus Herzschlag beschleunigte sich. Oba hatte ihn nicht angelogen. Sie war da. Sie lief durch die Wohnung und suchte hektisch Sachen zusammen. Wahrscheinlich wollte Joy aus der Gegend verschwinden.

Lunau holte die Schlüssel aus der Tasche - und ließ sie fallen. Das Klirren auf den Tonfliesen erfüllte den Korridor. Das Licht unter der Türkante verschwand, die Geräusche in der Wohnung verstummten.

Lunau duckte sich unter den Türspion und wartete, während sein Herzmuskel das Blut in die Ohren pumpte. Sie waren im dritten Stock, und es gab keine Feuerleitern. Joy konnte ihm nicht entkommen. Er hörte ihr Atmen, das Knirschen von Sand unter ihren

Schuhsohlen. Sie zog sich zurück in einen anderen Raum und kramte vorsichtig weiter. Im Dunkeln. Lunau führte langsam den ersten Schlüssel ins Schloss ein. Er passte nicht. Er dachte plötzlich an Silvia, wie sie in seiner Umarmung gezuckt hatte. Er versuchte, das Zittern unter Kontrolle zu bekommen, indem er beide Hände zu Hilfe nahm.

Der dritte Schlüssel passte. Er drehte ihn um etwa dreißig Grad nach rechts: Die Falle war aufgesprungen.

Langsam schob er das Türblatt auf. Die Ausdünstungen frischer Wandfarbe schlugen ihm entgegen. Auf dem gefliesten Fußboden bildete sich ein grauer Lichtkeil. Joy tat, womit Lunau gerechnet hatte: Sie rannte los und versuchte, an ihm vorbeizuwischen. Lunau warf sich ihr in die Flanke und umklammerte ihre Taille. Sie schien mehrere Schichten Klamotten übereinandergezogen zu haben, denn sie fühlte sich unförmig und schwer an. Sie schlugen beide hin, Joy versuchte, in den Liegestütz zu kommen und Lunau, der sich auf ihren Rücken gelegt hatte, wie einen Rodeoreiter abzuwerfen. Er nahm Joy in den Doppelnelson und zog sie auf die Füße. Dann schaltete er mit dem Ellbogen das Licht an.

Der Nacken, den Lunaus Finger umschlossen hielten, war der Nacken eines untersetzten, glatzköpfigen Mannes.

»Wer sind Sie?«, ächzte dieser. »Was wollen Sie von mir?«

Lunau rang nach Atem, der Schreck lähmte seine Gedanken. Er roch die säuerliche Haut zwischen seinen Fingern und fragte: »Was haben Sie in der Wohnung von Joy zu suchen?«

Der Mann hatte jede Gegenwehr eingestellt, seine Beine zitterten so stark, dass sein linker Fuß wie ein Zeiger ausschlug, und Lunau, der ebenfalls zitterte, lockerte den Griff.

Der Mann machte einen hilflosen Versuch, durch die Tür zu verschwinden, aber Lunau versperrte ihm den Weg. Sie betrachteten einander.

Sein Gegenüber war wohl Anfang fünfzig, weißer Hautfarbe, er hatte einen rundlichen Schädel und kleine Augen. Seine Arme waren kurz, seine O-Beine ebenfalls.

»Was tun Sie hier?«, fragte Lunau.

»Das ist meine Wohnung.«

»Sind Sie ein Freund von Joy?«

»Ich kenne keine Joy.«

»Meseret?«

»Ich kenne auch keinen Meseret.« Der Mann schaute auf den Boden, dann, an Lunau vorbei, hinaus in den Korridor. »Ich werde jetzt die Polizei rufen«, sagte er wenig überzeugt.

»Tun Sie das.«

Lunau hoffte fast, der Mann würde die Polizei rufen. Dann würde er erzählen, warum er in diese Wohnung eingedrungen war, warum er nach einer Spur von Joy suchte. Und die Polizei würde endlich nach Sara fahnden.

Doch der Mann tat Lunau den Gefallen nicht. Er hielt sein Handy vors Gesicht und starrte auf das Display.

»Brauchen Sie Ihre Brille?«, fragte Lunau.

»Ja. Sie muss in der Küche liegen.« Der Mann ging durch einen schmalen Flur nach rechts und betrat eine kleine, schlicht eingerichtete Wohnküche. Er schien sich gut auszukennen. Vielleicht war es wirklich sein Eigentum.

»Haben Sie die Wohnung schwarz an Meseret vermietet?«

»Wovon reden Sie? Wer sind Sie überhaupt?«

»Kennen Sie einen Michael, einen Nigerianer, groß, kräftig, jung, ein Zuhälter?«

»Ich weiß nicht, was Sie von mir wollen. Ich bin einfach nur ein Vermieter, der nach seiner Mietsache sehen wollte.«

»Und deshalb schalten Sie das Licht aus, wenn jemand an die Tür kommt? Haben Sie die Wohnung schwarz an Meseret vermietet?«

»Wer soll dieser Meseret sein?«

Lunau wurde allmählich wütend. Der Mann war verängstigt, aber es war klar, dass er etwas zu verbergen hatte.

»Wie hieß denn Ihr Mieter Ihrer Meinung nach?«

Der Mann schob den Kiefer hin und her. Lunau sah sich um. Von der Diele gingen vier Türen ab. Zwei davon standen einen Spaltbreit offen. Man erkannte zwei Zimmer, aus denen der Geruch von frischer Farbe zog. Am Boden lagen Abdeckplanen, die in der Zugluft flirrten. Die wenigen Möbelstücke waren neu, eine Schublade stand offen. Lunau näherte sich so weit, dass er hineinsehen konnte. Die Schublade war leer.

»Hat Meseret für Sie die Wohnung schwarz renoviert? Und dann kam es zu einem Arbeitsunfall?«

»Was haben Sie immer mit diesem Meseret?«

Lunau fühlte sich in einer Sackgasse. Diese Wohnung war der erste Anknüpfungspunkt zu Joy und Michael, aber er führte nicht weiter. Weil dieser Kerl sich dumm stellte. Lunau wurde laut: »Meseret war der Name Ihres Mieters, egal, was er Ihnen gesagt haben mag. Ihres Mieters, den man ermordet, dem man das Gesicht mit einer Baumaschine zermatscht und dem man die Fingerkuppen abgetrennt hat, um eine Identifizierung zu verhindern. Ich glaube, dass Sie das wussten. Sie hätten ihn identifizieren können, haben es aber nicht getan. Warum? Was haben Sie mit dem Mord zu tun? Was haben Sie mit Joy zu tun?«

»Ich kenne keine Joy.«

Der Kiefer des Mannes blieb seitlich stehen, über sein Gesicht huschte ein nervöses Zucken. Lunau holte sein Handy aus der Tasche.

»Was tun Sie?«, fragte der Mann.

»Ich werde Sie der Polizei melden.«

»Warten Sie.« Er hatte die Hände gehoben und schüttelte sie. »Ich heiße Diego Gianella.«

Lunau schaute ihn erwartungsvoll an. Und als der Mann nicht weitersprach, hob er wieder das Handy vors Gesicht und sah auf die Tasten. Gianella sagte: »Ich war ein Freund von Meseret.«

»Und warum sind Sie dann nicht zur Polizei gegangen?«

»Ich wusste nicht, dass der Tote Meseret war.«

»Sie dachten also, Meseret wäre wie gewohnt bei der Arbeit oder bei Freunden. Und dann dringen Sie in seine Wohnung ein? Das soll ich Ihnen glauben?«

»Ich hatte ein ungutes Gefühl. Ich wollte sehen, wie es ihm geht.«

»Und wühlen deshalb in seinen Sachen?«

»Ich habe nicht gewühlt. Die Wohnung ist praktisch leer.«

»Ja, jetzt.« Lunau überlegte, ob er Gianella von der Entführung erzählen sollte, ließ es aber bleiben. »Ich muss Meserets Verlobte finden. Joy. Sie war manchmal mit ihm hier. Eine junge Schwarze, sehr attraktiv, in auffallenden Klamotten.«

Der Mann zog die Schultern hoch und schüttelte den Kopf. »Ich habe ihn wirklich nie mit einem Mädchen gesehen.«

»Mit einem Freund oder Bekannten?«

Wieder ein Kopfschütteln.

»Es kann doch nicht sein, dass Meseret immer allein war. Auch wenn er Ihnen Geld bringen musste, oder wenn Sie ihn mal zufällig auf der Straße getroffen haben?«

Gianella fasste sich an den Kopf. »Einmal, da habe ich ihn vorne an der Bar gesehen.«

»Und?«

»Er redete mit einem anderen Schwarzen.«

»Und wie sah er aus? Ein großer Kerl mit breitem Gesicht?«

Gianella runzelte die Stirn und schüttelte den Kopf: »Nein, sein Gesicht war eher schmal, dichte, an den Kopf gegelte Locken.«

Oba. Lunau gab dem Mann seine Karte und sagte: »Ein kleines Mädchen ist entführt worden. Von Leuten, die hinter Meseret her waren. Wenn Ihnen noch etwas einfällt, dann rufen Sie mich bitte an.«

Der Mann nickte, und Lunau wusste, er würde sich niemals melden, egal, was ihm einfallen würde. »Wo kann ich Sie erreichen?«

Gianella zögerte.

»Bitte!«

Schließlich gab er Lunau eine Handynummer.

17

Amanda saß am Steuer des Lieferwagens und fuhr durch die Unterführung hinter dem Bahnhof. Neben ihr saß Cecilia und schwieg zwischen ihren affigen Zöpfen.

Sie hatten die Via Bologna abgegrast und wie immer vergeblich versucht, mit einer der osteuropäischen Prostituierten ins Gespräch zu kommen. Am Straßenstrich der Italienerinnen und bei den Transvestiten hatten sie mehr Erfolg gehabt. Dort hatten sie immerhin Kondome und Snacks verteilt. Nun kamen sie auf die Via Padova, eine vierspurige Straße, die durch Gewerbegebiete, vorbei an Lagerhallen und verfallenden Fabriken führte. Hier waren die billigsten Plätze. Hier war der Strich der Afrikanerinnen. Und hier begann die fruchtbarste Arbeit. Denn bei den Afrikanerinnen hatten sie am ehesten die Chance, einen Kontakt herzustellen, jemanden zuerst mit kleinen Geschenken, dann mit Informationen und juristischer Hilfestellung, schließlich mit dem Versprechen einer Aufenthaltsgenehmigung aus dem Ring der Prostitution zu lösen.

»Halt mal«, sagte Cecilia, in einem Ton, der Amanda auf die Nerven ging. Cecilia war schon zwei Jahre bei *Ex* und behandelte Amanda wie eine Handlangerin. Auch wenn sie es nicht offen sagte, so hielt sie Amanda für ein höheres Töchterlein, das die ehrenamtliche Tätigkeit aus reiner Langeweile übernommen hatte, oder um ein schlechtes Gewissen zu beruhigen.

»Kennst du die?«, fragte Amanda. Sie hatte neben einem jungen schwarzen Mädchen gebremst, das in einem gelben Minirock und glitzerndem Top unter einer Straßenlaterne wartete.

»Sie ist neu.« Cecilia ließ die Scheibe herab, ein Schwall heißer Sommerluft, untermischt mit Autoabgasen und dem süßlichen Duft der Chemiefabrik, fuhr herein. »Möchtest du einen Becher Eistee?«, fragte sie.

Das Mädchen schüttelte den Kopf.

»Kondome?«

Wieder ein Kopfschütteln.

Cecilia reichte ihr einen Schokoriegel durchs Fenster. »Hunger?«

Das Mädchen reagierte nicht. Amanda schätzte es auf zwanzig.

»Wie heißt du?«

Die Schwarze wandte sich ab und ging ein paar Schritte weiter.

»Das hat keinen Sinn. Sie scheint Anfängerin zu sein und ist verängstigt«, sagte Amanda.

»Fahr ihr nach.«

»Es hat keinen Sinn.«

»Du sollst ihr nachfahren.«

Amanda legte den ersten Gang ein und ließ die Kupplung kommen, obwohl ihr die Situation nicht gefiel. Das Mädchen war auf dem finsteren Parkplatz eines Baumarktes verschwunden. Vielleicht suchte es Hilfe bei ihrem Zuhälter. Cecilia öffnete die Beifahrertür und sagte: »Warte hier.«

»Wo willst du hin?«

»Sie hat Angst vor dem Auto. Wenn ich alleine mit ihr rede, dann ist sie vielleicht zugänglicher.«

»Bist du verrückt?«

Amanda war in den zwei Monaten, die sie für *Ex* auf der Straße arbeitete, noch keinem Zuhälter direkt begegnet, aber sie kannte die Geschichten, die in der Teeküche kursierten.

Auf dem Parkplatz standen Einkaufswagen in langen Schlangen, an einer Laderampe parkte ein Lastwagen. Niemand war zu sehen. Das Mädchen war hinter einem Müllcontainer verschwunden. Cecilia ging ihr nach.

Amandas Puls fing zu galoppieren an. Sie hatten klare Vorschriften: Niemals alleine operieren. Niemals den Wagen verlassen. Dumme Zicke, dachte sie. Was willst du mir beweisen? Einen Moment lang rangen die Wut auf ihre Kollegin und ihr Verantwortungsgefühl miteinander. Dann zog sie den Zündschlüssel ab und stieg ebenfalls aus.

Als sie leise die Tür ins Schloss drückte, fasste sie jemand am Arm, und sie stieß einen Schrei aus. Da stand Lunau und starrte sie mit einem irren Gesichtsausdruck an. Amandas Knie zitterten, und sie griff nach dem Rückspiegel.

»Warum erschreckst du mich so?«, fragte sie.

»Setz dich in den Wagen. Ich muss mit dir reden.«

»Wie hast du mich gefunden?«

»Setz dich in den Wagen.«

Er redete genauso herrisch mit ihr wie Cecilia. Wäre Amanda nicht so hilflos gewesen, hätte sie ihm die Meinung gesagt, aber nun war sie fast froh, wieder ins Führerhaus steigen zu können.

Lunau setzte sich auf den Beifahrersitz. »Ich muss wissen, wo Joy ist.«

Amanda schaute ihn an. Er war blass, die Haut auf seinem Nasenrücken zuckte nervös. »Was ist denn los?«

»Wo ist Joy?«

»Keine Ahnung.«

»An welchem Platz steht sie?«

»Normalerweise an der Kreuzung Via Padova/Via Modena, aber sie ist heute nicht da.«

»Warum nicht?«

»Weiß ich nicht.«

»Wo ist sie?«

Amanda schwieg.

Lunau fasste sie am Oberarm und rüttelte an ihr. »Wo ist sie?«, schrie er.

Amandas Nerven fingen an, verrückt zu spielen. Sie

blickte über den Parkplatz, dorthin, wo Cecilia verschwunden war. Noch immer war niemand zu sehen. Nur die Schlangen der Einkaufswagen, der Laster, die Müllcontainer und dahinter Büsche, in denen Papierfetzen und andere Abfälle schimmerten.

»Wo ist Michael, ihr Zuhälter?«

»Weiß ich nicht.«

»Ich muss ihn finden, verstehst du? Wo wohnt er? Wie lautet seine Handynummer? Wie sieht er aus?« Lunau hatte so laut gebrüllt, dass seine Stimme in dem blechernen Gefährt nachhallte. Amanda bekam Angst. »Willst du mir nicht erklären, was los ist?«

Lunau erzählte knapp, was passiert war: Michael hatte Sara entführt, um an Joy heranzukommen.

»Wer hat ihm gesagt, dass Joy bei mir war? Wie kommt er auf die Idee, dass Joy sich bei mir versteckt?«

»Ich habe keine Ahnung.«

»Warum antwortest du nicht, wenn ich dich anrufe?«

»Ich weiß nicht …«

Lunau zerrte sie an den Schultern und schüttelte sie so heftig, dass ihr Kopf hin und her flog. »Red keinen Unsinn. Du hast Joy zu mir geschickt. Deinetwegen hat diese ganze Geschichte angefangen. Wo ist Joy?«

»Ich sag dir doch, dass ich es nicht weiß.«

»Und Michael, wo ist der?«

»Er wohnt irgendwo in der Via Modena, glaube ich, nicht weit von hier.«

»Die Via Modena ist lang. Wo genau?«

Die Beifahrertür wurde aufgerissen, und dann traf Lunau ein glühender Schwall ins Gesicht. Das Brennen fuhr in seine Augen, fuhr die Kehle hinab und ergoss sich wie Spiritus in die Verästelungen der Bronchien. Lunau wurde von einem Hustenkrampf geschüttelt, während ihm schwarz vor Augen wurde. Einen Moment lang meinte er, man habe einen Knallkörper ins Führerhaus geworfen. Aber er hatte keinen Knall gehört. Die Türen wurden aufgerissen, gellende Mädchenschreie, auch Amanda hustete und keuchte.

Es dauerte Minuten, bis die Wirkung des Pfeffersprays ein wenig nachließ. Lunaus Augenlider waren verklebt, er sah nichts, aber er konnte reden.

»Was will der Typ von dir?«, fragte Cecilia.

»Ist schon in Ordnung. Ich kenne ihn.«

»Ein Perverser?«

»Nein. Ein Bekannter.«

»Er muss hier weg«, sagte Cecilia.

»Wo ist Joy? Wo ist Michael, ihr Zuhälter? Kennen Sie seine Adresse?«, fragte Lunau.

»Was ist er? Ein Bulle?«

»Nein«, antwortete Amanda.

»Fahrt mich an die Stelle, an der Joy normalerweise arbeitet.«

»Das ist kein Taxi. Männer dürfen nicht an Bord.«

»Sie ist nicht da«, sagte Amanda.

»Wer sagt das?«, fragte Lunau. »Ich kann nichts sehen. Ihr müsst mich mitnehmen.«

»Okay. Es ist gleich um die Ecke«, sagte Amanda.

»Spinnst du? Das ist nicht unsere Tour. Wir sind doch kein Fuhrbetrieb.«

»Es ist wichtig«, sagte Amanda.

»Was wollen Sie von Joy?«, fragte das Mädchen.

Lunau gab keine Antwort. Der Lieferwagen rollte langsam über die Ausfallstraße. Lunau hörte die Autos, die überholten, einen LKW, der mit schnaubender Hydraulik bremste und dann an seinem Nebelhorn zog.

»Hast du das Mädchen gesprochen?«, fragte Amanda, um die eisige Atmosphäre ein wenig anzutauen.

»Nein. Sie hat sich irgendwo an der Böschung des Kanals versteckt.«

Lunau wischte sich mit dem Ärmel über die Augen, aber jede Berührung machte das Brennen noch schlimmer.

Amanda stoppte den Lieferwagen. »Nichts. Der Standplatz ist leer.«

»Dann bringt mich zu Michaels Wohnung«, sagte Lunau.

»Wir wissen nicht, wo Michael wohnt.«

»Aber er wird doch sicher jetzt arbeiten. Hier ist sein Revier.«

»Er hat kein Revier. Er hat nur ein Mädchen. Joy. Und Joy ist nicht da.«

Lunau versuchte nachzudenken, aber es gelang ihm nicht. Wie sollte er Michael finden? Über das Handysignal, aber dazu brauchte man die Handynummer.

»Irgendeinen Kumpel aus Michaels Clique werden wir auftreiben können. Ihr kennt doch die Organisation«, sagte Lunau, wobei seine Stimme sich überschlug.

»Welche Organisation?«, fragte Cecilia.

Einen Augenblick herrschte Stille. Lunau war vollkommen hilflos. Es kam ihm vor, als suchte er in einem finsteren Bassin nach einer Kontaktlinse. Er konnte spüren, wie Cecilia und Amanda einander anstarrten und allmählich Mitleid empfanden.

»Es gibt nur einen, der uns helfen kann«, sagte Amanda. »Cecilia, wir müssen die Tour abbrechen.«

»Ich fahre sie alleine zu Ende.«

»Nein, das geht nicht«, sagte Amanda ebenso entschieden wie kalt.

18

Das Haus Gennaro Tarantellas lag in einer stillen Neubausiedlung an der Via Comacchio. Verklinkerte Doppelhäuser in kleinen Gärten, dazwischen alte Kiefern, Parks und Fußballplätze. Sie fanden den Vicolo Sandolo, eine Sackgasse, an deren Wendehammer ein Bungalow in einem weitläufigen Garten stand. Das Anwesen war mit Alarmanlage und einem hohen Zaun gesichert. Ein Polizeiwagen mit zwei Beamten parkte davor. Amanda schaute auf die Uhr am Armaturenbrett.

»Es ist fast elf. Können wir …?«, fragte Amanda.

»Ich denke, er ist ein Freund deiner Familie.«

Lunau konnte die Augen wieder öffnen, sah die Welt aber durch einen milchigen Schleier. Die Straßenlaternen zogen als große Lichtblasen durch sein Sichtfeld, darunter waren Büsche und Zäune als schwarze Flecken zu sehen.

Sie stiegen aus dem Auto, Amanda klingelte an der Pforte, ein Hund schlug an, bis eine männliche Stimme ihn beruhigte. In dem Streifenwagen ging die Beleuchtung an, die Beamten notierten sich Amandas Kennzeichen.

»Du bist das?«, rief die Stimme. »Warum hast du nicht angerufen?«

Tarantella hatte jetzt auch Lunau entdeckt. Er hielt einen Moment inne, schaute sich schnell in alle Richtungen um, gab den Polizisten einen Wink und bat die beiden dann ins Haus.

Dort herrschte eine angenehme Stille, die nur von leiser Barockmusik untermalt wurde. Ein leichter Duft von Olivenöl und Zitronengras, durchmischt mit Lavendel. Tarantalla steckte seinen Kopf ins Wohnzimmer, beschwichtigte seine Frau und bat die Gäste in ein Arbeitszimmer, das ebenfalls im Erdgeschoss lag.

Lunau und Amanda setzten sich in weiche, kühle Clubsessel, Tarantella auf eine Couch.

»Wir würden Sie nicht um diese Uhrzeit behelligen, wenn es sich nicht …«, setzte Lunau an, aber Tarantella bedeutete ihm mit einer Geste, dass Vorreden überflüssig waren. »Wie kann ich Ihnen helfen?«, fragte er.

Wie viel sollte Lunau Tarantella verraten? Dieser hob wieder die Hand und sagte: »Der Raum ist abhörsicher. Sie können sich auf meine Diskretion verlassen, und selbstverständlich erwarte ich dasselbe von Ihnen.«

Lunau nickte. »Es geht um eine ganz konkrete Information. Michael Duhula, ein Nigerianer, Zuhälter und vermutlich auch Dealer.«

Tarantella schwieg. Lunau konnte seine Mimik nicht erkennen, dazu war sein Blick immer noch zu getrübt. Aber er hatte den Eindruck, dass der Mann etwas ratlos war.

»Duhula, sagen Sie?« Tarantella stand auf und ging an seinen Schreibtisch, wo er den Computer hochfuhr. »Ich beschäftige mich ausschließlich mit Organisiertem Verbrechen. Wie kommen Sie auf die Idee, dass er damit in Verbindung steht?«

»Das scheint mir bei Prostitution und Drogenhandel auf der Hand zu liegen.«

»Ja, natürlich«, erwiderte Tarantella und schaute auf seinen Monitor. »Einen kleinen Moment bitte, der Rechner verfettet allmählich. Darf ich Ihnen etwas anbieten?«

Lunau und Amanda lehnten höflich ab.

Tarantellas Augen waren auf einen bestimmten Punkt auf dem Bildschirm gesprungen, und Lunau war sicher, dass er fündig geworden war.

»Sie werden verstehen, dass alle Informationen, die bei mir zusammenlaufen, höchst delikat sind. Ich bin keine Ermittlungsbehörde, habe aber eine unterstützende Funktion. Mir ist jeder Mitstreiter in unserer Mission willkommen, es ist jedoch nicht gesagt, dass eine Einzelaktion, noch dazu gegen einen kleinen Mitläufer, Sinn macht. Es kann sogar sein, dass eine solche Aktion wertvolle Ermittlungsarbeit und eine zukünftige konzertierte Aktion untergräbt. Verstehen Sie, was ich meine?«

»Natürlich«, erwiderte Lunau. Natürlich hatte Tarantella recht, aber das half nicht gegen Lunaus Ungeduld. »Wir brauchen nur seine Wohnadresse und, wenn möglich, seine aktuelle Handynummer.«

Tarantella war wieder zu der Sitzgruppe zurückgekehrt, hatte Platz genommen und schaute Lunau direkt in die Augen, mit einem Blick, in dem ebenso viel Wärme wie Kälte lag. »Tut mir leid. Ich müsste trotzdem wissen, wozu Sie diese Informationen brauchen.«

Lunau überlegte. Michael war also nur ein kleiner Mitläufer. »Es geht uns nicht um das, was Sie als Organisiertes Verbrechen bezeichnen, um die großen Fische. Ich bin nur an Michael Duhula interessiert.«

»Mag sein. Aber auch eine punktuelle Aktion wird weitreichende Konsequenzen haben. Warum ausgerechnet Michael Duhula?«

Lunau schaute Amanda an. Sie nickte ihm aufmunternd zu. Lunau war klar, dass sein Gegenüber seinetwegen ein großes Risiko einging. »Michael hat die kleine Tochter meiner Lebensgefährtin entführt. Er will sie gegen Joy, eine Prostituierte, eintauschen.«

Tarantella war in seinem Sessel zusammengesackt, sprang dann auf und ging im Raum auf und ab. Er schien unter fast körperlicher Pein zu leiden. Tarantella hatte selbst ein Kind verloren. Ein Mitglied der Camorra hatte seinen ältesten Sohn von einer sechzig Meter hohen Brücke in ein Flussbett geworfen. Im Hochsommer, als der Fluss kein Wasser führte.

»Entschuldigen Sie mich einen Moment.«

Er stand wieder auf und verließ das Zimmer.

Lunau blickte Amanda an, aber sie schien ebenso

ratlos wie er. Nach wenigen Minuten kam Tarantella zurück, ging um den Schreibtisch herum und ließ seine Maus klickend durch Menüs springen. »Seit wann ist das Mädchen verschwunden?«

»Seit vier Stunden.«

»Woher wissen Sie, dass Michael dahinter steckt?«

»Nur er kommt in Frage.«

Tarantella hob eine Augenbraue. »Die Polizei?«

»Weiß von nichts. Er bringt Sara um, wenn wir die Polizei informieren. Das Übliche.«

Tarantella nickte. »Was wollen Sie unternehmen, wenn Sie Michael finden?«

»Ich werde mich an seine Fersen heften und versuchen, das Kind zu befreien.«

»Michael wird nicht alleine agieren. Haben Sie Helfer? Eine Waffe?«

Lunau schüttelte den Kopf.

»Sind Sie sicher, dass Sie die Polizei nicht einschalten wollen?«

Lunau war alles andere als sicher. Aber das würde er Tarantella nicht sagen. »Es ist nicht mein Kind. Die Mutter hat so entschieden, und ich respektiere das.«

Tarantella nickte. »Ich bewundere Ihren Mut.« Lunau hätte am liebsten gesagt, dass er weder mutig noch bewundernswert war, sondern ein unvorsichtiger Tölpel, der an diesem Unglück Schuld war und irgendwie versuchte, den Schaden zu begrenzen.

In der Zwischenzeit hatte Tarantella ein paar Zeilen auf eine Karteikarte geschrieben und etwas auf einen USB-Stick geladen. Sein Jackettärmel machte einen unnatürlichen Knick. Angeblich hatte man ihm mit einem Golfschläger Ellbogen und Unterarm zertrümmert. Er gab Lunau die Karte und schaute ihm dabei wieder ruhig und ausführlich in die Augen. Lunaus Blick war inzwischen scharf. Er erkannte erneut die unverbrauchte, fast kindliche Energie, die in diesen Augen steckte. Wie viele Vorwürfe hatte dieser Mann sich gemacht? Wie oft war er schweißgebadet in der Nacht aufgeschreckt, wie oft hatte er sich der ohnmächtigen Wut seiner Frau stellen müssen? Und wie hatte er sein Gleichgewicht wiedergefunden? Lunau nahm sich vor, den Mann irgendwann danach zu fragen. Wenn alles überstanden war.

Lunau schob die Karte in seine Tasche und streckte Tarantella die Hand hin.

»Sie brauchen wirklich keine Waffe?«, fragte dieser.

Lunau schüttelte den Kopf.

»Viel Glück.« Tarantella schlug in Lunaus Hand ein, zog ihn zu sich heran und gab ihm zwei Küsse auf die Wange. Dasselbe tat er mit Amanda.

Als sie hinaus in die Nacht traten, war die schwüle Hitze plötzlich verflogen. An den Bäumen glänzte der Tau.

19

Sara war erwacht, weil ihre Blase drückte. Der Mann hatte ihr einen Eimer gebracht und in die Ecke gestellt, aber Sara hatte noch immer Angst sich zu bewegen. Wenn sie aufstand, mochte ER das als Rebellion missverstehen.

Unsinn, dachte sie. Den Eimer hat ER mitgebracht, damit ich ihn benutze. Sie rollte sich vom Bauch auf die Seite, die Kette klirrte leise, und von ihren Handgelenken kroch ein feiner Schmerz bis in die Ellbogen. Die Hände waren taub und geschwollen. Sie zog die Knie an, schob sich bis zur Wand, lehnte den Rücken dagegen und stemmte sich hoch. In ihren Beinen kribbelte es, aber sie konnte gehen. Die Kette, die ER durch den Kabelbinder gefädelt hatte, zog sie wie einen langen klimpernden Rattenschwanz hinter sich her. Sie stellte sich vor den Eimer, fasste mit den abgespreizten Daumen von hinten in ihr Bikini-Unterteil. Doch dann hielt sie inne. Sie hatte vorhin mehrere Stimmen gehört. Warum hatte ER seine Freunde eingeladen? Was wollten sie hier? Was wollten sie von ihr? Sie würde sich nicht vor ihnen ausziehen. Sie suchte die Wände nach Gucklöchern und Kameralinsen ab. Aber in dem schwachen Lichtschein, der durch eine Luke unter der Decke fiel, war wenig zu erkennen. Nur gespenstische Schatten auf den Wänden. Leopardenmuster, der Kopf einer Eule, eine alte, löchrige Hose. Sie ging durch den Raum und wartete darauf, dass die Kette sich straffte, aber sie war länger als der Raum. Sara fing an, kreuz und quer durch das Rechteck zu laufen, bis ihre Blase sich wieder meldete und heftig gegen die Bauchdecke klopfte.

Die Kette war mit einem schweren Vorhängeschloss an ein Türscharnier geschlossen. Die Tür war massiv und schwer.

Sara setzte sich vor die Tür und betrachtete das

Scharnier. Sie ertastete ein Eisenband mit vier großen Schrauben. Sie suchte den Boden nach einem spitzen Gegenstand ab, den sie als Schraubenzieher benutzen konnte. Alles was sie fand, war ein verrosteter Zimmermannsnagel mit einem flachen, kreisrunden Kopf.

20

Amanda jagte den Mini über die breite Via Comacchio und schnitt die Kurven in den Verkehrskreiseln, indem sie über die angeböschten Inseln fuhr.

Lunau schaute auf die Karteikarte. Dort stand, in einer schönen, sehr deutlichen Handschrift, Michaels Adresse in der Via Modena. Er schaltete seinen Rechner ein und schob den USB-Stick ein.

»Wohin?«, fragte Amanda.

»Zu meinem Wagen.«

»Wollen wir nicht zu Michaels Wohnung?«, fragte Amanda in einem empörten Ton.

»Um Michael werde ich mich alleine kümmern.«

Sie gab noch ein bisschen mehr Gas. »Ich habe keine Angst.«

»Solltest du aber. Ich selbst habe Angst. Außerdem will ich nicht, dass er mich in Begleitung anderer Leute sieht. Er könnte dich für eine Zivilfahnderin halten. Vielleicht kennt er dich sogar.«

»Ich will dir aber helfen.«

»Wieso?«

Amanda schien nach den richtigen Worten zu suchen. »Ich habe Joy zu dir geschickt. Ich fühle mich mitverantwortlich.«

Zu Recht, dachte Lunau. Er hatte den Datenordner namens »Michael Duhula« geöffnet und war verblüfft. Tarantella hatte so gewirkt, als habe er den Namen noch nie gehört, aber in dem Ordner fanden sich ein Lebenslauf, ein Passfoto, die Privatadresse und mehrere Telefonnummern.

Lunau hatte einen Freund, der über eine illegale Website Handynummern ortete. Den wollte er kontaktieren. Aber nicht in Amandas Beisein. Er betrachtete ihre feine, lange Nase, die Wangenknochen, über die sich die Haut wie ein straffes, zartes Tuch spannte. Lunau suchte nach Veränderungen in ihrem Gesicht und konnte keine finden. Und doch war etwas anders an ihr.

Im Frühling hatte sie nur ein Ziel gekannt: den Tod ihres Freundes aufzuklären, besser gesagt zu rächen. Ihr war jedes Mittel recht gewesen, um an Informationen zu kommen. Für Lunau hatte sie Daten aus dem Rechner ihres Vaters geklaut, und gleichzeitig hatte sie Lunau beschattet und angelogen. Warum engagierte sie sich jetzt bei *Ex*? Im Kampf gegen Prostitution? Warum fuhr sie Essen auf Rädern aus?

»Warum hast du Joy ausgerechnet zu mir geschickt?«, fragte er.

»Schon wieder diese Frage? Weil du ein Herz für Immigranten hast, und weil du dich bei den Recherchen nicht von Vorurteilen blenden lässt.«

»Wir haben alle unsere Vorurteile.«

Sie blies die Backen auf und ließ dann genervt die Luft entweichen. Lunau betrachtete das Foto Michaels: Ein breites, offenes Gesicht mit fleischiger Nase und großen Augen. Eine hohe, fast rechteckige Stirn, kräftige, genau definierte Muskelstränge, die diesen Kopf mit Nacken und Schultern verbanden. Er war zwar ein athletischer Typ (1,92 Meter, stand in der Personenbeschreibung), aber das Gesicht wirkte fast gutmütig.

»Er sieht nicht aus wie ein brutaler Zuhälter«, sagte Lunau. »Ich frage mich, was ihn dazu getrieben hat, Sara zu entführen. Er hat eine befristete Aufenthaltsgenehmigung. Bisher ist er allen Vorstrafen aus dem Weg gegangen, hat sich nie beim Dealen oder als Lude erwischen lassen. Dieser Brachialakt passt nicht zu ihm.«

»Du kennst ihn nicht. Er ist unberechenbar.«

»Kennst du ihn denn?«

»Nicht persönlich.«

»Sondern?«

Amanda schaute kurz zu Lunau und griff dann nach ihren Zigaretten. Er nahm ihr das Päckchen aus der Hand und zündete ihr eine an. Ihre Hand zitterte, als sie nach der brennenden Zigarette griff. Hatte sie doch Angst? Vor Michael? Vor Lunaus Fragen? »Wo steht dein Auto überhaupt?«

»Am Baumarkt.«

Sie fuhren über die Umgehungsstraße, die an Einkaufszentren und verlassenen Apartmenthäusern vorbeiführte. Geschlossene Rollläden, finstere Treppenhäuser, Graffiti. Die Kommune Ferrara stemmte sich gegen den Bankrott, indem sie immer mehr Land in Bauland umwandelte und an Investoren verkaufte. So entstanden Neubauviertel, in denen niemand wohnte.

»Woher kennst du Michael?«

»Durch Joys Erzählungen.«

»Und Joy?«

Amanda nahm einen Zug und blies den Rauch durch das geöffnete Seitenfenster. »Ich habe sie durch *Ex* kennengelernt. Wie jedes Mädchen haben wir auch sie angesprochen. Anfangs war sie abweisend wie die meisten, aber mit der Zeit kamen wir ins Gespräch.«

»Warst du schon einmal bei ihr Zuhause?«

»Wird das ein Verhör? Nein.«

Lunau schüttelte den Kopf. »Ich frage mich einfach, wo sie steckt. Sie geht nicht an ihr Handy. Am Strich hat man sie seit Tagen nicht gesehen. Keines der Mädchen scheint etwas zu wissen.«

»Sie haben Angst und sagen nichts. Wir brauchen manchmal Monate, um den Erstkontakt herzustellen.«

Sie hatten den Baumarkt erreicht. Silvias weißer Panda parkte an der Straße. Die junge Schwarze im gelben Minirock stand wieder an ihrem Platz.

»Wenn du mir helfen willst, dann übernimm Joy für mich. Schau noch einmal an ihrer Wohnung vorbei, rede mit ihren Freundinnen. Vielleicht geht sie auch anderswo auf eigene Rechnung anschaffen.«

»Wenn sie das tut, dann in einer anderen Stadt.«

Lunau überlegte. »Wie auch immer. Ich kümmere mich um Michael, du dich um Joy, okay? Versuch, sie über ihr Handy zu erreichen, hinterlege eine Nachricht in ihrer Wohnung. Falls du sie findest, gibst du mir Bescheid.«

»Was hast du vor mit ihr?«

Das war die entscheidende Frage. Lunau hoffte noch immer, dass er zuerst Sara finden würde. Aber dazu musste er sich etwas einfallen lassen. Er brauchte einen Hinweis auf Michaels Unterschlupf.

»Ich muss mit ihr reden. Sie muss uns helfen, Michael zu finden. Er wird Sara irgendwo außerhalb der Stadt versteckt haben. In einem verlassenen Bauernhof, auf einem Boot oder in einem Keller. Sie weiß sicher, wo er seine Drogen lagert, ob er irgendwo einen sicheren Stützpunkt hat.«

Amanda sah ihn misstrauisch an. »Du wirst Joy nicht gegen Sara eintauschen, oder?«

»Nein«, sagte Lunau.

»Versprichst du mir das?«

»Ja.«

Amanda nickte, blickte aber skeptisch drein. Dann fuhr sie wie gewohnt mit quietschenden Reifen davon. Doch auch dieses Reifenquietschen hatte sich verändert. Aus den abgehackten, hektischen Schüben war ein einziges pfeifendes Crescendo geworden.

Michaels Wohnung befand sich in der Via Modena, im dritten Stock eines quaderförmigen hellgrauen Mehrfamilienhauses. Die Fenster der 140 Quadratmeter großen Wohnung waren dunkel.

Es war halb zwölf, als Lunau bei »M.D.«, Michael Duhula, klingelte. Wie erwartet, kam keine Reaktion.

Die Haustür war aus Stahl und fest verschlossen. Lunau musste warten.

Er setzte sich ins Auto und rief seinen Freund Sascha an. Sascha war ein EDV-Spezialist, der mit seiner Firma SMS-Pakete übers Internet abwickelte, nebenher aber auch Sonderaufträge annahm. Manchmal arbeitete er für Großkonzerne, manchmal für Banken, manchmal für Kunden, über deren Namen er mit einem Lächeln hinwegging. Lunau gab Michaels diverse Handynummern durch und die eine, die er von Joy kannte. Er bat um eine möglichst schnelle Ortung und versprach Sascha ein großzügiges Honorar. Sascha würde bei einem Treffer mit einer SMS antworten.

Lunau legte auf und las Michaels Biografie: Geboren war er in Oka, einem südlichen Stadtviertel von Benin City. Die Eltern waren während der Aufstände gegen den Militärdiktator Sani Abacha getötet worden, Michael daraufhin nach Europa geflohen. Vor neun Jahren war er in Lampedusa gelandet und in ein Schutzprogramm für Minderjährige eingegliedert worden, dann hatte man ihm eine fünfjährige Aufenthaltsgenehmigung gegeben, die um weitere fünf Jahre verlängert worden war.

Zwei vorläufige Festnahmen wegen Drogenbesitzes. Allerdings waren die Mengen so gering, dass man ihm keinen gewerbsmäßigen Handel unterstellen konnte. Keine Beweise für Zuhälterei. Keine Vorstrafen. Joy Mboma, seine Cousine zweiten Grades, war offiziell seine Verlobte.

Es fanden sich außerdem in dem Ordner die Adresse

Joys sowie Namen und Adressen von zwei nigerianischen Kleindealern, die als Michaels Helfer galten. Was er nicht fand, war ein Hinweis auf einen geheimen Stützpunkt Michaels. Ein Ort, an dem er Drogen oder Waffen versteckte und wo er Sara gefangenhalten konnte. Wo mochte sie sein? Lunau überlegte, welchen Rückzugsort man sich in einem fremden Land suchen mochte. Er dachte an die Pfahlbauten der Fischer, die einsam die Flussdeiche säumten, an die Materiallager der Deichbehörde, in denen sich im Mai Beppe Pirri, ein Mordverdächtiger, versteckt hatte. Er hatte sich eine Baracke auf einer abgelegenen Landzunge gesucht, die seit Jahren niemand betreten hatte. Aber Michael kannte die Gewohnheiten der Deichbehörde nicht. Lunau versuchte, sich in ihn hineinzudenken, schaffte es aber nicht.

Immer wieder kontrollierte er sein Handy, obwohl er wusste, dass keine Nachricht eingegangen war. Er dachte an Sara, die irgendwo auf einem Stück Beton lag, an Silvia, die in der Ferienwohnung auf und ab ging, immer wieder einen Seitenblick auf Mirko werfend. Er merkte, wie ihm die Angst und die Wut über sich selbst langsam den Atem abstellten. Seine Hände wurden kalt, die Geräusche von der Straße wogten durch seinen Kopf, ein Scooter, dessen Drehzahl langsam stieg, wurde so laut wie ein Jumbojet, eine Autotür klang wie Gewitterdonner. Er fürchtete, sein Gehör könnte wieder verrückt spielen, ausgerechnet jetzt.

Er sprang aus dem Wagen, atmete tief ein und sah zu den dunklen Fenstern hoch. Und dann dachte Lunau an zu Hause. An Jette, die Frau, die er für sein Zuhause gehalten hatte, an Stefan und Paul, deren Stimmen sich langsam veränderten, deren Gesichter ihm manchmal im Halbschlaf erschienen, immer undeutlicher, wie Lunau meinte.

Lunau wählte noch einmal die Nummern von Michael und Joy. Ohne Erfolg. Es sprangen nur die Mailbox und die Anrufbeantworter an. Er rief Sascha an.

»Ich hatte doch gesagt, ich melde mich, sobald ich etwas herausgekriegt habe«, sagte dieser ungehalten.

»Ich weiß«, antwortete Lunau. »Aber normalerweise …«

»Normalerweise liegen die Dinge nicht so kompliziert.«

»Was heißt das?«

»Die ersten beiden Nummern nutzen Netze von kleinen Anbietern, scheinen aber abgeschaltet zu sein.«

»Und die anderen?«

»Ich habe noch nichts. Glaub mir, ich tue meine Arbeit.«

Lunau hörte im Hintergrund die Tastatur des Computers. Er hatte von Sascha nur ein Bild vor Augen: vor einer Reihe von Laptops und Flachbildschirmen sitzend, das Handy unter die Schulter geklemmt, mit einer Hand Anweisungen gebend, mit der anderen Tasten bedienend. In sieben Jahren hatte Lunau es zwei Mal geschafft, Sascha in eine Bar zu schleppen, aber auch dort hatte er seinen Laptop aufgeklappt und gleichzeitig auf seinem Smartphone gearbeitet. Sie hatten ein Gespräch geführt, über Fußball, Frauen und

Ferieninseln, aber Sascha hatte dabei nie zu tippen aufgehört, und es war für beide eine Erlösung gewesen, als sie das Lokal verlassen konnten.

Lunau setzte sich wieder ins Auto und wartete. Er schaltete das Radio an, schaltete es wieder ab. Er rief Amanda an, die Joys Wohnung und ihren Standplatz noch einmal überprüft hatte. Ohne Ergebnis. Sie hatte Kolleginnen auf dem Strich befragt, aber die wussten auch nichts. Er überlegte, ob er Silvia anrufen sollte, fand aber tausend Gründe, es nicht zu tun. Dann hörte er das zweifache Piepsen seines Handys. Eine SMS war eingegangen. »Tut mir leid. Keine der Nummern ist aktiv.«

Lunau schlug aufs Lenkrad. Was hatte Tarantella ihm da für Informationen gegeben? Andererseits war Michael sicher nicht so dumm, sich bei einer Straftat über sein Handy orten zu lassen. Lunau sah einen jungen Mann, der mit Rappermütze und schlabberndem Hosenboden, leicht torkelnd, auf die Haustür zuging, mit einiger Mühe den Schlüssel ins Schloss einfädelte und dann im Treppenhaus verschwand. Lunau musste seine Strategie ändern. Vielleicht fand er in Michaels Apartment einen Hinweis auf das Versteck. Er überlegte einen Moment, ob er einen Einbruch wagen konnte. Er hatte schon illegal Gespräche abgehört und brisante Unterlagen kopiert, im Mai war er in ein Büro eingebrochen. Aber das war bei zwei alten Männern gewesen, die er für harmlos gehalten hatte. Bis sie ihn mit einem Feuerlöscher niedergeschlagen hatten.

Er überwand seine Angst und war im Haus, ehe die

Tür wieder zufiel. Er ging die drei Stockwerke hoch, klingelte an Michaels Tür, sah sich um und lauschte. Niemand war im Treppenhaus. Er nahm seine Scheckkarte und versuchte, die Falle der Tür zu öffnen, aber der Spalt zwischen Türblatt und -rahmen war durch eine Blende abgedeckt. Die Tür war aus Stahl, unmöglich, sie durch einen Tritt zu öffnen. Lunau brauchte ein biegsames und gleichzeitig widerstandsfähiges Material, das er in den Spalt schieben konnte. Er suchte den Korridor nach Müll ab und fand einen Joghurtbecher, aus dem er mit dem Taschenmesser eine schmale Zunge herausschnitt. Und diese biegsame Zunge ließ sich in den Spalt schieben.

21

Lunau trat in die dunkle Wohnung, aus der ihm eisige Luft entgegenwehte. Man hörte das sanfte Summen der Klimaanlage. Lunau drückte die Tür zu, lauschte eine Weile und versuchte, seinen Atem zu beruhigen. Dann schaltete er das Licht ein.

Lunau suchte einen Computer, fand einen Laptop auf einer großen, L-förmigen Ledercouch und fuhr ihn hoch. Die Wohnung war mit teuren Designermöbeln eingerichtet. Schlichte Formen aus Chrom, Glas und Leder. Die Einrichtung hätte geschmackvoll gewirkt, wenn nicht überall Klamotten, Zeitschriften, selbstgebrannte CDs und anderer Krimskrams herumgelegen hätten. An den Wänden hingen Poster von

Kampfsportchampions und Helden aus Actionfilmen. Aber dominiert wurde die Szenerie von einem anderen Motiv: Joy. Joy in einem Sommerkleid an der Côte d'Azur, Joy im Bikini am Strand, Joy ohne Bikini. Joy in DIN A7 und in Plakatgröße. Joy lag als Schlüsselanhänger auf dem Schreibtisch, ihr Gesicht war auf ein T-Shirt gedruckt. War Michael ein Zuhälter oder ein Stalker?

Während er auf den Computer wartete, verschaffte Lunau sich schnell einen Überblick in der Wohnung: Es gab ein Schlafzimmer mit Doppelbett, ein Fitnessstudio mit Hantelbank und Trimm-Dich-Rad, ein Wohnzimmer mit riesigem Flachbildfernseher und einer Stereoanlage, die ein kleines Vermögen wert war. Auch hier Bilder von Joy. Im vierten Zimmer stand ein Schreibtisch, der nichts anderes darstellte als eine Glasplatte auf einem Backsteinpodest. Auf dem Schreibtisch lagen Rechnungen, CD-Roms, Krümel von einem Radiergummi, das Netzkabel des Laptops. Es gab weder Schubladen noch Bücherregale. Wo sollte Lunau suchen? Und was? Er brauchte einen Hinweis auf das Versteck, und er brauchte eine aktive Handynummer. Er schaute im Adressbuch des Festnetztelefons nach, wurde aber nicht fündig. Vielleicht unter den Rechnungen? Michaels Korrespondenz steckte im Unterschrank eines Vitrinenschranks. Mit einer einzigen Bewegung fegte Lunau den ganzen Wust heraus, der über den Boden flatterte. Wohin er sah - Rechnungen, Kontoauszüge, Buchungsbelege. Nicht ein privater Brief. Er suchte unter den Rechnungen nach Telefonanbietern. Michael benutzte mehrere Handys, wahrscheinlich wechselte er die Nummern ständig. Falls er nur mit Prepaid-Guthaben telefonierte, würde Lunau keine Rechnung und keinen Hinweis auf den Anschluss finden. Tatsächlich entdeckte er nur Gas-, Strom- und Nebenkostenabrechnungen für das Apartment. Nicht eine Telefonrechnung. Logisch, er wickelt wahrscheinlich alles übers Internet ab, dachte Lunau und kehrte ins Wohnzimmer zurück. Auf dem Computer leuchtete inzwischen eine Maske, mit der das Betriebssystem nach einem Passwort verlangte.

Lunau versuchte es mit Michaels Namen in einem numerischen Code, mit Michaels Geburtsdatum, er mixte die Buchstaben von »Michael Duhula« mit Ziffern aus dem Geburtsdatum, wurde aber immer wieder abgewiesen. Also versuchte er es mit verschiedenen Varianten von Joys Namen. Er rief Amanda an und fragte sie nach Joys Geburtsdatum, mixte wieder Ziffern mit Lettern, hatte aber keinen Erfolg.

Er wurde immer hektischer. Inzwischen hatte er zwanzig Minuten in der Wohnung vergeudet. Er wollte den Rechner schon wieder ausschalten, als sein Blick auf ein Poster von Joy fiel. Sie war in einem knappen bunten Kleid zu sehen, barfuß, mit einer Kette aus Holzperlen. Ihre fast kreisrunden Augen starrten ihn schlicht und unbekümmert wie die eines Kleinkindes an. Als wäre er Teil einer verheißungsvollen, freundlichen Welt. So simpel kann Michael nicht gestrickt sein, dachte er, gab aber trotzdem »JOY« ein, und da erschienen die nigerianische Flagge und eine Menüleiste.

Lunau öffnete den Internetbrowser und rief den Verlauf auf. Michael hatte sich zuletzt Seiten von Hifi-Großhändlern und Versandhäusern für Nahrungsergänzungsmittel angesehen. Proteine und Wachstumshormone. Er schien an einem Bilderbuchkörper zu arbeiten. Das letzte Mal war Michael vor zwei Stunden im Netz gewesen. Lunau hatte ihn also knapp an seiner Wohnung verfehlt. Und was hatte Michael am Nachmittag vor Saras Entführung getan? Lunau suchte im Browser-Verlauf und rekonstruierte Michaels Tagesablauf. Bis achtzehn Uhr hatte er im Netz gesurft. Danach musste er direkt ans Meer gefahren sein, um Sara zu kidnappen. War das denkbar? Hatte er nicht Silvia und die Kinder beobachtet und den günstigsten Augenblick abgepasst? War es denkbar, dass jemand im Internet surft und sich dann spontan entschließt, ein Kind zu entführen? Was war das für ein Mensch? Was war das für eine Entführung?

Eine merkwürdige Kälte fuhr Lunaus Arme hoch. Und wenn er sich verrannt hatte? Wenn jemand anderer hinter der Tat steckte? Welche Hinweise auf Michael hatte Lunau denn?

Kurz vor der Entführung war Michael auf Facebook gewesen. Zwei Stunden lang. Lunaus Phantasie spielte verrückt.

Wenn jemand anderer Sara entführt hatte, wieso forderte er dann Joy? Wurde Michael als Sündenbock benutzt? Aber wozu? Von wem? Von Meserets Mörder, der von sich ablenken wollte? Egal welche Theorie durch Lunaus Hirn irrlichterte – eine war so abstrus wie die andere. Er hatte keine andere Wahl, als an der Michael-Theorie festzuhalten.

Lunau öffnete dessen Facebook-Profil, und da wusste er, dass er den entscheidenden Treffer gelandet hatte. Bei Facebook hieß Michael King Conan. Aus diesem Profil würden sich Michaels Gewohnheiten, seine besten Freunde und wahrscheinlich sogar die Handynummer, die er aktuell benutzte, destillieren lassen. Da hörte Lunau wieder das zweifache Piepsen, das eine SMS ankündigte. In der Stille war es ein so schrilles Geräusch gewesen, dass er zusammenfuhr.

»Um zwei Uhr an der Brücke über den Canal Logonovo. Joy gegen Sara. Komm allein, sonst ist Sara tot.«

Lunau überlegte. Der Canal Logonovo lag sechzig Kilometer entfernt, an der Küste, er trennte den Lido degli Estensi vom Lido di Spina. Lunau sah auf die Uhr. Er hatte eine Stunde. Eine knappe Stunde brauchte er für die Autofahrt. Blieben ein paar Minuten. Ein paar Minuten, um einen Hinweis auf das Versteck oder eine Handynummer zu finden.

Lunau las die letzten Nachrichten, die Michael gepostet hatte. Lobeshymnen auf einen nigerianischen Rapper und einen amerikanischen DJ, die demnächst durch Italien touren würden. Außerdem zu einer Kampfsportveranstaltung in Bologna. Michael wollte sich dort in zwei Tagen mit Freunden treffen.

Lunau sprang in den Rubriken hin und her und fand keine persönlichen Angaben. Wie konnte man in die Tiefe des Profils eindringen? Wo waren die sensiblen Daten?

Wieso hatte er sich immer geweigert, sich mit Facebook zu beschäftigen?

22

Sara war mehrmals eingeschlafen, aber der Schmerz in ihren Handgelenken weckte sie wieder auf. Zuerst hatte sie versucht, mit den auf den Rücken gefesselten Händen an die Schrauben zu kommen. Unmöglich, solange sie sich nicht von dem Kabelbinder befreit hatte. Aber wie sollte sie das tun? Eine Zeitlang hatte sie ihn über eine scharfkantige Muffe gezogen, mit der ein Rohr an der Wand befestigt war. Aber nachgegeben hatte nur ihre Haut. Sie spürte das Blut, das warm über ihre Finger lief. Sie musste die Schlinge abstreifen, ehe das Blut gerann, schaffte es aber nicht.

Sara legte sich auf den Bauch und streckte die Arme in die Höhe, damit die Blutgefäße abschwollen. Als sie eine Hand aus der Fessel ziehen wollte, hörte sie einen Motor. Dann ein Scheppern. Sie kannte das Geräusch. Es war ein schwerer Schlüsselbund, der gegen das Metalltor schlug. Jemand schloss die Halle auf, die an ihr Verlies grenzte. ER war zurückgekommen. Allein.

Sara warf sich auf den Boden und drehte sich auf den Rücken. Sie musste ihre Hände verstecken und sich schlafend stellen, die Blutspuren verdecken. Sie sah nach der Luke unter der Decke. Kein Licht. Es war Nacht. Stille. Dann kamen wütende Schläge aus der Halle. War ER wütend auf sie?

Plötzlich war es wieder still. Ein Bass wummerte los, Techno-Musik, die schlagartig verstummte. ER hatte alles versucht, jetzt würde ER kommen. Und tatsächlich wurde das Schiebetor bewegt, schnell und heftig. ER hatte schlechte Laune. Seine Füße auch. Die Tür wurde aufgeschlossen. Sara schloss die Augen. Und konnte durch ihre Lider den Lichtkegel einer Taschenlampe erkennen. Wenn er den Nagel entdeckte? Sie hatte ihn an der Tür liegen lassen, unter dem Scharnier. Er musste nur den Blick ein wenig heben, und dann sah er die Kratzer im Holz. Wenn er das Blut auf dem Beton sah? Die Spur bis hinter ihren Rücken verfolgte? Wenn du zu fliehen versuchst, bist du tot, hatte ER gesagt. Wenn du brav hier wartest, bekommst du zu essen und darfst wieder nach Hause.

Der Sand unter seinen Schuhen knirschte. Sie kannte seinen Geruch. Ein Gemisch aus einem süßlichen Parfüm und beißenden Gewürzen. ER stank nach Schweiß, aber sie erkannte IHN. Sie erkannte sein Parfum und seine schweren, tumben Schritte. Sein Atem kam näher, strich heiß und widerlich über ihren Nasenrücken, über ihre Schläfen, an denen die Haare klebten. Ihr Brustkorb pumpte viel zu schnell. Sie versuchte, so langsam zu atmen, als schliefe sie, aber dann würgte ein Hustenreiz in ihrem Hals. Sie spürte, wie ihr Kopf rot wurde und wie die Adern an ihrem Hals anschwollen. Sie schnappte nach Luft und machte ein Seufzen daraus, dann ließ sie die Luft langsam aus ihren Lungen entweichen. Der Lichtstrahl traf sie jetzt voll. Sie sah das rote Blut in ihren Augenlidern, auf die ER die Taschenlampe gerichtet hatte. Sie musste sich zwingen weiter zu atmen, während seine Füße direkt neben ihren Ohren standen und sie seine Socken riechen konnte.

In diesem Moment wusste sie, dass sie sterben würde. Sie würde vielleicht ihren Vater wieder sehen, ihre Mutter nicht. Wie gerne hätte sie ihr gesagt, dass es ihr leid tat, dass alles ihre Schuld war. Sie hatte sich nicht einmal verabschiedet. So wie ihr Papa gegangen war, ohne ein Wort. Sie sah ihn plötzlich in erschreckender Schärfe. Seine Lippen bewegten sich, aber sie konnte ihn nicht verstehen. Hinter ihm war der Grill, von dem Rauch aufstieg. Der Ball flog an seinem Kopf vorbei und landete auf dem Fisch, dessen Auge weiß und stumpf war. Der Vater schwenkte die Grillzange und lachte, lachte immerzu, obwohl er verboten hatte, neben dem Grill Fußball zu spielen. Ich sage es euch nur einmal, hatte er gedroht. Und jetzt sagte er tatsächlich nichts mehr. Stattdessen lachte er, schwenkte die Grillzange und schnappte nach ihren Nasen, während die Mutter schreiend über das Gras rannte.

Die Tränen drückten gegen die Lider, liefen in ihre Nase und kitzelten an der Scheidewand. Sie hielt die Luft an, damit sie nicht nieste. Aber es war zu spät.

Doch noch ehe sie herausplatzte, wurde es dunkel, seine Beine brauchten bloß drei Schritte, um den Raum zu verlassen. Die Tür wurde zugeworfen, und in diesem Moment, nur für zwei, drei Sekunden, konnte sie husten, niesen und weinen gleichzeitig. ER sperrte das Schloss zu und ging. Das Schiebetor krachte, dann war wieder Stille.

Sara war sicher, das war ein Zeichen. Sie durfte nicht aufgeben. Sie arbeitete sich zur Wand, schob sich hoch und suchte die Muffe. Sie spürte keinen Schmerz mehr, als sie die Plastikschlinge wieder und wieder über die Kante scheuerte. Und sie spürte nicht einmal ein besonderes Glücksgefühl, als die Fessel endlich nachgab.

Sara schaute hinauf zu der Luke. Sie war schmal, aber Saras Hüften waren schmaler. Sie musste nur hoch kommen.

23

Lunau atmete zweimal tief durch, dann schloss er vorsichtig die Tür auf. Als er in den stickigen Wohnraum trat und Licht machte, kam Silvia aus dem Schlafzimmer der Kinder gerannt. Sie schaute ihn aus verschreckten, verquollenen Augen an. Lunau machte eine beschwichtigende Geste.

»Und?«, fragte sie.

»Ich wollte nur einmal nach dem Rechten sehen.«

»Neuigkeiten von Sara?«

Lunau schüttelte den Kopf.

»Hast du mit ihr gesprochen?«, sagte Silvia mit einem Ton, in dem sich Vorwurf, Angst und Wut mischten. Sie schüttelte Lunau an den Schultern.

»Nein. Ich muss los, ich werde Michael jetzt treffen.«

Er löste sich aus ihrem Griff, strich ihr mit der Hand über die zerzausten Haare und ging an ihr vorbei.

»Wo willst du hin?«

»Mirko auf Wiedersehen sagen.«

Sie schwieg, aber er sah ihren verkrampften Rücken, die Fingerkuppen, die hektisch an der Kopfhaut hinter dem Ohr kratzten.

Auf Mirkos Bett fiel ein gelblicher Lichtschein. Seine Haare waren verklebt, sein magerer Körper lag reglos unter dem dünnen Laken. Er seufzte, als Lunau seine feuchte Stirn mit den Lippen berührte. Wie gerne hätte er ihn gestreichelt, nur ein paar Minuten bei ihm verbracht. Ein Unterarm hing über die Bettkante, und Lunau erkannte Elle und Speiche, die an den Handwurzelknochen endeten. Er dachte an seinen Sohn Paul, der mit sieben von einem Klettergerüst gestürzt war und sich die beiden Knochen gebrochen hatte. Wie dünne Äste hatten sie unter seinem Gewicht mit einem trockenen Knacken nachgegeben, hatten eine bizarre Kurve gebildet und mit den scharfen Bruchstellen von innen gegen die Haut gestoßen. In Lunaus Kopf bauten sich Bilder auf, von Saras zarten Gliedern, über die Michael verfügte, und er spürte, wie sich ein unkontrollierbarer Hass in ihm Bahn brach. Er riss sich davon los, beugte sich hinunter und fasste in Mirkos Tasche. Das längliche Etui, das er suchte, lag obenauf.

Dann ging er ins Wohnzimmer und umarmte Silvia. Sie war noch immer verkrampft, lehnte sich nicht an seine Schulter und erwiderte seinen Kuss nicht. Ihre Lippen waren kalt und schmal. Er hatte noch vier Minuten.

Als er den Wagen startete, rief er noch einmal Sascha an. Auf dem Weg zur Küste hatte er ihm Michaels Facebook-Identität und das Passwort durchgegeben. Eine Handynummer hatte er nicht finden können.

»Hast du etwas herausbekommen?«

»Nein«, sagte er. »Ich bin dran. Ich melde mich.«

»Aber mach schnell. Ich muss das Handy gleich ausschalten.«

Verärgert legte Sascha auf.

Lunau steuerte die Brücke über den Canal Logonovo an, dieselbe, über die Joy gerannt war. Der Platz war klug gewählt. Die Brücke war ein Nadelöhr, gut zu überschauen, und auf beiden Seiten des Kanals begann ein dichtes Netz aus Wohnstraßen, in denen man etwaige Verfolger abschütteln konnte. Es war sechs Minuten nach zwei. Lunau stellte den Motor ab. Niemand war zu sehen. Waren sie etwa schon wieder gegangen? Weil er sich verspätet hatte?

Links konnte man das Meer erahnen, das der Mond glitzern ließ. Pinien ragten als schwarze Silhouetten in den Himmel. Lunau hatte nur eine Chance: Er musste Michael zur Vernunft bringen, ihm erklären, dass er Joys Versteck nicht kannte. Dass Michael Sara freilassen musste. Im Gegenzug würde niemand von der Entführung erfahren.

Lunaus Handy piepste, um den Eingang einer SMS anzuzeigen. Wieder kam sie von einer unterdrückten Nummer. »Fahr zum Bagno Sabbia d'Oro, danach folgst du der Sandpiste hinter den Dünen.«

Lunau brauchte etwa zehn Minuten, bis er den Parkplatz des Strandbades erreicht hatte, Richtung Süden begann eine Piste, die sich durch Schilf und Dünen schlängelte. Lunau schaltete die Scheinwerfer aus und ließ den Wagen langsam über den weichen Sand rollen. Von links kam das Rauschen der Dünung, von rechts, aus dem Röhricht, die heiseren Schreie eines Raubvogels und das monotone Zirpen der Grillen. Die Piste endete an einem letzten Strandbad, Giamaica. Dahinter lag ein Naturschutzgebiet mit wildem Strand, Brackwasserlagunen und Brutstätten von Wasservögeln. Lunau kannte sich darin gut aus, denn er war hier jeden Morgen entlanggetrabt. Er stellte den Motor und den Ton seines Handys ab. Dann schlich er sich im Schutz des Schilfgürtels weiter. Am Ende der Piste stand ein alter BMW, an dem zwei Gestalten lehnten. Sie rauchten und redeten leise miteinander. Zwei Schwarze, einer war dick und klein, der andere ebenso dick, aber größer. Michael war nicht dabei. Das komplizierte die Sache.

Er spürte das Vibrieren seines Handys in der Hosentasche. Saschas Nummer leuchtete auf. Lunau schlich rückwärts durch das Schilf und erreichte das Auto. Er setzte sich hinein, schloss leise Tür und Fenster und rief zurück.

»Warum bist du nicht rangegangen? Hör zu, ich hab's«, sagte Sascha.

Lunau sah durch die Windschutzscheibe. Die beiden Silhouetten umrundeten das Auto und verschwanden aus seinem Sichtfeld. Es war elf Minuten nach zwei.

»Ich habe in dem Profil eine Handynummer gefunden. Sie ist aktiv.«

»Ja, und?«

»Das Handy ist eingeschaltet.«

»Wo ist es?«

»Nicht weit von dir. In einem Dorf namens Long – ast – ri – no.«

»Woher weiß du, dass es nicht weit von mir ist?«

»Weil ich dich auch geortet habe. Ihr liegt ungefähr zehn Kilometer auseinander.«

Lunau überlegte. Das hieß, mindestens zehn Minuten, vorausgesetzt, er fand Michael gleich.

»Wie genau kannst du die Nummer orten?«

»Ich habe eine Zielgenauigkeit von hundert Metern im Quadrat.«

»Das nennst du Genauigkeit? Ich brauche mindestens zehn Minuten bis nach Longastrino, und auf einem Hektar gibt es wahrscheinlich Dutzende Gebäude.«

»Er ist nicht im Dorf. Er ist irgendwo außerhalb. Das scheint flaches Terrain zu sein, extrem dünn besiedelt. Da gibt es nur ein, zwei Gehöfte. Ich habe es mir auf Google Earth angesehen.«

Lunau hatte den Motor gestartet und legte den Rückwärtsgang ein.

Als er außer Sichtweite des BMW war, trat er das Gaspedal durch. Der Panda schlingerte in dem weichen Sand, Lunau kuppelte, zog die Handbremse an und machte eine 180-Grad-Kehre. Dann bat er Sascha, ihn zum Zielort zu dirigieren. Wie lange würden Michaels Kumpane warten, ehe sie Verdacht schöpften und ihren Anführer informierten? Lunau hatte eine Asphaltstraße erreicht, der kleine Drei-Zylinder-Motor jaulte, das

Chassis sprang über die vom Wurzelwerk der Pinien gewellte Fahrbahn. Als er auf die Romea bog und endlich eine Gerade vor sich hatte, piepste sein Handy wieder. Eine SMS war eingegangen. »Hast du dich verfahren, du blindes Huhn? Die Sandpiste verläuft parallel zum Strand. Wir stehen beim Strandbad Giamaica. Du hast noch fünf Minuten.«

24

Das Planquadrat war durchzogen von einem Schachbrettmuster aus Bewässerungskanälen und Schotterpisten. Eine ebene Fläche, darauf Krüppelweiden in gespenstischen Spalieren, Strommasten. In der Ferne erhob sich ein Gebäudekomplex im Mondlicht. Zwei kubische Lagerhallen. Lunau fuhr mit abgestellten Scheinwerfern über den Feldweg. Das alles dauerte viel zu lange. Und doch wünschte er sich, nie an diesen riesigen, scharfkantigen Hallen anzukommen. Was sollte er unternehmen, wenn Michael vor ihm stand? Lunau hatte jahrelang Kampfsport trainiert, aber außerhalb des Ringes hatte er nie einen Menschen verletzt. Es kostete eine enorme Überwindung, in das Gesicht eines anderen zu schlagen. Und wenn er Michael töten musste?

Er würgte diese Phantasien ab, versteckte den Wagen in einer Brombeerhecke und rannte los. Es war zwanzig nach zwei. Die fünf Minuten waren längst verstrichen.

Das Gelände war mit einem verrosteten, brüchigen Maschendrahtzaun umgeben. Lunau setzte darüber hinweg und lief auf den Stellplatz zwischen den Hallen. Sie waren etwa gleich groß, aus Fertigteilen zusammengesetzt, über den Toren prangte jeweils die Aufschrift »Bellocchio Srl«. Lunau kannte die Firma nicht. Die Halle zur Rechten war dunkel, in der linken brannte Licht. Ein verschrammter weißer Mercedes parkte davor. Lunau legte eine Hand auf die Motorhaube: Sie war warm. Man hörte dumpfe Schläge in schneller Folge, dann ein Klatschen, wie ein Tritt in ein Gesicht. Lunau lief zu dem Schiebetor und versuchte, durch den Spalt zu spähen. Er erkannte nur eine unverputzte Betonwand, über die Schatten tanzten, die sich im Rhythmus der Schläge bewegten. Michael trainierte mit Sandsäcken.

Lunau umrundete die finstere Halle, an deren Grundmauern Unkraut und Gestrüpp wucherten. Eine leichte Brise rauschte in den Gräsern, irgendwo hörte man Pneus auf Asphalt. Lunau musste sich beeilen. Er kam an eine Eisentür, horchte daran, klopfte und rief leise: »Sara!« Keine Reaktion. Er klopfte gegen das Eisentor und die Hintertür eines kleinen Anbaus, immer wieder nach Sara rufend.

Schließlich wandte er sich der erleuchteten Halle zu. An der Rückwand waren hohe Atelierfenster, die von innen mit Karton verklebt waren. Durch einen Schlitz konnte Lunau hineinsehen. Michael tänzelte barfuß und in Boxershorts um einen Sandsack, den er mit schnellen Schlagkombinationen und Drehkicks traktierte. Seine schweißnasse depilierte Haut glänzte im Neonlicht.

Die ganze Halle war ausgestattet mit Boxringen, Punch-Balls, Hanteln und Sandsäcken. Wo war Sara? Auf dem Areal gab es nur diese beiden Hallen. In einem Erdloch? Lunau umrundete das Gebäude und sah, dass auch an dessen Ende ein kleiner Anbau war, vermutlich eine Portiersloge oder ein Heizungsraum. Vor der Tür frische Fußspuren. Turnschuhsohlen, etwa Größe 45, und dazwischen kleine Abdrücke. Eine Kindergröße. Er sah Saras schmale Füße vor sich und wollte auf die Knie fallen, um einem Gott zu danken, an den er bisher nicht geglaubt hatte. »Sara«, rief Lunau und klopfte mit der Hand gegen die Eisentür. »Sara!«

Ein Lichtstrahl traf ihn seitlich, er fuhr herum, und da stand Michael. Mit nacktem Oberkörper und barfuß. Er hielt eine große Stablampe in der Hand und schwieg.

»Wo ist Sara?«, fragte Lunau. Er musste sich beherrschen, damit seine Stimme nicht zitterte. Michaels massiger Körper war bereit zum Sprung. Er roch nach Schweiß und einem widerlichen Deodorant. Er schien unbewaffnet zu sein - bis auf die Stablampe.

»Wo ist Joy? Warum sind Sie nicht bei dem Treffpunkt?«, fragte er und richtete den Lichtschein in Lunaus Augen. Dann nahm er sein Handy und wählte eine Nummer. Lunau musste schnell agieren, solange Michael allein war.

»Ich musste mit Ihnen reden. Vernünftig reden. Ich verstehe Ihre Situation.«

»Wo ist Joy?«

»Wo ist Sara?«

»Wo ist Joy?«, brüllte Michael, und dann traf die Stablampe Lunau seitlich an der Stirn, oberhalb der Schläfe. Es war eine gekonnte, ansatzlose Bewegung gewesen. Michael hatte Lunau nicht ausknocken wollen. Es war nur eine Warnung.

»Er ist hier«, sagte Michael ins Handy.

»Das Problem ist: Ich weiß nicht, wo Joy ist. Darüber wollte ich mit Ihnen reden. Wer auch immer Ihnen die Information gegeben hat, Joy wäre bei mir, der hat sie belogen«, sagte Lunau.

Jetzt traf die Stablampe seine Schläfe. Lunau hatte versucht, sie abzublocken, aber dieser Michael war vierzehn Jahre jünger und deutlich schneller als er. Als Lunau seinen Unterarm auf Kopfhöhe hatte, war sein Kopf längst zur Seite geflogen, hatte kurz den Strom abgestellt und war wieder halb bei Bewusstsein, als er im Staub lag.

Michael fasste Lunau unter den Achseln und schleifte ihn Richtung Rolltor. Er legte ihn in der Mitte eines Boxrings ab, stellte ihm einen Hocker in den Rücken und goss einen Eimer kaltes Wasser über ihn. Lunau wurde wach und sah in die vor Wut zitternden Augäpfel Michaels.

»Sie haben zehn Sekunden, um mir zu sagen, wo Joy ist«, brüllte er, wobei der Speichel spritzte.

»Joy war vor vier Tagen bei mir, nur ein paar Minuten. Sie bekam Angst und rannte weg.«

»Sie sind ihr nachgerannt.«

Woher kannte Michael all diese Details? Wer hatte Lunau verraten? Er nickte. »Ich habe sie nicht eingeholt.«

»Was wollte Joy von Ihnen?«

»Sie wollte mir sagen, dass der Tote Meseret war.«

Michael stellte seine Schreierei ein und dachte einen Moment nach. Lunau betrachtete sein breites Gesicht auf dem muskulösen Hals. Es hatte einen weichen, gutmütigen Zug, selbst jetzt. War Michael als Zuhälter oder als verzweifelter Geliebter hinter Joy her?

»Wo ist sie jetzt?«, fragte er leise. Sein Blick irrte hin und her.

»Ich weiß es nicht, das versuche ich Ihnen doch die ganze Zeit …«

Wieder traf die Stablampe Lunau. Diesmal an den Rippen. Die Metallkante schnitt die Haut auf und nahm Lunau die Luft. Er hob die Arme, um Michael zu beruhigen, aber dann traf die Stablampe ihn erneut. Mit einer solchen Wucht, dass Lunau panisch wurde. Michael war unberechenbar. Er war enttäuscht, verzweifelt, hilflos. Er hatte den Blick eines Geisteskranken, und er hatte keinen Plan mehr. Er schlug Lunau mit der Stablampe wie mit einem Teppichklopfer, und Lunau versuchte, die Schläge mit Armen und Beinen abzublocken. Seine Schienbeine jaulten, der Muskel an seinem Unterarm war taub, als Michael plötzlich innehielt. Er schien in die Ferne zu lauschen. Lunau hörte nur das Blut in seinen Ohren.

»Du glaubst, ich lasse mich von dir und deiner kleinen Schlampe verarschen, wie? Wenn du mir nicht sofort sagst, wo Joy ist, bringe ich Sara um.«

Er stand auf und deutete mit der Stablampe nach draußen. In die Richtung, in der Lunau die Fußspuren gesehen hatte. Saras Fußspuren. Lunau schluckte das Blut hinunter und versuchte zu reden, aber es kam nur ein schwaches Gurgeln.

»Was ist?«, schrie Michael. »Ich hör dich nicht!«

»Joy«, stammelte Lunau. »Sie ist …« Die Zischlaute wurden von der Flüssigkeit geschluckt, Lunaus Lippen waren prall und feucht wie Eiterbeulen.

»Ich verstehe dich nicht! Red lauter!«

»Joy ist …« Lunau hatte Angst, ohnmächtig zu werden. Sein Kopf fiel immer wieder zur Seite, und ihm wurde übel.

»Reiß dich zusammen, du Schwuchtel!« Michael gab ihm zwei leichte Ohrfeigen, fast zärtlich kamen sie Lunau vor. Er rutschte seitlich an dem Hocker vorbei, der ihm als Lehne gedient hatte. Einen Moment lang genoss er dieses Fallen ins Nichts, ehe sein Kopf auf dem gummierten Ringboden aufschlug.

Michael zog ihn wieder hoch und sagte, das Ohr an Lunaus Mund gelegt. »Streng dich an. Wo ist Joy?«

Lunaus Arme waren in seinem Rücken verdreht. Er musste sich mit dem Hinterkopf an der Hockerkante abstützen, um nicht wieder umzufallen. Er hatte die Schutzkappe von der Nadel gezogen und betrachtete Michaels Stiernacken. Er riss ihn mit der Linken zu sich heran, während er mit der Rechten die Kanüle in seinen Bauch jagte. Er drückte auf den Kolben und jagte ihm 70 Insulineinheiten in den Leib.

Michael sah erstaunt nach unten, und Lunau erwischte ihn mit dem Knie an der Kinnspitze, so dass er zur Seite fiel und das Bewusstsein zu verlieren schien. Lunau wusste nicht, ob das Insulin oder der Treffer auf den K.O.-Punkt daran schuld war.

»Wo ist Sara?«, fragte Lunau.

Michaels Augen waren halb geschlossen, man sah nur das Weiß der Augäpfel. Lunau holte ein Sprungseil, fesselte Michael die Hände auf den Rücken, drehte ihn auf die Seite und verband die Hand- und Fußgelenke zu einem kompakten Bündel. Dann füllte er selbst wieder den Eimer mit Wasser und kippte ihn dem Mann über den Kopf.

Dieser war plötzlich hellwach, pumpte mit seinen Gliedmaßen, rollte sich von einer Seite auf die andere und brüllte: »Ich bring dich um. Bind mich los, du Schwein!«

Das Insulin schlug nicht an.

»Wo ist Sara?«, fragte Lunau erneut.

»Ich sag kein Wort. Bind mich los. Bind mich los!« Er rollte sich durch die Pfütze, das Wasser spritzte, er robbte in kleinen Schritten an die Seile und schaffte es, in das Bein des Hockers zu beißen, der an den Seilen stand. Lunau sprang aus dem Ring und schloss die Tür der Halle, damit man Michaels Schreie nicht bis ins Dorf hörte.

Wie De Santis' Pitbull, der sich in den Sack verbissen hatte, schlug Michael mit dem Hocker aus, sein Kopf flog hin und her, und bei jedem Schlag schienen Wut und Kraft in diesem muskulösen Leib zu wachsen. Lunau hatte die Insulindosis für einen neunzig Kilo schweren Körper berechnet, und mehr hatte er nicht bei sich, aber er musste schleunigst handeln, ehe Michaels Kumpane auftauchten. Er wartete, bis der Hocker an ihm vorbeigeflogen war, dann sprang er in den Ring, blockierte mit einem Fuß die Hockerbeine, den anderen platzierte er auf Michaels Hals, bis die Venen an seiner Stirn knotig und dick wurden.

»Wo ist Sara?«

»Leck mich.«

Lunau erhöhte den Druck. Der Abscheu vor Michael und dem, was er selbst tat, war so stark, dass er am liebsten mit aller Kraft zugetreten hätte, gegen dieses zur Fratze verzerrte Gesicht. Er hatte plötzlich den Wunsch, Schluss zu machen, alles zu Ende zu bringen, egal wie. Michaels Venen schienen zu platzen. Die Schläfenadern bildeten immer neue Verästelungen.

»Maschinenraum. Hinten ... am Ende der Halle«, krächzte Michael.

»Und die Schlüssel?«

Michael verdrehte die Augen, Richtung Rolltor. Dort hing ein grauer Kasten. Lunau brauchte nur wenige Sekunden, dann hatte er den Schüssel in der Hand und stand vor der Eisentür.

»Sara«, rief er, »ich bin's, Kaspar.« Er schlug mit der flachen Hand dagegen, aber nichts tat sich.

Er schob den Schlüssel ins Schloss.

Er passte.

Er öffnete die Tür.

Der Raum war leer.

25

Amanda saß auf dem Boden, mit dem Rücken gegen die Bettkante gelehnt. Das Display ihres Handys war schon lange wieder erloschen, der Name verschwunden. Aber nicht vor ihrem inneren Auge: »Kaspar Lunau.«.Vier Mal hatte das Telefon zu vibrieren angefangen, war über die Bodenfliesen gekrochen, aber sie hatte es nicht angefasst. Sie konnte einfach nicht. Wo mochte Kaspar jetzt sein? Und Sara?

Ihr war übel vor schlechtem Gewissen, aber was hätte sie tun können? Sie hatte einen Eid abgelegt, und auch ohne den Eid hätte sie sich an ihr Versprechen gehalten.

Durch die Ritzen des alten Holzrollladens sah sie die Autoscheinwerfer, die sich durch die Via Porta Mare tasteten. Ein Betrunkener grölte unten auf der Straße ein faschistisches Lied, eine Flasche klirrte.

Joy stöhnte im Schlaf.

Amanda legte ihr eine Hand auf den Rücken und spürte den Muskelstrang an der Wirbelsäule, das Schulterblatt. Sie fühlte sich auf eine merkwürdige Art zu diesem Menschen hingezogen und bedauerte, dass Joy auf ihre Hilfe angewiesen war. Diese Abhängigkeit brachte einen falschen Ton in ihre Freundschaft, er war wie ein Vorhang, den man am Rand einer Szene sieht und der einen daran erinnert: Alles nur gespielt. Die Wirklichkeit findet woanders statt.

Seit acht Jahren hatte Amanda keine echte Freundin mehr gehabt, seit sie sich mit Beatrice, die sie für den wichtigsten Menschen in ihrem Leben gehalten hatte, verkracht hatte. Warum? Weil diese angeblich auf dem Klo beim Rauchen zu Anna aus der letzten Reihe gesagt hatte, Amandas Vater sei ein bourgeoises Arschloch. Kaum zu begreifen, dass sie, Amanda, wegen einer solchen Nichtigkeit, wegen einer Aversion, die sie in Wahrheit teilte, eine Freundschaft aufgegeben hatte. Aber vielleicht war eben auch diese Freundschaft nichtig gewesen.

Wenige Monate später hatte sie Marco kennengelernt.

Und jetzt Joy.

Ein gellender Schrei fuhr durch die Finsternis, dann noch einer. Es waren die Schreie einer Frau, die durch die Wand drangen.

Joy fuhr hoch und rief etwas in einer fremden Sprache.

»Pst«, sagte Amanda, »alles in Ordnung, das ist Nadia. Ich geh mal nachsehen.«

Amanda spürte eine Hand, die sie am Arm fasste. »Nein, bitte nicht«, flüsterte Joy.

Sie lauschten in die Stille.

»Sie hat sich schon wieder beruhigt«, flüsterte Amanda.

»Ich glaube nicht, dass ich hier jemals schlafen kann«, sagte Joy.

»Du hast schon geschlafen.«

»Stimmt nicht«, erwiderte Joy.

»Doch.«

»Nein.«

»Doch.«

Da fing Joy zu lachen an, auf diese unbändige, ansteckende Weise, die in keinem Verhältnis zu ihrem Auslöser zu stehen schien.

26

»Wo ist Sara?«, schrie Lunau und rüttelte Michael an den Schultern.

»Was war in der Spritze? Gift …?«, lallte dieser. Nun war sein Blutzuckerspiegel doch so weit gefallen, dass er die Kontrolle über seine Muskeln verlor.

»Nein. Insulin.«

Michaels Augäpfel drehten sich nach oben. »Ich … Du musst … Hilf mir … Spritz mir ein … Gegenmittel.«

»Wo ist Sara?«

Michaels Pupillen waren verschwunden, seine Extremitäten zuckten. Der hypoglykämische Schock ließ seine Muskeln verkrampfen und würde in Kürze das Gehirn lahmlegen.

»Wenn du mir sagst, wo Sara ist, bekommst du das Gegenmittel. Wenn nicht, fällst du ins Koma, und dein Gehirn ist im Eimer.«

Michael versuchte, sich zur Seite zu rollen, mit den Zähnen an Lunaus Hosenbein zu kommen, aber immer wieder schnurrte er zusammen wie eine Raupe.

»Wo ist Sara?«, schrie Lunau ihm ins Ohr. Er fasste Michaels Kopf, zog ihn zu sich heran und wiederholte immer wieder: »Wo ist sie?« Lunau nahm die Stablampe, spürte das vertrauenerweckende Gewicht in den Händen und hob sie wie ein Beil über Michaels Kopf.

Michael versuchte, in irgendeine Richtung zu deuten. Lunau löste die Fessel, und Michaels Arme flogen nach vorne. Er winkelte die Extremitäten an wie ein Fötus.

»Wo? Im Anbau?«, schrie Lunau. Michael nickte in abgehackten Bewegungen.

Lunau trat wieder in den kahlen Raum und schaute sich um. Es roch nach Urin und Mäusedreck. Am Boden lagen ein Plüschtier, ein Kabelbinder, an dem Blut klebte, eine zerknüllte Decke. Lunau grub sein Gesicht hinein und nahm Saras Geruch wahr. Dann sah er die beiden Kisten, auf denen eine Holzbohle lehnte. Darüber die geöffnete Luke. War es möglich, dass Sara durch diese Luke entkommen war?

Draußen fand Lunau Spuren von Saras Badelatschen. Sie führten zu einem abgeernteten Maisfeld. Lunau sprang über einen Bewässerungsgraben und folgte den Fußabdrücken zwischen den vertrockneten Strünken. Plötzlich riss die Spur ab. Mitten im Feld war eine zertrampelte Stelle, von der keine Spur weiterführte.

Lunau hörte nur die Grillen, hin und wieder ein Rascheln im trockenen Gras. Eine leichte Brise fing sich in seinen Ohrmuscheln. Hatte Sara hier gelegen und gewartet? Und dann? Er suchte den Horizont nach Scheinwerfern ab. Wo waren Michaels Kumpane?

Lunau rannte zurück zur Halle, wo Michael reglos auf der Seite lag. »Komm schon«, sagte Lunau, hob dessen Kopf und drückte ihm eine Tafel Traubenzucker zwischen die Zähne. »Mach den Mund auf.« Michael reagierte nicht. Lunau gab ihm ein paar Ohrfeigen, goss Wasser über ihn, aber die Kaumuskeln waren so verhärtet, dass er den Kiefer nicht öffnen konnte. Lunau hatte keine Zeit. Er hatte Angst. Am liebsten hätte er mit dem Hocker auf Michael eingedroschen. Er lief zu einem Kühlschrank, holte eine Dose Cola, löste ein paar Tafeln Traubenzucker darin auf und flößte Michael die Flüssigkeit ein. Dieser schlug seine großen blutunterlaufenen Augen auf.

»Wer hat dir gesagt, dass Joy bei mir war?«, fragte Lunau.

Michael reagierte nicht.

»Wen hast du mit ›meiner kleinen Schlampe‹ gemeint? Sara?«

Michael drehte langsam den Kopf auf seinem Hals. War das ein Nein?

»Wen?«

Michael schloss wieder die Augen. Da hörte man das Prasseln von Autoreifen auf dem Schotter. Lunau sah sich nach einem Hinterausgang um. Den gab es nicht. Er warf Michael noch eine Packung Traubenzucker in den Boxring und rannte zum Rolltor. Der BMW kam, eine rote Staubwolke hinter sich her ziehend, über den Feldweg. Lunau rannte auf die Rückseite der Lagerhalle, suchte vergeblich nach Deckung und setzte über einen Graben. Aber die Felder waren allesamt abgeerntet oder mit Niedrigpflanzen bestellt. Er rannte über ein Salatfeld, kam an den nächsten Bewässerungskanal, kauerte sich hinter eine Trauerweide und wartete. Die Männer schienen mit Michael beschäftigt zu sein.

Lunau bekam Schüttelfrost. Die Angst, die Wut, der ganze Irrsinn, dem er sich hingegeben hatte, fielen von ihm ab und schlugen in einer Welle wieder auf ihn ein. Er sah Bilder wie hart geschnittene Filmszenen. Den Eimer, in den Sara ihre Notdurft verrichtet hatte, Michaels glatte Brust, auf der sich die Muskelstränge abzeichneten, während die Stablampe gegen Lunaus Schläfe krachte. Sich selbst, wie er da stand, als wollte er einen Holzscheit spalten. Hätte er wirklich auf den Kopf des wehrlos auf dem Ringboden liegenden Michael geschlagen? Er erinnerte sich an die unbändige Lust, die er verspürt hatte. Hatte er nicht gehofft, Michael würde ihm einen Grund geben, um tatsächlich zuzuschlagen?

Er schüttelte sich, suchte den Horizont ab, sah nur die fernen Lichter des Dorfes Longastrino und hoffte, dass er die Insulindosis richtig kalkuliert hatte. Dann würde der Traubenzucker Michaels Stoffwechsel wieder in Gang setzen. Sonst konnte der hypoglykämische Schock tatsächlich zu Hirnschäden und zum Tod führen.

Lunau ging einen weiten Bogen um das Gelände mit den Hallen, fand seinen Wagen, startete den Motor und fuhr los. Als er die Asphaltstraße hinter dem Maisfeld erreichte, schaltete er die Scheinwerfer ein.

Lunau suchte die Straßen und Feldwege ab, von Sara keine Spur. Er fuhr in das Dorf Longastrino, ließ das Auto durch die Gassen rollen. Nichts.

27

Vor dem Tor der Ferienanlage standen zwei Streifenwagen, deren Blaulicht suchend über die weißen Fassaden sprang. Lunau lief durch die Pforte und über den Rasen, der zwischen den Ferienhäuschen lag, und riss die Tür auf. Seine Rippen stachen bei jedem Atemzug.

Da war das Sofa. Da war Silvia. Und auf ihrem Schoß saß, die Arme um ihren Hals geschlungen, Sara. Ihre Handgelenke waren verbunden. Silvia weinte. Vor dem Sofa standen vier Polizisten in Uniform und einer in Zivil. Balboni, mit seinem breiten Schädel. Nur Mirko fehlte.

Balboni drehte sich um, betrachtete Lunau und zog eine Augenbraue hoch. Er nickte bedeutsam, tadelnd und kränklich. Auch die anderen Beamten starrten Lunau an und wechselten dann einen Blick. Lunau fielen wieder die Schläge ein, die Michael ihm versetzt hatte. Er musste einen merkwürdigen Anblick bieten.

Er kniete sich vor das Sofa, wollte Sara über den Kopf streicheln, zog aber, als er Silvias verheulte Augen sah, die Hand wieder zurück und flüsterte nur: »Sara.«

Dann wurde Lunau von Balboni ins Bild gesetzt. Ein Anwohner aus dem Dorf Longastrino war durch ein Klopfen geweckt worden. Vor seiner Haustür hatte er das verdreckte und mit Schürfwunden gezeichnete Mädchen im Bikini vorgefunden. Er hatte die Polizei verständigt, und da Sara klare Angaben zu ihrer Herkunft machen konnte und sogar die Handynummer ihrer Mutter wusste, hatte man sie schnell nach Hause bringen können.

»Sara muss zu einer Routinekontrolle ins Krankenhaus«, sagte Balboni. Sara schüttelte den Kopf. Silvia sah sie an, legte ihr die Hand auf die Stirn und sagte: »Geht das auch morgen?«

»Auf Ihre Verantwortung. Und Sie sollten sich auch einmal von einem Arzt untersuchen lassen. Wo haben Sie das denn her?« Er deutete auf Lunaus Schläfe.

Lunau sah Silvia, die heftig ihren Kopf schüttelte und einen Finger auf ihre Lippen legte. Er sollte schweigen. Aber wieso? Was hatte Silvia den Polizisten erzählt?

»Ach, ein dummer Zusammenstoß«, sagte Lunau.

Balboni nickte und schaute noch missmutiger. »Ich muss Sie bitten, morgen aufs Kommissariat zu kommen und ein paar Angaben zu machen. Sie hatten das Kind nicht als vermisst gemeldet.«

Silvia schüttelte den Kopf. »Sie war erst wenige Stunden weg. Ich weiß, dass die Polizei erst vierundzwanzig Stunden nach dem Verschwinden einer Person tätig wird.«

»Das gilt nicht bei Minderjährigen«, knurrte Balboni. Er schaute wieder argwöhnisch auf Lunau, dann auf Silvia und wieder auf Lunau. Er setzte zu einer Frage an, überlegte es sich dann anders und winkte nur ab. »Ich nehme an, Sie wollen sich ausschlafen. Morgen um vierzehn Uhr in meinem Büro. Passt das?«

Balboni grüßte knapp und verschwand mit seinen Kollegen.

Mirkos Kopf tauchte hinter dem Sofa auf, er lachte,

und Lunau merkte, dass er die ganze Zeit über mit Sara Faxen gemacht hatte.

Lunau trat auf Silvia zu und fragte: »Was hast du denen denn erzählt?«

»Willst du nicht erst einmal Sara begrüßen?«, fragte Silvia mit unterdrückter Wut zurück.

Lunau legte Sara die Hand aufs Haar. »Hast du dir bei dem Sprung nicht weh getan?«

Sie drehte sich um und strahlte: »Sprung? Du hast mich gesehen?«

»Nein. Ich bin zu spät gekommen. Du warst zu schnell für mich.«

Sie grinste.

»Und? Hast du dir weh getan?«

»Ein bisschen. Aber ich habe mich an der Luke festgehalten und zuerst die Beine herabgelassen.«

»Und was ist auf dem Maisfeld passiert? Ich dachte, du hättest dich in Luft aufgelöst.«

»Meiner Spur hätte ja jeder folgen können. Ich bin ein Stück reingegangen und dann in den Abdrücken wieder zurück. Danach bin ich durchs hohe Gras weg, am Feldrand, wo man keine Spuren sieht.«

Lunau schüttelte den Kopf und lächelte. Er war sprachlos, wie so oft, wenn er seine eigenen Kinder und ihr problemlösendes Denken beobachtet hatte. Er presste Sara und Silvia an sich, und dann angelte er sich auch Mirko. Für einen Moment hatte er den absurden Wunsch, sie könnten alle zusammen sein. Silvia, Mirko, Sara, Jette, Stefan, Paul und er. Vielleicht nur für einen Tag am Strand.

»Jetzt wollen wir uns aber schnell duschen«, sagte Silvia.

»Mama!«

»Keine Widerrede. Wir müssen die Wunden reinigen. Sonst musst du heute Nacht noch ins Krankenhaus.«

»Das ist Erpressung, oder?«, fragte Sara.

»Ja«, antwortete Silvia und lachte.

Während Mutter und Tochter im Bad verschwanden, ging Lunau zu Mirko. »Willst du auf deine Schwester warten?«

Mirko zuckte mit den Achseln. Er konnte kaum die Augen offen halten. »Komm, ich bring dich ins Bett und erzähl dir eine Geschichte.«

»Eine von deinen, von den selbst erfundenen?«

»Wenn du willst«, antwortete Lunau, obwohl er zu müde war, eine gute Geschichte zu erfinden. Der warme Atem des Jungen, die weiche Matratze und der schmale Kleiderschrank verbreiteten eine Behaglichkeit, ein stummes Glücksgefühl, in das er sich fallenlassen wollte. Er hoffte, dass Mirko nach den ersten Sätzen einschlafen würde, zu einem Zeitpunkt, da man die Qualität des Plots noch nicht richtig beurteilen konnte.

Nach einer Stunde, das Dämmerlicht kroch bereits durch die Fenster, kam Silvia ins Wohnzimmer. Lunau saß auf dem Sofa und dachte nach. Immer wieder jagten die Geräusche und Bilder der letzten Nacht durch seinen Kopf. Er war so übermüdet, dass er sich nicht dagegen wehren konnte. Er hörte das Klatschen der Haut, das Ächzen, das heisere Röcheln. Er sah Michael vor sich, er sah sich selbst, wie er mit der erhobenen Stablampe ausholte, wie er die Spritze in Michaels Gewebe rammte.

Silvia hatte recht. Er musste aufhören mit diesem Wahnsinn. Was er sich wirklich wünschte, das fand sich hier in diesen vier Wänden. Das galt es zu beschützen. Aber würde Michael sich nicht rächen? Hätte Balboni ihn nicht sofort verhaften müssen?

Er nahm Silvia an der Hand und führte sie ins Schlafzimmer. Sie folgte ihm nur widerwillig, als hätte sie noch etwas anderes im Sinn. Sie lagen nebeneinander und lauschten durch die offenen Türen nach den Kindern. Lunau spürte das Pochen in seiner Schläfe, und er spürte die Anspannung, die nicht weichen wollte von ihnen. Silvia schien immer wieder zu einer Frage anzusetzen, und als er nach ihrer Hand griff, reagierte sie nicht. Sie ließ es einfach geschehen. Er war sicher, dass sie vor Aufregung nicht würden schlafen können, aber Silvia hatte schon nach wenigen Augenblicken einen gleichmäßigen, tiefen Atem, und auch er schlief in der schwülen Spätsommerluft ein, während draußen die Sonne wieder aufging und den Sand schon am frühen Morgen zum Glühen brachte.

28

Lunau wurde um neun Uhr vom Duft des Espressos geweckt. Er stand auf und ging in die Küche, wo Silvia gerade die Kaffeekanne und Geschirr auf ein Tablett stellte. Er umschlang sie von hinten und drückte ihr einen Kuss auf den Nacken.

»Guten Morgen«, sagte er. »Gut geschlafen?«

Sie machte sich los und hantierte hektisch mit den Tellern.

»Wie machen wir das mit den Kindern?«, fragte Lunau. »Wir nehmen sie besser nicht mit aufs Kommissariat, oder?«

»Ich bringe sie zu meinem Bruder.«

Lunau ging mit dem Tablett Richtung Veranda. Die Wohnung sah hell und sauber aus. Keine Spielkarte, kein Kleidungsstück lag herum. Sein Blick fiel auf eine Reisetasche, die mitten im Wohnzimmer stand.

»Willst du sie länger bei deinem Bruder lassen? Wieso?«

Silvia reagierte nicht. Er setzte sich an den kleinen weißen Plastiktisch, verteilte das Geschirr und rührte sich einen Milchkaffee an.

»Kommst du nicht frühstücken?«

»Ich habe schon gefrühstückt.«

Lunau schüttete sich Müsli in eine Schale, nahm einen Schluck Kaffee und lehnte sich in dem harten Stuhl zurück. Silvias Flip-Flops wanderten hin und her, Schranktüren und Schubläden krachten.

»Was sollen wir Balboni genau sagen?«, fragte er.

»Nichts werden wir ihm sagen«, antwortete Silvia. Lunau legte den Löffel hin und beobachtete sie, wie sie auf einer unsichtbaren Schiene eilig hin- und herlief. Sie war noch im Schlafanzug, ihr Gesicht blass, die Haare verstrubbelt. Sie sah aus, als hätte sie gar nicht geschlafen.

»Seit wann bist du wach?«

Silvia reagierte nicht.

»Balboni ist nicht dumm. Er hat meine Verletzungen gesehen.«

»Denk dir eine Geschichte aus.«

»Was für eine Geschichte?«

Silvia zuckte mit den Achseln. »Eine Schlägerei in der Kneipe, einen Zusammenprall mit einem Laternenpfahl.«

»Bitte, Silvia. Wir machen uns lächerlich, und davon abgesehen, machen wir uns auch strafbar. Wir müssen diesen Michael anzeigen. Sonst läuft er weiter frei in der Gegend herum.«

Lunau bekam Angst bei dem Gedanken, dass Silvia alleine zur Schule fuhr, die Kinder irgendwo bei Verwandten waren. Er überlegte, wieviel er ihr erzählen sollte von der vergangenen Nacht.

Sie sah ihm in die Augen, kalt und kontrolliert. »Ich werde niemanden anzeigen.«

»Aber wieso? Er hat Sara entführt. Er hat Meseret umgebracht.«

»Das ist nicht meine Sache.«

»Silvia.«

Sie blieb abrupt stehen. Ihr bleiches Gesicht war verschwitzt, ihre Augen fahl, ihr Blick aber gleichzeitig aggressiv.

»Ich verstehe dich nicht«, sagte er. »Willst du nicht, dass Michael bestraft wird für das, was er Sara und dir angetan hat?«

»Ich habe schon einmal diesen Fehler gemacht.«

»Welchen Fehler?«

»Auf Rache zu sinnen.«

Lunau wusste, worauf sie anspielte. »Erledige ihn«, hatte sie ihm ins Ohr geflüstert, als er hinter Vitos Mörder her war. Es war ihr ernst gewesen, und er hatte ernst gemacht.

»Ich habe diesem Zappaterra damals den Tod gewünscht. Und das ist jetzt die Strafe.«

»Wovon redest du?«

Sie fing wieder an, hin- und herzurennen. Lunau verlor allmählich die Geduld.

»Kannst du bitte einen Augenblick stehenbleiben und mit mir reden? Ich denke, die Sache ist wichtig genug.«

Sie hörte nicht auf ihn, sondern nahm einen Staublappen und wischte über leere Regalbretter.

»Silvia!«

Sie warf den Staublappen in das Spülbecken und riss die Türen eines Hängeschranks auf, in den sie Teller und Tassen räumte. Dann packte sie Zeitschriften und Bücher zusammen.

Lunau trat hinter sie und sagte: »Willst du den Urlaub abbrechen?«

Sie antwortete nicht, packte einfach weiter.

»Du hattest doch gesagt, die Kinder sollten endlich wieder einmal so etwas wie Normalität erleben.«

»Ach ja? Hatte ich das gesagt?«

»Ja.«

»Und du hast den Eindruck, dass sie hier Normalität erleben?«

Sie warf die Lebensmittel in eine Kiste und schüttete eine angebrochene Packung Tomatenpüree in den Ausguss.

»Lass uns aussagen, und dann wird Michael aus dem Verkehr gezogen.«

»Er wird aus dem Verkehr gezogen«, wiederholte sie verächtlich. »Du redest wie ein billiger Serienheld.«

»Er bekommt seine gerechte Strafe, wenn du das lieber hörst.«

»Glaubst du an gerechte Strafen? Glaubst du, dass Sara für irgendetwas bestraft werden musste?«

»Was hat das mit unserer Aussage zu tun? Wir müssen dafür sorgen, dass Michael in den Knast wandert. Er ist ein verrückter Gewalttäter, er hat sich das Hirn weggekokst.«

»Und mit so jemandem musst du dich anlegen?«

Lunau schloss die Augen und holte Luft. Er wusste, dass er bei diesem Thema nicht argumentieren konnte. Für Silvia stand fest, dass er an Saras Entführung Schuld war. Vermutlich hatte sie sogar recht. Er war Joy nachgelaufen, er hatte es nicht geschafft, das verwüstete Gesicht von Meseret aus seiner Vorstellungswelt zu tilgen. Oder sich zumindest davon zu überzeugen, dass dieses Gesicht ihn nichts anging.

»Wir sagen aus, und alles andere ist Sache der Justiz.«

Silvia schnaubte verächtlich. »Die Justiz. Kennst du die italienische Justiz? Hast du nicht gesehen, was mit Amandas Freund passiert ist?«

»Das hat mit unserem Fall nichts zu tun. Das waren Polizisten, die überreagiert haben. Wenn überhaupt stimmt, was Amanda und ihre Freunde meinen.«

»Überreagiert?«, wiederholte Silvia höhnisch. »Ich kann dir sagen, wie der Prozess ausgeht: Die Polizisten werden nicht bestraft werden. Und auch dieser Michael wird davonkommen.«

»Wenn wir nicht aussagen, bestimmt.«

»Du wirst keinen Ton sagen.«

Er nickte, gegen seine Überzeugung: »Okay. Bleibst du dann mit den Kindern hier?«

Sie schüttelte den Kopf. »Der Urlaub ist vorbei.«

Er spürte ein Ziehen, das von schräg unten aus seiner Leiste in den Magen drang. Seine Arme lagen kalt und schwer auf dem Furnier, aber er wusste, dass er jetzt nicht einfach in einen katatonischen Zustand verfallen durfte. Das war ihm zu oft passiert. Auch mit Jette. Und jedes Mal war ihm das als Gefühllosigkeit ausgelegt worden, obwohl er doch von der Überfülle der Gefühle gelähmt wurde.

»Du ziehst mit den Kindern wieder in dein Haus? Und was wird aus mir?«

»Das kannst du selbst entscheiden. Die Wohnung hier ist noch für eine Woche gemietet.«

»Was soll ich mit der Wohnung? Es geht mir um euch. Wenn es keine Alternative gibt …« Er sah sie an, aber inzwischen kannte er sie gut genug, um zu wissen, dass es diese Alternative nicht gab. Sie hatte entschieden. »Wenn es keine Alternative gibt, dann komme ich mit.«

»Nein.«

»Jetzt hör schon auf mit deiner Etikette. Wir sind seit vier Monaten zusammen. Ich werde doch eine Woche bei euch im Haus bleiben können. Wenn du willst, lasse ich mich nie auf der Straße blicken, ich gehe nicht einmal in den Garten. Ich mache mich unsichtbar.«

Silvia hatte den Ausguss geschrubbt und warf nun den Schwamm auf die Spüle. »Willst du es nicht begreifen? Es geht mir nicht um die Etikette. Es geht mir um dich. Merkst du denn nicht, was du den anderen Menschen zumutest?«

»Ich habe nachgegeben, ich werde Balboni nichts sagen. Es ist zwar irrsinnig, illegal und am Ende auch für euch das Gefährlichste, aber ich werde es tun. Wenn es für dich keine Alternative gibt, dann halte ich mich daran. Du bist die Mutter. Zufrieden?«

»Nein.«

»Soll das eine Art Prüfung für mich werden? Was willst du noch? Ich habe nicht die Polizei informiert, obwohl ich allein fast machtlos war. Ich habe Sara trotzdem gefunden.«

Silvia erstarrte und schaute ihn auf eine Art an, die er nicht zu deuten wusste. Dann schüttelte sie den Kopf.

»Dass sie schlauer ist als wir alle zusammen, ist nur gut. Aber ich hatte diesen Michael kampfunfähig gemacht.«

»Glaubst du, dass mich das interessiert? Eure Hahnenkämpfe? Ich wollte nicht, dass du andere Leute niederknüppelst. Ich wollte Sara zurück.«

»Wäre sie nicht selbst geflohen, hätte ich sie dir heil wiedergebracht.«

»Heil? Heil, sagst du?« Ihre Stimme hatte sich überschlagen. »Ist dir nicht klar, wie es in dem Kind aussieht? Das wird nie mehr weggehen, nie, verstehst du? Und du bist schuld daran. Allein du. Ich habe einmal den Fehler gemacht, auf Vergeltung zu hoffen. Und dafür müssen wir nun büßen. Sara muss büßen.«

»Das stimmt doch nicht. Du verquickst Dinge, die nicht zusammengehören.«

»Ach ja? Woher weißt du das? Spürst du, was in mir vorgeht, was in Sara vorgeht?«

»Nein. Aber ich will, dass du vernünftig ...«

»Lass mich zufrieden mit deiner Vernunft!« Silvia hatte gebrüllt, der Schall hing noch in den Wänden. Nun flüsterte sie: »Ich werde nie wieder eine solche Angst durchleben. Ich will eine normale Familie, verstehst du? Das mag unvernünftig, politisch falsch sein, eine feige Anpassung, es mag deinem Ideal zuwiderlaufen, mag sein. Aber es ist meine Familie, und mit der hast du nichts zu schaffen.«

Lunau war wie erstarrt. Er wusste nur, dass er jetzt nicht aufgeben durfte. Er sprang auf, lief auf Silvia zu und umarmte sie.

»Silvia. Du verstehst nicht, wie wichtig ihr mir seid. Es ist vorbei mit meinem Job. Von mir aus schreibe ich Börsennachrichten oder Rätselfragen für ein Fernsehquiz. Ihr seid mir wichtiger als alles andere.«

Sie ruderte mit den Armen, um sich aus seinem Griff zu befreien. »Lass mich«, schrie sie. »Das hast du mir vor einer Woche schon einmal gesagt. Du hast versucht, mich unter Druck zu setzen. Und ich hatte dich nur um eines gebeten: Um einen normalen, unbeschwerten Urlaub. Aber nicht einmal das hast du geschafft. Keine drei Tage lang. Du hast nicht einmal die Kinder von der Leiche ferngehalten.«

»Sie hatten sie vor mir entdeckt.«

»Und wo warst du?«

»Am Sonnenschirm. Während du in der Schule warst.«

Sie zuckte zusammen, aber Lunau verlor jetzt seine Hemmungen. Er hatte fast jeden Kompromiss akzeptiert, um mit Silvia zusammenzusein, und er war dabei, sein Berufsethos zu verraten. Wofür? Und wieso war ihr Beruf unantastbar, seiner dagegen verwerflich? »Ich verstehe unter einem normalen Urlaub auch etwas anderes, als die Kinder zu hüten, zu kochen, einzukaufen und darauf zu warten, dass du aus der Schule nach Hause kommst.«

Sie blickte ihn böse an. »Keine Angst, das verlangt keiner mehr von dir. Tut mir leid, wenn ich dich ausgebeutet habe.«

»Du verstehst mich falsch.«

In dem Augenblick hörte man nackte Füße auf den Steinfliesen. Sara stand zitternd im Wohnzimmer, mit aufgerissenen Augen, und fragte: »Warum schreit ihr so?«

»Entschuldige, mein Liebling«, sagte Silvia, beugte

sich hinab und schlang die Arme um das Kind. »Entschuldige, entschuldige, Mamma ist immer noch ein bisschen aufgeregt wegen letzter Nacht. Es ist nichts. Es ist alles in Ordnung.«

Silvia wischte sich die Tränen aus dem Gesicht und bereitete das Frühstück für die Kinder. Lunau bereute seine letzte Bemerkung, aber er konnte diese Reue nicht zeigen. Silvia ging ihm aus dem Weg. Sie ließ ihn weder das Geschirr spülen noch mit den Kindern an den Strand gehen. Lunau dachte wieder daran, wie sie ihm ins Ohr geflüstert hatte: »Erledige ihn«, er dachte an Jette, die einfach das Wohnungsschloss ausgewechselt hatte, nachdem er, vorübergehend, wie er glaubte, in die stille Remise gezogen war, um seine Hörprobleme in den Griff zu kriegen. Er hatte versucht, wieder ein normaler, belastbarer Mensch und Familienvater zu werden, aber Jette hatte entschieden, dass er als Familienvater ausgedient hatte.

Zwei Stunden später hatte Silvia das Auto beladen und sagte zu Mirko und Sara, sie sollten sich verabschieden. Lunau öffnete das Rolltor der Ferienanlage, und dann fuhr der weiße Panda an ihm vorbei, während seine Rippen, seine Leber und sein Herz stachen und Sara ihn aus großen Augen fragend ansah.

Teil III

29

Amanda brachte die Styroporbox in die Küche, wo es genauso roch wie in dem kleinen Lieferwagen, aus dem sie gerade ausgestiegen war: nach Suppennudeln und überzuckertem Apfelbrei.

Sie öffnete den Deckel und spürte den Blick des Alten in ihrem Rücken, an ihrem Po und am Haken des BHs. Sie drehte sich um und fragte: »Soll ich es Ihnen auf den Tisch stellen?«

Er lächelte und zerrte an der Hundeleine. »Psst, Sammy, du bekommst nachher dein Fresschen.«

Der Hund passte zu seinem Herrchen. Eine Promenadenmischung mit Rattenohren und struppigem Fell. Der Köter versuchte, an Amanda hochzuspringen, aber der Alte riss ihn immer wieder energisch an der Leine zurück.

»Ich bringe ihn raus«, sagte er entschuldigend und warf einen Blick auf die Box, von dessen Inhalt der Hund wohl gewöhnlich seinen Anteil bekam.

Er schloss das Tier ins Bad ein und kam zurück in die Küche. Als er sah, dass Amanda die Kunststoffbehälter mit erstem, zweitem Gang und Nachtisch bereits um seinen Teller gruppiert hatte, war er verblüfft und geschmeichelt. »Das wäre nicht nötig gewesen.

Ich habe Zeit, und Sie müssen weiter. Das weiß ich von Ihrer Vorgängerin, Sabrina.«

Er setzte sich hin, griff nach der Gabel und hielt dann inne. »Wo ist Sabrina eigentlich?«

»Sie fährt jetzt eine andere Tour.«

Er nickte, betrachtete Amanda und wagte nicht, mit dem Essen anzufangen.

»Bitte, es ist sowieso nur noch lauwarm«, sagte sie.

Der Alte stach in die Farfalle con pesto, führte die Gabel zum Mund und sah Amanda wieder an. »Kann ich Ihnen etwas anbieten?«

Amanda schüttelte den Kopf und betrachtete den Wollpullunder des Mannes. Spürte er die Hitze nicht?

»Ich meine, nicht das hier«, er zeigte mit kreisendem Zeigefinger auf das Essen auf Rädern.

»Nein danke.«

»Ein Glas Saft?«

Amanda schüttelte den Kopf, wischte sich den Schweiß von der Stirn und sagte: »Wasser vielleicht?«

Der alte Mann wollte aufspringen, aber Amanda kam ihm zuvor. »Wo sind die Gläser?«

Er deutete auf einen Hängeschrank, sie holte ein Glas, hielt es unter den Wasserhahn und erkannte im Sonnenlicht die Fettränder. Sie achtete darauf, dass er ihre Hände nicht beobachten konnte, während sie das Glas auswischte und frisches Wasser einlaufen ließ. Amanda setzte sich dem Mann gegenüber und nippte an dem Wasser, das ebenfalls nach Suppennudeln und überzuckertem Apfelbrei schmeckte.

»Geht es Ihnen besser?«, fragte der Alte lächelnd.

Sie nickte und dachte, so also sieht ein Feigling aus. Jemand, der ein Verbrechen beobachtet hat, der gesehen hat, wie Polizisten einen wehrlosen Jugendlichen umbringen, und der um seines persönlichen Vorteils willen schweigt.

Was hatten Sie ihm geboten? Geld? Eine billige Sozialwohnung?

Sie sah in die wässrigen Augen des Mannes, die unter den Schlupflidern müde und gierig hervorblickten. Was genau hatten diese Augen gesehen? Ich war gegen drei Uhr wach geworden und hörte Lärm von der Straße. Nachdem ich meine Blase erleichtert hatte, fiel mir das Blaulicht auf, das über die Wände meiner Wohnung kreiste. Von der Straße kamen verzweifelte Schreie: »Aufhören, ich flehe euch an. Ich kann nicht mehr. Helft mir, bitte, helft mir.« Ich ging ans Küchenfenster.

Amanda trank das Glas aus und trat ans Fenster, dessen Rollladen zur Hälfte herabgelassen war. Sie sah den schmalen Grünstreifen, auf dem Marco gestorben war. Und der alte Mann, der seine Nudeln aufgegessen hatte und jetzt das Hacksteak in kleine Rechtecke schnitt, während sein Hund im Bad winselte, hatte den Mord beobachtet. Er wusste, was vor der ganzen Stadt verheimlicht wurde.

»Was tut sich da unten?«, fragte er.

»Nichts«, antwortete Amanda. Sie wusste nicht, wie sie die Sprache auf jene Nacht bringen sollte.

Der Alte trank von seinem Bier, stellte das Glas ab und kniff die Augen zusammen. Er musterte Amanda.

Hatte er sie erkannt? Trotz der braven Frisur und den unscheinbaren Kleidern, die sie heute trug? Hatte er sie auf dem Grünstreifen beim Blumengießen gesehen?

»Ich muss dann los«, sagte sie. Der Alte wollte sich erheben, aber sie wehrte ab. »Ich finde alleine raus, danke. Vergessen Sie Ihren Hund nicht.«

»Wie könnte ich, bei dem Spektakel, das er veranstaltet?«

Amanda ging hinaus in die finstere Diele. An der Garderobe hingen nur zwei Überzieher des Mannes. Nichts deutete auf eine andere Person in seinem Leben hin. Auf eine Frau, Kinder oder Enkel. Er liebte niemanden, außer sich selbst. An den Wänden ein paar Kalenderbilder von Ferrara, eine Formation der SPAL, der Ferrareser Fußballmannschaft, aus den siebziger Jahren und drei handbemalte Motivteller, wohl auf einer Busreise nach Süditalien erstanden.

»Bis morgen dann«, rief Amanda.

»Bis morgen.« Amanda erschrak. Der Mann war hinter sie getreten. Sie drehte sich um und starrte in seine Augen, die sich an ihrem Körper festgeklammert hatten.

»Ich wollte nur den Hund rauslassen«, sagte der Alte und hob die Hand Richtung Badezimmer.

30

Lunau hatte sich darauf gefreut, Silvia wiederzusehen. Als sie sich an dem schmiedeeisernen Tor des Parco Massari trafen, leuchteten ihre türkisfarbenen Augen aus einem Geflecht feiner Falten, die sie reif und fraulich wirken ließen. Er musste sich beherrschen, dass er sie nicht an sich zog, und ihr Blick verriet, dass auch sie mit ihrer Entscheidung zu kämpfen hatte. Sie küssten einander auf die Wange und setzten sich schweigend in Bewegung, aber jede Minute, die sie zusammen waren, höhlte Silvias Widerstand aus.

Eine halbe Stunde später herrschte in Balbonis Büro eine eisige Atmosphäre. Michele Balboni, der Leiter der Abteilung Tötungsdelikte und Kapitalverbrechen, saß unter seinen Urkunden von Schießturnieren und dem Porträt des Staatspräsidenten und kaute auf seinen Backenzähnen. Silvia hatte die abgesprochene Version wiederholt, wonach Sara vom Strand verschwunden sei, sie erfolglos nach ihr gesucht hätten, bis sie in der Nacht von der Polizei zurückgebracht worden sei. Lunau war gezwungen gewesen, die absurde Geschichte zu paraphrasieren und damit Michael Duhula zu schützen. Einen Mann, der Mädchen zur Prostitution nötigte, der Meseret besinnungslos geprügelt, verstümmelt und ertränkt, der Sara entführt hatte, in der vagen Hoffnung, damit Joy wieder unter Kontrolle zu bringen. Ein Mann, der schon als Jugendlicher gewalttätig gewesen war und dessen letzter Rest an Vernunft und Selbstbeherrschung sich in Kokainkristallen aufgelöst hatte.

Balboni schaute Lunau an. »Und wo haben Sie Ihr Veilchen her?«

»Ein Missgeschick. Nichts, was die Polizei beschäftigen müsste.«

»Ein Missgeschick, das Ihnen widerfahren ist, während Sie Sara Di Natale suchten?«

Lunau nickte.

Michele Balboni starrte eine Weile auf die Akten, auf das golden gerahmte Foto von seiner Familie und auf den Briefbeschwerer aus buntem Murano-Glas, dann schlug er mit der flachen Hand auf den Schreibtisch. Silvia und Lunau zuckten zusammen, während der Knall gegen die Wände schwappte und der Ventilator einen Moment innezuhalten schien.

»Sie glauben doch nicht, dass ich Ihnen diesen Unsinn abkaufe«, bellte Balboni.

»Das wird nicht das erste Mal gewesen sein, dass ein Kind verschwunden und dann, ein wenig verwirrt und verängstigt, wieder aufgetaucht ist«, erwiderte Lunau ruhig.

»Sie wissen, dass bewusste Falschaussagen strafbar sind, noch dazu, wenn Sie damit ein Kapitalverbrechen decken und Ermittlungen behindern.«

»Läuft denn eine Ermittlung? Gegen wen?«

Balboni sprang auf, und Lunau sah, dass sein Hemd zu weit war, dass sein Hosenbund von einem zu langen Gürtel zusammengehalten wurde und groteske Falten warf.

»Jetzt hören Sie mir gut zu, Lunau. Sie glauben, weil wir einander kennen, haben Sie Narrenfreiheit. Sie spazieren in meinem Büro ein und aus, unterbreiten mir Ihre Ermittlungsergebnisse und Theorien, stecken Ihre Nase in meine Arbeit, und wenn Sie wirklich gefordert sind, lügen Sie mich an.«

Lunau wollte dagegenhalten, auch weil er spürte, dass Balbonis Worte Silvia noch mehr aufbrachten. Er öffnete den Mund, aber Balboni kam ihm zuvor: »Sie sind still. Das Mädchen hat im Auto mit den Kollegen gesprochen.«

»Sie dürfen einen Minderjährigen ohne Begleitung der Eltern oder eines Jugendschutzbeauftragten nicht vernehmen.« Lunau versuchte, nicht aus der Rolle zu fallen, die Silvia ihm zugedacht hatte. Aber er hasste Verstellungen, noch dazu, wenn sie so widersinnig waren.

»Es war keine Vernehmung. Das Mädchen war nicht zu bremsen. Es erzählte stolz von seinem Sprung aus einem Fenster, davon, wie es seine Spuren verwischt hatte, um dem Schwarzen Mann zu entgehen.«

»Der Schwarze Mann ist ein Topos in der Phantasiewelt der Kinder«, warf Lunau ein.

»Mund halten. Glauben Sie, ich habe die Verletzungen an ihren Handgelenken nicht bemerkt? Sie sagen jetzt die Wahrheit, und wir vergessen den Unsinn, den Sie mir verkaufen wollten, ohne juristisches Nachspiel. Das halte ich für ein großzügiges Angebot.«

Lunau saß steif da und betrachtete Silvia aus dem Augenwinkel. Der Ventilator ließ seinen Schirm pendeln und streichelte ihr gewelltes Haar. Das Haar, das Lunau bis vor wenigen Stunden ebenfalls anfassen durfte.

»Gut. Wie Sie wollen«, sagte Balboni.

Er druckte ihrer beider Aussage aus und legte sie ihnen zur Unterschrift vor.

»Lesen Sie durch, ob das alles so stimmt. Oder besser gesagt, ob es mit dem übereinstimmt, was Sie mir erzählt haben.«

Sie überflogen den Text und unterschrieben nacheinander. Balboni riss ihnen die beiden Bogen Papier aus der Hand.

»Hoffentlich werden Sie nie wieder auf unsere Hilfe angewiesen sein.«

Sie gingen durch den Korridor zum Aufzug, fuhren hinunter, durchquerten den Hof und traten hinaus in das gleißende Sonnenlicht. Lunau fühlte sich unbehaglich, und er hatte nur einen Gedanken: Gleich würde Silvia verschwinden, würde zu Sara und Mirko fahren, und er fuhr alleine zurück ans Meer. In diese Wohnung mit den hellen, freundlichen Wänden, die sie zusammen ausgesucht hatten. Er dachte an den stillen Abend - er saß in seiner dunklen Berliner Remise, sie auf ihrer Couch in Ferrara, sie telefonierten, tranken gleichzeitig ein Glas Rotwein, zu dem sie sich verabredet hatten, und betrachteten im Internet Fotos von Ferienwohnungen. 1200 Kilometer waren zwischen ihnen gewesen, aber Silvias Stimme war so nah, ihr kehliges Lachen, der Tanningeschmack. Sie hatten sich zusammen, zu viert in dieser Wohnung mit dem bunten Sofa, der sonnigen Loggia und den frischgetünchten Wänden gesehen. Im Hintergrund das Meer. Und so war es dann auch gekommen. Für zwei Tage. Er musste verhindern, dass sie jetzt in ihr Auto stieg und wegfuhr. Er betrachtete Silvia immer wieder von der Seite, aber sie reagierte nicht. Auf der Via Ercole d'Este fragte er: »Wie geht es Sara?«

»Wie soll es ihr schon gehen?« Sie wollte sich umdrehen und ihn grußlos stehen lassen. »Silvia«, sagte er.

»Was ist?«

»Es kann nicht dein Ernst sein, dass es einfach so zu Ende geht.«

»Es ist mein Ernst.«

»Ich fühle, dass du ...«

»Was fühlst du?«, zischte sie ihn gehässig an. »Was weißt du über mich?« Ihr Gesicht war plötzlich grau und leblos.

»Falls ich irgendetwas tun kann ...« Er brach den Satz ab, weil sie ihn nur in den falschen Hals bekommen konnte.

Dann ging er zu Fuß durch die zur Siesta in Hitze erstarrten Gassen. Er war unterwegs zum Busbahnhof, doch dann blieb er kurz stehen, dachte nach und schlug einen anderen Weg ein.

31

Auf einer Rucksackreise durch Westafrika hatte Kaspar Lunau vor siebzehn Jahren, damals noch Student der Politik- und Sozialwissenschaften, seine erste größere Reportage geschrieben. Dann hatte er sich innerhalb kürzester Zeit zu einem angesehenen investigativen Journalisten entwickelt. In seinen Filmberichten hatte er nachgewiesen, dass Kindersklaven die Kakaobohnen für die westlichen Lebensmittelkonzerne ernteten, er hatte sich in Bürgerkriegsgebiete gewagt und die Agentur »Solidarnews« gegründet, ein informelles Netzwerk, in dem Reporter einander auf internationaler Ebene unterstützten, um Boykott, Einschüchterung und Zensur auszuhebeln. Er hatte Förderstipendien und Preise gewonnen, aber als Kurt, sein Freund und Kameramann, an einem Kontrollposten von eritreischen Freischärlern erschossen worden war, hatte er sich dem Radio zugewandt, weil er da alleine arbeiten konnte. Er brachte niemanden in Gefahr und war niemandem Rechenschaft schuldig. Er kaufte sich einen Digitalrekorder, zigarettenschachtelgroß, mit den besten Datenwandlern und einem unvergleichlichen Klang. Für gewöhnlich bedeuteten elektronische Geräte ihm wenig, aber zu diesem Modell hatte er eine besondere Bindung entwickelt, und nachdem es im Mai mit einem kurzen Platschen, gefolgt von seinem Handy und dem restlichen Audioequipment, nachts im Po versunken war, während er mit auf den Rücken gefesselten Händen auf einem Schwimmbagger lag, hatte er nur mit Mühe Ersatz auftreiben können. Längst war die Baureihe vom Hersteller durch eine andere ersetzt worden. Aber Lunau wollte genau dieses Modell. Und nun lag es in der Via Modena im Korridor eines Mehrfamilienhauses, über dem Türsturz von Michael Duhulas Wohnung.

Michael Duhala, der 28-jährige nigerianische Zuhälter und Drogendealer, war verschwunden. Er schien nicht zu wissen, dass die Polizei gar nicht hinter ihm her war. Sein Apartment war leer, das Handysignal nicht mehr zu orten.

Lunau machte sich auf zu Silvias Haus, weil er sich verantwortlich fühlte für ihre Familie und weil er seine eigene Auffassung von diesem Fall hatte. Er ließ den Leihwagen langsam vorbeirollen und parkte in etwa fünfzig Metern Abstand, im Schatten einer Werbetafel, auf der Wahlplakate klebten. Adelchi Schiavon, Amandas Vater, lächelte zuversichtlich und altväterlich. Für sein neues, sauberes Italien.

Silvias Haus lag still in der Nachmittagssonne. Der Panda parkte vor der Tür. Der Vorgarten war leer, die Spielsachen waren weggeräumt. Eine merkwürdige Stimmung ging von diesem Haus aus. Es war nicht still, sondern leblos. Oder bildete Lunau sich das ein? Kam das unbestimmte Ziehen in Lunaus Magen woanders her?

Lunau dachte an Michael zurück und stellte sich immer wieder dieselben Fragen. Wieso hatte er Sara entführt? Wirklich nur, um an Joy heranzukommen? Und wen hatte er mit »deine kleine Schlampe« gemeint? Silvia? Amanda? War er verrückt genug, um noch einmal gegen Silvias Familie vorzugehen? Wer hatte Michael eingeredet, dass Lunau Joy versteckte?

Als es dämmerte, hatte Lunau noch immer keinen der Bewohner des Hauses gesehen. Einziges Lebenszeichen waren die Lichter im Erdgeschoss, die angingen. Er stieg aus dem Wagen und lief die Via Fabbri entlang, etwa hundertfünfzig Meter, bis er an die Fußgängerbrücke kam. Von dort konnte man über eine Böschung hinunter ans Ufer des Po di Volano klettern. Er arbeitete sich am Fluss, durch Gestrüpp und eingezäunte Gärten, zurück bis zu Silvias Haus.

Im April hatte er sich durch dieselben Dornen gekämpft, dieselben Hunde abgelenkt. Und er hatte Silvia zu Unrecht verdächtigt, dass sie hinter dem Tod ihres Mannes steckte.

Das Grundstück fand er dank der Magnolie wieder, die ihre ausladende Krone über eine Ziegelmauer streckte. Ansonsten war der Garten nicht wiederzuerkennen. Das Gras vertrocknet, die Möbel waren schmutzig, die Feuerstelle überwuchert.

Die große Glastür war erleuchtet, aber mit weinroten Stores verhängt. Lunau schlich sich über den Rasen und lauschte an der Scheibe. Kein Laut, keine Musik, keine Gesprächsfetzen, keine Schritte. Lunau liebte Stille. Aber diese Stille war unnatürlich, wie eine defekte Stelle auf einem Tonträger. Eine Stille, wie sie in einem Haus, in dem drei Personen lebten, noch dazu zwei Kinder, nicht vorkam.

Er entdeckte einen Spalt im Vorhang, und als er hindurchlugte, sah er den breiten Rücken eines Mannes. Er trug ein geripptes Unterhemd, hatte schwarze Locken, die auf einen muskulösen Nacken fielen. Ein Arm war angewinkelt und hielt ein Glas. Wohl der Bruder, von dem Silvia geredet hatte. Als er zur Seite trat und sein Halbprofil zeigte, konnte Lunau eine gewisse Ähnlichkeit entdecken. Dieser Bruder stand jetzt da, mitten im Wohnzimmer, wo vor kurzem noch Lunau gestanden hatte. Silvia sah Richtung Glastür, ihr Blick war leer, so starr wie das Haus, ihre Augen waren gerötet. Lunau erschrak. Eine solche Müdigkeit hatte er nicht einmal nach Vitos Ermordung gesehen, nicht einmal auf anderen Kontinenten, wo Menschen resigniert Dinge erduldeten, die sich Westeuropäer nicht vorstellen konnten.

Der Mann trat auf Silvia zu, umfasste ihren Nacken und drückte ihren Kopf an seine Brust. Und dadurch eröffnete sich Lunau der Blick auf das Sofa. Dort saß Sara und wippte mit dem Oberkörper vor und zurück, vor und zurück, wobei sie den Kopf leicht schüttelte. Ihre Augen waren geschlossen, ihre Lippen aufeinander gepresst. Unter ihren Füßen waren weiße Flocken. Die Füllung eines Plüschtieres. Sara schien barfuß im Schnee zu stehen. Das Bild von dem Mädchen auf dem Sofa hatte auf den ersten Blick nichts Erschreckendes an sich. Doch es änderte sich nicht. Sara wippte, schüttelte den Kopf, Silvia und ihr Bruder schauten zu. Sie versuchten nicht, das Kind anzusprechen.

Lunau spürte, wie sich etwas in seiner Brust verkrampfte. Er hätte am liebsten geschrien. Er setzte sich in das trockene Gras und starrte weiter Sara an. Wieso haltet ihr sie nicht fest?, dachte er. Sara wippte vor und zurück, vor und zurück. Jetzt kniete sich Silvia neben sie und bewegte die Lippen. Sara schien ebenso wenig zu hören wie Lunau.

Wer auch immer dafür verantwortlich war - Michael, sein Auftraggeber, derjenige, der ihn mit falschen Informationen auf Lunau gehetzt hatte – Lunau schwor sich, er würde ihn zur Strecke bringen.

Und er würde es auf seine Art tun.

32

Er fuhr zurück ans Meer, zu dem Hochhaus, in dem Meseret mit fünf Kollegen gewohnt hatte, und klingelte. Niemand öffnete. Lunau sah auf die Uhr: 20 Uhr 14. Nun arbeiteten die Afrikaner nicht mehr am Strand. Aber wo waren sie? Er rief Oba auf dem Handy an. Dieser meldete sich nicht.

Lunau betrachtete das graue, unverputzte Gebäude, an dessen Kanten der Beton abbröselte und verrostete Stahlträger freigab. Wäsche und Satellitenschüsseln hingen von den Balkonen. Da ging die verglaste Stahltür auf, und ein Schwarzer kam mit zwei übereinandergestapelten Kartons heraus.

»Kennst du Oba?«, fragte Lunau ihn, bekam aber keine Antwort. Der Schwarze wuchtete die Kartons in den Kofferraum eines verbeulten Lancia. Lunau ging durch die Tür und forderte den Aufzug an. Als dieser eintraf, traten noch zwei Schwarze mit Kartons heraus.

Lunau fuhr nach oben in den achten Stock und fand die offene Wohnungstür. Oba hantierte in der Küche, er warf gerade Besteck in eine Plastiktüte, die Zimmer waren weitgehend leergeräumt.

»Was passiert hier?«, fragte Lunau.

»Das fragen ausgerechnet Sie? Das haben wir Ihnen zu verdanken. Die Bullen waren hier und haben alles auf den Kopf gestellt. Keiner von uns hat reguläre Papiere. Wir müssen verschwinden.«

Lunau starrte auf Obas hektische Bewegungen. »Wohin?«

Oba zuckte mit den Achseln. »In eine andere Wohnung, in einen anderen Ort, was weiß ich. Wir brauchen neue Handys, neue Adressen, das sind alles unnötige Kosten.«

»Oba, du musst mir helfen.«

Oba warf die Teller, die er in der Hand hielt, wütend in die Spüle.

»Wieso sollte ich?«

»Ich suche Michael Duhula. Er hat Meseret umgebracht.«

Jetzt hielt Oba inne und drehte Lunau den Kopf zu. Er hatte ebenmäßige Gesichtszüge, eine glatte Stirn, hinter der es arbeitete. »Selbst wenn Sie ihn finden. Wer soll ihn schon bestrafen?«

»Die Justiz.«

Oba schnaubte verächtlich. »Die Justiz ist für Leute, die sie sich leisten können. Die Zeit und Geld haben.«

»Hast du Meseret jemals mit Michael gesehen? Haben sie gestritten?«

Oba zuckte mit den Achseln.

»Denk genau nach.«

»Hab ich schon. Die Antwort ist: nein.«

»Hatte Meseret jemals mit Drogen zu tun?«

»Wieso sollte er?«

»Er konnte sich zwei Wohnungen leisten.« Lunau dachte, dass Meseret vielleicht nicht nur bei Joy zu Michael in Konkurrenz getreten war. Womöglich hatte Joy ihm auch Einblicke in den Kokainhandel verschafft, und Meseret hatte in Michaels Revier gewildert. Vielleicht waren die Verstümmelungen eine Warnung gewesen für jeden, der Meseret imitieren wollte. Vielleicht war den Adressaten für diese Warnung klar, um wen es sich bei dem Toten handelte, nur die Polizei sollte ihn nicht identifizieren. Deshalb waren die Fingerkuppen abgetrennt worden.

Oba hatte innegehalten und schaute Lunau böse an. »Wenn ein Schwarzer Geld hat, ist er ein Dealer?«

Lunau sah zu, wie Oba die Teller, die er in die Spüle geworfen hatte, auf Sprünge kontrollierte. Dann fragte er in ruhigem Ton: »Zeigst du mir Meserets Sachen?«

Oba deutete auf ein Zimmer, in dem die Staubmäuse um eine Matratze tanzten. Daneben ein windschiefer Kleiderschrank und eine Reisetasche aus abgestoßenem Kunstleder. »Darf ich?«, fragte Lunau.

Oba zuckte mit den Achseln. Lunau öffnete den Reißverschluss der Tasche und fand mehrere Paar Jeans, Sweatshirts und Unterwäsche. Außerdem ein Fotoalbum mit Familienbildern. Lunau sah ein Ehepaar, das seine Kinder an den Händen hielt und in die Kamera lachte. Genauso hatten die Fotos in Michaels Wohnung ausgesehen. Genauso sahen Fotos aus Lunaus Kindheit aus. Nur waren seine Eltern anders gekleidet, der Vater fast immer in dunklem Anzug, die Mutter in langem Kleid. Neben Kaspar die Schwester, einen halben Kopf größer. Die Schwester, die er bewundert und geliebt hatte. Die aus seinem Leben verschwunden war, aus ihrer aller Leben, seinetwegen.

Unter dem Rückendeckel lag ein loses Bild. Es zeigte Joy, mit einem großen grünen Pistazieneis, das sie wie ein Mikrophon vor den Mund hielt. Dieselbe Farbe wie das Schlafzimmer in Bosco Mesola. Offensichtlich Joys Lieblingsfarbe. Im Schrank hingen nur ein paar Popeline-Jacken und ein Jackett.

»Was wird aus den Sachen?«, fragte Lunau.

»Die bleiben hier.«

»Kann ich sie mitnehmen?«

»Von mir aus.«

Die Habseligkeiten gaben keinen Aufschluss darüber, warum Meseret eine Bedrohung darstellen konnte. Aber vielleicht hatten sie für Joy eine Bedeutung.

»Falls du Hilfe brauchst, ruf mich an«, sagte Lunau und steckte Oba seine Visitenkarte zu.

»Die Karte habe ich schon. Was ich brauche, sind Papiere oder einen Job. Können Sie mir das besorgen?«

Lunau schüttelte den Kopf. Er dachte an die weißen Wände der Ferienwohnung, an die bunte Tagesdecke auf dem Sofa, an die Wohnküche, in der niemand saß. »Du kannst eine Weile bei mir unterkommen.«

Oba schaute ungläubig. »Meinen Sie das ernst?«

Lunau nickte.

»Umsonst?«

»Ja.«

»Ich denk drüber nach.«

Lunau hatte mit mehr Begeisterung und Dankbarkeit gerechnet. Er lud Meserets Sachen in sein Auto und dachte wieder an die leere Wohnung am Meer. Als er den Motor starten wollte, kam Oba aus dem Haus. Er trug mehrere Taschen und Plastiktüten. »Wo genau wohnen Sie?«

»Am Lido degli Estensi.«

Oba stand da und überlegte. »Okay. Ich muss noch mal zur Arbeit.«

»Jetzt?« Lunau sah auf die Uhr. Es war halb neun vorbei.

»Ja, jetzt. Ich habe einen neuen Zweitjob.«

»Wo?«

»Wieso wollen Sie das wissen?« Obas Stimme hatte unwirsch geklungen.

»Ich könnte dich ein Stück mitnehmen.«

Der Schwarze schüttelte den Kopf. »Besser nicht. Können Sie das dafür einladen?«

Lunau entriegelte den Kofferraum, und Oba verstaute sein Hab und Gut. »Die Adresse?«

Lunau schrieb sie ihm auf einen Zettel.

»Ich brauche auch einen Schlüssel.«

»Der liegt in der Wohnung. Komm nach der Arbeit vorbei.«

»Das wird spät. Bestimmt Mitternacht.«

»Kein Problem. Ich werde da sein.«

Lunau betrachtete Oba im Rückspiegel und bewunderte seinen Gleichmut. Er stand auf der Straße, ohne Wohnung, sein Besitz rollte in einem fremden Kofferraum davon, er war den ganzen Tag durch die Sonne gelaufen, hatte einen Umzug organisiert, und jetzt wandte er sich seinem Nebenjob zu. Wahrscheinlich wieder mit dem Fahrdienst, für den er fünf Euro bezahlen musste. Ein Drittel oder Viertel seines Tagesverdienstes.

Lunau startete den Motor und fuhr Richtung Bosco Mesola. Er war sicher, dass Michael in dieser Wohnung gewesen war, auch wenn die Polizei behauptete, es gebe keine Spuren. Irgendetwas an dieser Wohnung war verstörend gewesen. Etwas, das über den Geruch von frischer Farbe, diesen halbfertigen Zustand hinausging. Lunau parkte vor dem gelben Mehrfamilienhaus, das im Licht der Straßenlaternen fröhlich leuchtete. Eine junge Frau schüttelte gerade das Tischtuch aus und verriegelte das Fenster. Ein Mann sah rauchend seinem Hund zu, der neben einem Baum sein Geschäft verrichtete. Lunau schloss die Haustür auf und ging an den Briefkästen vorbei ins Treppenhaus.

Die Polizei hatte Meserets Wohnung zwar nicht versiegelt, aber tatsächlich erkennungsdienstlich behandelt. An Klinken, Lichtschaltern und Türstöcken hing das graue Pulver, mit denen man Fingerabdrücke gesichert hatte. Darüber klebte eine transparente Folie. Wenn Michael hier gewesen war, dann hatte er Handschuhe getragen. Ein Indiz mehr, dass er ein Verbrechen geplant hatte. Lunau stellte sich in den Flur, atmete den schweren Geruch von Wandfarbe ein, betrachtete den Wasserdampf auf den Fenstern, hörte leise den Stromzähler in seinem Kasten sirren, den Aufzug, der mit einem kurzen Knacken auf demselben Stockwerk stehenblieb.

Was übersah Lunau?

Er fotografierte die Küche, das Bad, den Flur und die beiden Zimmer. Dann betrachtete er die Fotos. Pistaziengrün. Sonst konnte er nichts entdecken.

Er nahm sich mögliche Verstecke vor. Kontrollierte den Spülkasten im Bad, die Hohlrohre des Bettgestells und der Küchenstühle, den Inhalt von Zucker- und Kaffeedosen. Er sah in die Ritzen hinter der Gastherme, hinter Sockelleisten und Hängeschränke, er betastete die Unterseiten von Möbelstücken und klopfte Boden, Fliesen und Wände nach Hohlräumen ab. Nichts.

Er setzte sich auf die Klobrille und dachte nach. Er betätigte die Spülung, denn das Rauschen des Wassers half ihm beim Denken. Diesmal nicht. Seine Fragen blieben unbeantwortet. Woher hatte Meseret das Geld, eine zweite Wohnung zu mieten?

Als Lunau die Wohnungstür wieder abschloss, fielen ihm am Bund zwei kleine Schlüssel auf. Der eine musste der Briefkastenschlüssel sein, und der andere? Ein Fahrradschlüssel? Aber wo war das Fahrrad?

Er ging hinunter ins Foyer und suchte eine Kellertür. Fehlanzeige. Er ging durch die Hintertür und kam in einen gepflasterten Innenhof, dessen Rückfront durch eine Reihe von Garagen gebildet wurde. Lunau sah die Nummer 9, dieselbe Nummer, die neben Meserets Wohnungstür klebte.

Er führte den Schlüssel ein. Er passte. Er öffnete einen der blechernen Türflügel und hörte es rumpeln und scheppern. Ein Turm aus Handtaschen und Badetüchern war ins Rutschen geraten und hatte mehrere Stellkästen umgeworfen. Darin befanden sich Schmuckstücke aus Halbedelsteinen und Holz. Lunau tastete nach einem Lichtschalter, betätigte ihn und fand sich in einem grellbunten Chaos wieder. An den Wänden waren, bis unter das Wellblechdach, Waren aufgeschichtet. In Pastell- und Neonfarben leuchteten ihm

Textilien und Ethnoschmuck, Strohhüte, Plüschtiere und Holzskulpturen entgegen. Die typischen Objekte, die von Vu cumpra' am Strand verkauft wurden. Nur hatte Meseret die seinen nicht verkauft, er hatte sie in dieser Garage gehortet. Aber das erklärte noch weniger, wie er zu seinem Geld gekommen war. Wenn er Waren kaufte, aber nicht weiterverkaufte, wie hatte er dann Geld verdient? War dieses Warenlager hier die Erklärung für seinen Tod? Hatte er Schulden gemacht und war dafür bestraft worden?

Hatte Meseret statt der üblichen Waren Drogen verkauft? Hatte er Michael und dessen Großhändlern Konkurrenz gemacht? Die Fragen wurden immer spekulativer und unbefriedigender. Lunau fing an, die Stapel abzutragen. Er suchte in den Handtaschen und in der Füllung der Plüschtiere, in den Holzkugeln und in Taschentuchpackungen. Aber er fand nichts. Falls es etwas Wertvolles gegeben hatte, war es bereits verschwunden. War jemand Lunau zuvorgekommen?

Er räumte die Garage wieder auf und schloss ab. Als er durch das Treppenhaus kam, machte eine Frau sich an ihrem Briefkasten zu schaffen. Offensichtlich kam sie gerade aus dem Urlaub zurück, denn neben ihr standen zwei Koffer, während sie einen Stapel an Prospekten und Gratiszeitungen in einen Abfallkorb warf. Lunau suchte die Reihe nach Meserets Briefkasten ab. Die Klappe war geschlossen, nichts ragte aus dem Schlitz. Ungewöhnlich bei einem Briefkasten, der seit zwei Wochen nicht geleert wurde. Oder war er geleert worden? Lunau wurde klar, dass er auch in der Wohnung keine Post gesehen hatte. Weder in der Küche noch in den Zimmern waren Briefe gewesen. Nicht einmal die üblichen Wurfsendungen von Pizzabringdiensten, Kredithaien oder Versicherungen. Lunau wartete, bis die Frau verschwunden war, dann betrat er wieder das Foyer. Meserets Briefkasten war leer, bis auf einen Umschlag. Ein behördlicher Bescheid, von der Provinzverwaltung in Bologna: »Hiermit bestätigen wir, dass Ihrem Antrag (Ihr Schreiben … Aktenzeichen IL …) stattgegeben wurde. Ihre Konzession der Zucht von *Tapes philippinarum* auf der staatlichen Liegenschaft X 23/233 b ist damit aufgehoben.«

Hatte Meseret sich auch als Pflanzenzüchter versucht?

Hatte er Land gepachtet, um darauf Drogen anzubauen?

Hatte man ihn unter Druck gesetzt, und er hatte einen Rückzieher gemacht?

Aber warum hätte man ihn dann noch töten sollen?

Lunau war nass geschwitzt und hungrig, als er sich in seinen Wagen setzte. Er fuhr zur Bar im Zentrum des Dorfes, kaufte ein belegtes Brötchen und Wasser. Er schlang sein Essen am Tresen hinunter und trank die Flasche Wasser. Erst beim Bezahlen nahm er wahr, dass das Lokal gefüllt war mit alten Männern, die ihn schweigend anstarrten. Lunau blickte in die wettergegerbten Gesichter, in die hellen Augen, die zwischen den Runzeln blinkten. »Können Sie mir sagen, warum in Bosco Mesola die Baubranche boomt?«, fragte er. »Wovon leben die Leute hier?«

»Was meinen Sie mit Boom?«, erwiderte ein Greis, der im Zentrum einer Männergruppe stand, die sofort zu lachen begann. Sie schienen seit Tagen auf nichts anderes gewartet zu haben.

»Das Neubaugebiet, die Reihenhäuser.«

»Ach so. Wer sich in Goro kein Haus leisten kann, zieht eben nach Bosco Mesola.« Wieder Gelächter. Ein brillanter Witz. Bosco Mesola lag schon am Arsch der Welt, aber für Goro gab es nicht mal mehr vulgäre Metaphern. Lunau war zu müde, um den Humor zu teilen.

Er trat hinaus auf die Hauptstraße, die eine Neunzig-Grad-Kurve vor der Bar beschrieb, wurde, trotz der späten Stunde, von einem Schwall schwüler Luft eingehüllt und nahm sein Handy aus der Tasche. Er wollte das Telefon wegstecken, als er das Foto von Silvia auf dem Display sah.

Er schaute sich um, sah die lange Gerade, die aus dem Ort führte, sah die Männer, die durch die blinde Scheibe zu ihm herübersahen. Er wartete, bis das Ziehen im Magen nachgelassen hatte, und beschloss, das Foto durch eine neutralere Aufnahme zu ersetzen. Aber wo waren die neutralen Aufnahmen in seinem Speicher? Da waren Bilder von Jette und seinen Kindern an der Ostsee, in der gemeinsamen Wohnung in Berlin, Bilder von Silvia, Sara und Mirko am Lido.

Er scrollte immer schneller durch den Speicher, bis ihm eine Idee kam. Er ging zurück in die Bar, hielt eine kurze Ansprache, in der er erklärte, dass er eine Reportage über die sozialen Probleme der Immigration schreibe, und zeigte das Foto von Meseret vor. Zwei Männer bestätigten, dass sie den Schwarzen gesehen hatten. »Und den hier?« Lunau zeigte ein Bild von Michael. Die Männer schauten skeptisch. »Irgendwie sehen die alle gleich aus.«

»Haben Sie Meseret einmal mit jemandem streiten sehen?«

»Was soll das heißen?«, fragte einer der Alten. »Wollen Sie uns jetzt unterstellen, dass wir hier fremdenfeindlich sind?«

»Nein, ich meinte eigentlich, dass die Schwarzen untereinander gestritten hätten.«

»Wir lassen uns von der Presse nicht das Wort im Mund umdrehen.«

Beifälliges Gemurmel war zu hören. Niemand der Gäste in der Bar wollte Michael Duhula je gesehen haben.

Lunau fuhr unverrichteter Dinge zurück Richtung Lido degli Estensi.

33

Als er an seine Ferienwohnung kam, saß da Oba mit seinem ondulierten, glänzenden Haar. Lunau war erleichtert, dass er, wenn er Licht in der weißgetünchten Wohnung machen würde, nicht alleine war, dass er mit jemandem reden, dass jemand in einem Bett schlafen und morgens über die Fliesen gehen würde. Oba sprang auf und kam auf das Auto zu. »Es ist nach Mitternacht.«

»Tut mir leid.«

Sie luden stumm den Kofferraum aus, und Lunau zeigte Oba sein Zimmer. Die Wohnung hauchte bereits einen fremdartigen Geruch aus.

»Ich muss dir ein Bett beziehen.«

»Nicht nötig.«

Lunau sah, dass Silvia in der Eile die Bettwäsche der Kinder vergessen hatte. Er zog Saras Laken mit den fallschirmspringenden Häschen ab, dann Mirkos Inter-Mailand-Set. Er roch an dem Stoff, an dem der Duft der Sonnenmilch, des Kindershampoos und der Sommerschweiß der Kinder haftete. Er blieb einen Moment reglos stehen, wartete darauf, dass das Ziehen nachließ, überlegte, ob er die Laken bei sich behalten sollte und stopfte sie in einen Müllsack, bezog das Bett frisch und belud die Waschmaschine in der Küche.

Oba stellte die Einkaufstaschen mit seinen Habseligkeiten neben das Bett und sah Lunau an.

»Ist das Zimmer okay?«

Oba nickte und sah Lunau weiter an. Dieser nahm wieder den merkwürdigen Geruch wahr. Nach einem Reinigungsmittel. Zuerst hatte er gedacht, es seien die Folgen von Silvias Wohnungsputz, aber den Geruch schien Oba mitgebracht zu haben. Sie blickten einander an, Oba rührte sich nicht.

»Was ist?«, fragte Lunau.

»Ich weiß, es ist spät, aber haben Sie etwas zu essen?«

»Sicher. Ich habe selbst nur ein belegtes Brötchen gegessen.«

Lunau kochte eine Pasta. Sie setzten sich an den kleinen Küchentisch und schaufelten das Gericht in sich hinein. Lunau öffnete eine Flasche Wein und schenkte sich ein.

»Du bist Moslem, oder?«

»Nein. Christ. Meseret war Moslem.«

Lunau gab Oba von dem Wein und sagte: »Erzähl mir von euch.«

»Wir kommen aus Nachbardörfern.«

»Das eine muslimisch, das andere christlich?«

»Wie bei euch in Deutschland. Ein Dorf ist evangelisch, das daneben katholisch.«

Lunau war nicht sicher, ob das stimmte. Er stammte aus Berlin, aus einem Musikerhaushalt, in dem Religion keine große Rolle spielte. »Woher weißt du das?«, fragte er.

»Mein Cousin wohnt in Bayern.«

Meseret war in Djifèr, Oba in Palmarin aufgewachsen. Eine zwölf Kilometer lange Landzunge verband die beiden Küstenorte, bis ein Sturm sie 1991 wegspülte. Aber Oba und Meseret sahen sich auf dem Wasser, wenn sie mit ihren Vätern zum Fischen rausfuhren, und sie blieben Freunde.

»Als die großen Trawler aus Europa und Japan auftauchten, war es mit unserer Arbeit vorbei. Wir fingen so wenig, dass wir nicht einmal mehr den Sprit bezahlen konnten.«

»Und deshalb habt ihr beschlossen, nach Europa auszuwandern?«

Oba nickte.

»Warst du mit Meseret hier auch fischen?«

»Nein. Er ist nur zwei, drei Mal mit einem Italiener zum Dorschfang rausgefahren, aber das brachte auch nichts ein außer Ärger.«

»Was für Ärger?«

»Es war angeblich verboten. Es gab hohe Strafen.«

»Wie hat Meseret sein Geld verdient?«

»Wie wir alle.«

»Eben nicht. Er hatte viel mehr Geld als ihr, obwohl er seine Waren nicht verkaufte.«

»Wie meinen Sie das?« Oba hielt die Gabel vor sein Gesicht und sah die Nudeln an.

»Er hat seine Waren nicht abgesetzt, sondern in der Garage gehortet.«

»Das verstehe ich nicht.«

»War er denn ein guter Verkäufer?«

Oba stocherte nach dem nächsten Bissen, druckste herum, dann sagte er: »Na ja, er war nicht sehr gewissenhaft, kam oft zu spät, manchmal gar nicht.«

»Und gab es da keinen Streit?«

»Natürlich.«

»Mit wem?«

Oba zögerte.

»Mit dem Mann, der dich geschlagen hat?«

»Ja.«

»Wie heißt er?«

Oba starrte auf seinen leeren Teller, dann auf Lunau.

»Ich bekomme es auf jeden Fall heraus.«

»Ciro De Santis, glaube ich.«

»Und was für eine Art Streit hatten sie?«

»Na ja, Diskussionen halt.«

»Diskussionen? Dich hat er wegen fünf Euro mit einer Eisenstange geprügelt, und mit Meseret hat er diskutiert? Warum? Warum hatte Meseret eine Sonderstellung?«

Oba zuckte mit den Achseln und kratzte den Rest der Nudeln aus dem Topf. Lunau wurde nicht gefragt, ob er noch Hunger habe.

»Er hatte Papiere, eine reguläre Aufenthaltsgenehmigung. Aber das war nicht alles. Meseret war einfach ein besonderer Typ. Alle mochten ihn.«

»Bis auf den einen, der ihm das Gesicht zermatscht hat. Ihr wart Freunde, und Meseret hat ein Doppelleben geführt, das kann dir nicht entgangen sein. Eine zweite Wohnung, eine nigerianische Freundin, einen einträglichen Nebenjob. Weißt du, dass er auch Land bewirtschaftet hat?«

Oba schüttelte den Kopf.

»Wie hat Meseret das nur alles bewerkstelligt? Er muss doch Helfer gehabt haben. Wenn du es nicht warst – wer dann?«

»Ich habe keine Ahnung. Das müssen Sie mir glauben. Könnten Sie mir das Bad zeigen?«

Lunau gab Oba ein Handtuch, zeigte ihm das Badezimmer und räumte den Tisch ab.

34

»Hat Sie ein Wels gefressen und wieder ausgekotzt?«, fragte Michele Balboni, als Lunau am nächsten Vormittag wieder in dessen Büro saß.

»Nein. Aber ich fühle mich so.«

Lunau hatte eine Stunde wach gelegen und an der dunklen Zimmerdecke Bilder von Silvia und Michael gesehen. Um halb drei war er nach Ferrara zurückgekehrt, um seinen Digitalrekorder zu kontrollieren und den Akku zu wechseln. Von Michael noch immer keine Spur. Den Rest der Nacht hatte er im Auto vor Silvias Haus verbracht. Sein Rücken schmerzte, in seinem Kopf dröhnte es, und das Schlafdefizit ließ ihn alles in grellem Licht wahrnehmen.

»Ich erwarte, dass Sie mir jetzt die Wahrheit sagen«, setzte Balboni wieder an. Der tiefe Bass rüttelte an Lunaus Schädelwänden.

»Ich dachte, Sie wollten mit mir über den Mord an Meseret Zahié reden.« Das war es, was Balboni am Telefon behauptet hatte.

»Zuerst sagen Sie mir die Wahrheit.«

Balboni lehnte sich zurück, verschränkte die Hände über der Stelle, an der noch im Mai ein stattlicher Bauch gewesen war, und sah Lunau an. »Wenn Sie weiterhin meine Intelligenz beleidigen, werde ich Sara befragen, und zwar ohne ihre Mutter.«

»Das dürfen Sie nicht.«

»Wenn ich das Jugendamt einschalte, darf ich das durchaus.«

»Aber um das Jugendamt ...«

»Schluss jetzt. Ihre Silvia Di Natale ist alleinerziehend und hat, wenn ich das richtig verstehe, die Kinder unbeaufsichtigt gelassen, während sie ihrer Arbeit nachging.«

»Ich kümmere mich um Mirko und Sara, wenn Silvia in der Schule ist.«

Balboni winkte ab. »Sie hat das Verschwinden ihrer achtjährigen Tochter nicht zur Anzeige gebracht, und sie hat eine zeitnahe Untersuchung der Verletzungen verhindert.«

»Wollen Sie uns erpressen? Indem Sie Silvia mit dem Entzug des Sorgerechts drohen?«

»Wer ist dieser Schwarze?«

Lunau betrachtete den Kommissar, sein graues, ausgezehrtes Gesicht. Er hatte sich nicht nur körperlich verändert. Was nagte an ihm? War er für die Ermittlungen gegen die Kollegen zuständig, die tatsächlich Amandas Freund auf dem Gewissen hatten? War er zwischen die Fronten geraten? Wurde ihm sein Pflichtbewusstsein zum Verhängnis? Vielleicht würde Balboni tatsächlich eine Inspektion in Silvias Familie anordnen. Darauf dringen, dass man ihr das Sorgerecht entzog.

»Sara geht es nicht gut. Versprechen Sie mir, dass Sie sie nicht an ihre Erlebnisse erinnern werden?«

Balboni sah Lunau ernst und erwartungsvoll an.« Was für Erlebnisse?«

Lunau zögerte.

»Braucht sie psychologische Betreuung?«

»Das kann ich nicht beurteilen. Würden Sie diese Entscheidung der Mutter überlassen?«

»Ich weiß nicht, ob ich das kann.«

Lunau schwieg. Nach einer Weile nickte Balboni. »Gut. Ich finde einen Weg. Was ist Sara zugestoßen? Wer ist der Schwarze?«

»Michael Duhula. Er hat Sara Di Natale entführt.«

Balboni stützte sich auf den Armlehnen ab, stemmte seinen Oberkörper nach oben und ließ sich wieder in den Bürosessel plumpsen. Er schaute sich in seinem rechteckigen Büro um und setzte eine skeptische Miene auf. »Michael Duhula? Gibt es etwas, wofür er Ihrer Meinung nach nicht verantwortlich ist? Wozu sollte er so etwas tun?«

»Er wollte aus mir herauspressen, wo Joy sich versteckt hält.«

Balbonis Stirn zog sich in Furchen.

»Michael hat Joy nach Europa verschleppt und zur Prostitution gezwungen. Joy will ihn deswegen anzeigen. Das bringt ihn wegen Menschenhandels und Zuhälterei ins Gefängnis, und das musste er unbedingt verhindern.«

Balboni winkte ab. Er wartete auf eine Schilderung der Ereignisse.

Lunau lieferte sie. Mit sämtlichen Einzelheiten, außer der Verwendung der Insulinspritze. Balboni schüttelte den Kopf und blickte auf die Uhr. Es war halb elf. »Sie irren sich.«

»Michael Duhula hat mir das Veilchen verpasst. Ich irre mich nicht.«

»Ich glaube, das wird eine etwas längere Unterredung. Essen Sie eine Kleinigkeit mit mir?«

»Nein, danke.«

»Ich brauche jetzt irgendwas«, sagte Balboni mürrisch.

Sie gingen durch das von halligen Stimmen, Türenknallen und schlurfenden Schritten erfüllte Treppenhaus und traten auf die Via Ercole d'Este. Die Hitze blies ihnen wie aus einem Auspuffrohr entgegen, und Lunau hatte das Gefühl, unter seinen Schritten schaukle die Welt. Er schluckte einen Schwall Magensäure hinunter und trottete hinter dem Polizeibeamten her, in dem schmalen Schatten, der sich am Fuß einer hohen Mauer hielt. Der Weg schien kein Ende zu nehmen. Und Lunau brauchte einen langen Anlauf für eine simple Frage: »Haben Sie Michael schon wegen des Mordes verhört?«

»Gleich sage ich Ihnen mehr.«

»Er war sein Nebenbuhler.«

»Das behauptet Ihre Joy. So wie Ihre Joy behauptet, er sei ihr Zuhälter.«

»Das ist doch offensichtlich.«

»Für mich nicht. Und schon gar nicht für Michaels Verteidiger. Was Ihre Joy erzählt, ist nämlich reichlich unrealistisch.«

Balboni bog in den Parco Massari ein, in dem die Mittagssonne grelle Kleckse zwischen die alten Zedern warf. Die Singvögel, der Wind, ja selbst die Zikaden schwiegen und warteten nur darauf, dass die Hitze nachlassen würde. Niemand war zu sehen, nur der

Wärter des Toilettenhäuschens, der wie ohnmächtig auf einem Stuhl im Schatten hing.

»Inwiefern?«

»Die Nigerianerinnen hier haben keine männlichen Zuhälter, sondern eine Madame, meist selbst ehemalige Prostituierte, die als Ziehmutter und Feldwebel fungiert. Die Mädchen werden auch nicht verschleppt wie die Osteuropäerinnen. Früher mag das so gewesen sein, aber heutzutage wissen sie, was sie hier erwartet.«

»Kein Mädchen prostituiert sich freiwillig.«

»Der Druck kommt aus der Heimat. Hat eine Familie reichlich Kinder, dann wird gewöhnlich die weibliche Erstgeborene nach Europa geschickt. Alles ist perfekt organisiert. Sie können zwischen der Luxusvariante zu 60 000 Euro wählen, das heißt, mit Flug nach Paris und Eisenbahnfahrt nach Turin. Wer es billiger haben will, muss über den Landweg durch Afrika, mit Trucks, Schlepperbanden in der Wüste, mit Internierungen, Vergewaltigungen, Lösegeldzahlungen, dann kommt die Überfahrt nach Lampedusa. Das ist strapaziös und gefährlich, kostet insgesamt aber nur 40 000 Euro.«

»Wozu sollte eine Familie, die so viel Geld auf der hohen Kante hat, eine Tochter opfern?«

»Niemand hat dieses Geld auf der hohen Kante. Das sind Schulden, mit denen die Mädchen hier eintreffen und die sie der Madame abzubezahlen haben. Bei gutem Umsatz dauert das zwei, drei Jahre.«

»Und dann?«

»Dann berufen sie sich auf Artikel 18 des Einwanderungsgesetzes ...«

Balboni hatte sich unter einen Sonnenschirm gesetzt und dem Barbetreiber gewinkt. Dann sah er Lunaus ratlose Miene.

»Artikel 18 billigt Opfern von Menschenhandel einen besonderen Schutz zu. Die Mädchen behaupten, verschleppt worden zu sein, zeigen irgendjemanden als ihren Zuhälter an und bekommen dadurch eine Aufenthaltsgenehmigung.«

»Joy ist noch nicht so lange hier.«

»Sie sucht nach einer Abkürzung.«

»Sie meinen also, Joy wollte einfach nur den Liebhaber wechseln, Michael loswerden und sich selbst reguläre Papiere besorgen, um mit Meseret durchzubrennen?«

»Das ist die nächste Ente.«

Balboni bestellte einen Salat und ein Glas Wasser. Lunau orderte ebenfalls Wasser. Langsam stieg ein Groll gegen Amanda in ihm hoch. Wofür hatte sie sich einspannen lassen? Und wofür hatte sie Lunau eingespannt?

Balboni fuhr fort: »Dieser Meseret ist Senegalese. Senegalesen lassen sich nicht auf Nigerianerinnen ein.«

»Wer sagt das?«

»Die Erfahrung. Senegalesen haben ein enormes Standesbewusstsein und sehen auf die Nigerianer herab, zumindest auf die, die in Italien landen. Wenn Meseret Kameruner gewesen wäre oder Ghanaer, meinetwegen, aber Senegalese? Nein.«

Balboni sah missmutig auf die große Schüssel Salat, stocherte zwischen den Zwiebeln und dem Thunfisch herum und sagte: »Was ist dieser ganze Komposthaufen im Vergleich zu einem Tramezzino? Aber nein, 1200 Kilokalorien am Tag, ich muss Gras fressen. Damit ich länger lebe. Als ob das ein Leben wäre.«

Lunau nickte. War allein die Diät an Balbonis eingefallenen Wangen und seiner sauertöpfischen Laune schuld? Er dachte über dessen Worte nach. Für welche Intrige hatte Sara zu büßen? Welchem irrsinnigen Plan war er selbst aufgesessen? Ihm fielen wieder die zahllosen Bilder in Michaels Apartment ein, »JOY«, das Passwort zu seinem Computer und zu seinen Geheimnissen.

»Es ist eine Tatsache, dass Michael Sara entführt hat, um an Joy zu kommen. Das passt doch zu Ihrer Erzählung. Er muss verhindern, dass Joy gegen ihn aussagt, weil er dann Schwierigkeiten bekommt. Vielleicht kann man ihm die Zuhälterei nicht nachweisen, aber seine Drogengeschäfte muss er einstellen, wenn er unter Beobachtung steht.«

Balboni leerte sein Glas und bestellte ein zweites Wasser. Im letzten Moment rief er den Kellner zurück und entschied sich für eine Cola. »Ich werde Ihren Hinweisen nachgehen. Eine Hausdurchsuchung in dieser Boxhalle werde ich sicher genehmigt bekommen. Vorausgesetzt, sie unterschreiben das Protokoll Ihrer Aussage.«

»Natürlich.«

»Sie haben nicht zufällig ein Aufnahmegerät oder eine Kamera dabei?«

»Nein, wieso?«

»Was jetzt kommt, soll nicht ins Fernsehen.«

»Ich arbeite fürs Radio.«

»Auch nicht ins Radio.«

Balboni kramte in seiner Umhängetasche und legte eine Kladde auf den Bistrotisch. Lunau schlug sie auf und war verdutzt. Balboni grinste und nahm einen letzten Schluck Wasser, ehe er das Glas erleichtert abstellte. Was da vor Lunau lag, war der Obduktionsbericht von Meserets Leiche. Hystologische und toxologische Analysewerte, Röntgenaufnahmen vom gesamten Skelett, Blutwerte, Beschreibung der inneren Organe. Insgesamt 87 Seiten Text. Beeindruckend. Für Lunau allerdings weitgehend unverständlich.

»Kann ich das in Ruhe lesen?«

»Sind Sie wahnsinnig? Das muss sofort zurück in die Akte.«

»Eine Kopie?«

»Kommt nicht in Frage.«

»Dann sagen Sie mir, was Interessantes drinsteht.«

»Wie gesagt: Todeszeitpunkt zwischen dem 29. und 31. August. Der Mann war kerngesund. Er wurde wahrscheinlich mit einem Rechen oder einem Sieb geschlagen, starb aber einen Ertrinkungstod. Vorher hat man ihm die Haut an den Fingerkuppen entfernt.«

»Also hatte er das nicht selbst gemacht, um bei der Einreise seine Identität zu verschleiern.«

Balboni schüttelte den Kopf. »Die Wunden waren frisch.«

»Folglich ein Mord, bei dem man die Ermittlungen erschweren wollte.«

»Oder Totschlag. Es gibt aber noch ein interessantes Detail.«

Er lehnte sich zurück, wischte sich mit einer Papierserviette den Schweiß von seinem faltigen Hals und lächelte Lunau an. Dieser betrachtete die Fotos vom Fundort und aus der Pathologie. Die zu einem unförmigen Brei zertrümmerten Gesichtsknochen, das bläulich verfärbte Gewebe. Er spürte, wie etwas in ihm rebellierte. Er würde sich nie an solche Bilder gewöhnen. Und er würde niemals wegsehen können.

»Er ist in Brackwasser ertrunken, einer Mischung aus Salz- und Süßwasser, wie man sie in den Lagunen und den sogenannten sublagunaren Kanälen findet.«

»Wie viele gibt es davon?«

»Hunderte. Mit einer Gesamtfläche von etwa 120 Quadratkilometern.«

Balboni grinste. Er hatte den Salat hinter sich und seine gute Laune wiedergefunden.

»Aber nicht überall gibt es dieselbe Salzkonzentration und dieselben Algenkulturen. Diese schwanken zwar permanent, doch die Gewässeraufsicht sammelt ebenso permanent die Aufzeichnungen. Wir können das Feld dank des Todeszeitpunkts ein wenig einengen.«

Balboni stand auf und ging in die Bar, um zu bezahlen. Lunau fotografierte die Seiten des Obduktionsberichts mit seinem Handy ab, bis der Kommissar zurückkam und ihm die Kladde entriss: »Das hatte ich ganz vergessen«, sagte er und verschwand.

Lunau blieb sitzen und dachte an Amanda. Er versuchte sie anzurufen, aber sie ging nicht an ihr Handy. Er stand auf, holte das Auto und fuhr zur Villa der Schiavons. Irgendwann würde sie dort auftauchen, und dann war sie ihm eine Erklärung schuldig.

35

Amanda wollte auf die Klingel drücken, als ihr der Türsummer zuvorkam. Wie immer hatte er oben am Fenster gewartet. Sie lief die drei Stockwerke hoch, wie immer stand er in der Tür, wie immer sagte er: »Du weißt, dass wir auch einen Aufzug haben?«

»Ja, das weiß ich«, lachte sie.

»Du wirst dir doch keine Sorgen um deine Figur machen?«

»Nein.«

Der Hund bellte Amanda freudig an und wedelte mit dem Schwanz. Der alte Mann hatte sein bestes Hemd, einen neuen Pullunder und eine neue Hose angezogen. Sein schütteres Haar war frisch geschnitten und gewaschen. Im Vergleich zu ihrem ersten Besuch sah er zehn Jahre jünger aus.

Sie trug das Essen in die Küche, verteilte die Plastikbehälter um den Platz des Alten, nahm sich ein Glas Leitungswasser, ließ sich das Kleingeld für die Zeitung geben und setzte sich an den Tisch.

Der Mann hätte die Zeitung zum selben Preis und früher haben können – er führte schon morgens um halb acht den Hund Gassi –, aber er fand die Zeitung interessanter, wenn Amanda sie ihm mitbrachte. Sie las die Schlagzeilen vor: »Neueröffnung des Zentralkrankenhauses verzögert sich.«

Er schüttelte den Kopf. »Diese Halunken. Um sich zu bereichern, planen sie das größte Krankenhaus der Region auf Sumpfland, und dann wundern sie sich, dass es versinkt, bevor sie einziehen können.«

»Soll ich den Artikel vorlesen?«

»Nein.«

»Präsident der SPAL fordert mehr Engagement von der Kommune.«

»Engagement oder Geld?«, fragte der Alte.

»Regierung erwartet Belebung der Konjunktur.« Der Mann lachte. »Bist du sicher, dass das die neueste Zeitung ist? Gestern und vorgestern stand dasselbe drinnen.«

»Also keinen von diesen Artikeln?«

»Nein, was gibt es sonst noch?«

»Todesfall Marco Clerici. Die Anwälte der Familie verlangen Aufklärung.«

Der alte Mann hatte einen Moment mit der Gabel innegehalten, dann räusperte er sich und sagte: »Ist auch keine Neuigkeit.«

»Aber hier steht, dass der Prozess gegen die Polizisten nächste Woche fortgesetzt wird und dass beide Parteien einen Durchbruch angekündigt haben.«

»Was soll das schon sein?«

»Ich lese es Ihnen vor.«

Noch ehe er protestieren konnte, setzte Amanda an: »Der für kommenden Montag anberaumte Verhandlungstag in Sachen Marco Clerici verspricht eine sensationelle Wendung in dem Fall. Während die Verteidigung der drei angeklagten Polizeibeamten entlastende Gutachten vorlegen will, pochen die Anwälte der Familie Clerici, die als Nebenkläger auftritt, auf die vielen Lücken in den Unterlagen der Polizeibehörden. Durch eine genaue Rekonstruktion der Unglücksnacht sei man sicher, eine plausible Erklärung für diese Lücken aufzeigen zu können. Die systematische Vertuschung der Wahrheit, die Einschüchterung von Zeugen der ersten Stunde und die hysterische Reaktion auf jedwede Nachfrage ließen nur eine Interpretation zu: schlechtes Gewissen. Und diesem schlechten Gewissen werde man die Maske herunterreißen. Mit Hilfe eines Schlüsselzeugen.«

Der alte Mann winkte ab. Er ruckelte nervös auf seinem Stuhl hin und her, versuchte zu essen und legte das Besteck auf den Tisch.

»Was ist mit Ihnen?«, fragte Amanda. »Keinen Hunger?«

»Schmeckt heute wirklich nicht besonders.«

Der Hund blickte sein Herrchen mit treuen Augen an. Dieser tätschelte ihm den Kopf, kraulte ihn hinter den Ohren, und Amanda sagte: »Geben Sie es ihm. Ich verpfeife Sie nicht.«

Sie stand auf und trat wieder ans Fenster. Während der Hund schmatzte, sah sie hinunter auf den Grünstreifen, auf dem die Kerzen für Marco flackerten. Sie dachte an seine Fingerkuppen, die ihre Nackenhaare gestreichelt hatten, die Sonne auf der Piazza Ariostea, sie hatten dagelegen und nebeneinander in den Himmel gesehen. Während die anderen um sie herum gelärmt und gebolzt hatten, hatte er ihre Haare um seine Finger gewickelt, bis sie Gänsehaut bekommen hatte. Er kannte alle Stellen an ihrem Körper, an denen sie berührt werden wollte, und er kannte alle Worte, die sie berührten.

»Ihre Viren fressen sich in deine Dateien, fressen Erinnerung, fressen Hoffnung und geben dir Angst dafür … Formatier deinen Kopf neu. Alle Daten löschen? Ja!«, hatte er gesungen.

Sie spürte das Loch, das er in ihrem Bauch hinterlassen hatte, das von Woche zu Woche größer wurde. Die Zeit heilt alle Wunden, hatten sie gesagt, die Erinnerungen werden verblassen. Aber je undeutlicher sein Gesicht, seine Stimme und sein Geruch in ihrer Erinnerung wurden, desto peinigender war der Schmerz. Sie hatte ihn immer noch nicht verloren, sie verlor ihn immer weiter. Während Marcos Mörder frei und unbeschwert herumliefen und weiterhin als Polizisten, als dein Freund und Helfer, Dienst taten. Dieser kleine, kümmerliche Alte, dessen Leben keinen Sinn mehr hatte, der nur auf den Tod wartete, darauf hoffend, dass er kurz und schmerzlos sein würde, hätte Marco ein bisschen Würde zurückgeben können.

Sie roch wieder die Nudelsuppe und den überzuckerten Apfelbrei. Sie ekelte sich. Bei so jemandem biederst du dich an, dachte sie.

Sie wischte sich die Augen trocken, drehte sich um und sagte: »Ich muss los.«

Da sah sie, dass er blass geworden war und zitterte. Er hatte die Zeitung durchgeblättert. Es gab keinen Artikel über Marco Clerici, und er hatte es gemerkt.

»Ich möchte, dass Sabrina mir wieder das Essen bringt«, sagte er.

»Ich werde dafür sorgen, dass Sie gar kein Essen auf Rädern mehr bekommen. Sie sind nicht hilfsbedürftig. Sie können selber kochen, und wenn Sie dazu zu faul sind, dann gehen Sie eben zum Chinesen. Oder ist das der Lohn dafür, dass Sie helfen, die Wahrheit zu vertuschen? Einmal täglich Essen auf Rädern? Auf Staatskosten? »

»Ich werde mich über Sie beschweren. Sie perfides Luder, einen alten Mann zu täuschen«, schrie er.

»Ich habe Sie nicht getäuscht. Sie wussten vom ersten Tag an, wer ich bin.«

Der Mann schwieg und blickte auf seine gebügelten Manschetten, während sein Hund wütend kläffte und immer wieder auf Amanda zuschoss, im letzten Moment aber kehrt machte. Feige wie sein Herrchen.

»Versetzen Sie sich doch einmal in meine Lage«, sagte er.

»Das versuche ich seit vier Jahren. Was hat man Ihnen geboten?«

»Geboten?« Er schrie jetzt. Der Hund rannte im Kreis und bellte wie von Sinnen.

»Ja, womit hat man Sie bestochen?«

Er ließ sich auf den Stuhl fallen, hielt seinen Kopf mit beiden Händen fest und schüttelte ihn. Amanda sah die schwere gusseiserne Pfanne und fragte sich, welches Geräusch sie auf seinem Schädel erzeugen würde.

»Raus mit der Sprache. Warum haben Sie Ihre Aussage zurückgezogen? Was hatten Sie davon?«

Der Mann bebte am ganzen Körper. Sein Kopf zuckte zwischen den verkrampften Händen. »Hör mir zu«, schluchzte er. »Bitte …«

36

Lunau parkte vor dem Haus, das genauso verlassen wirkte wie in der Nacht.

Er klingelte, hörte nichts, klingelte erneut. Jemand lugte durch den Küchenvorhang, dann wurde die Tür geöffnet.

Lunau hatte damit gerechnet, Silvias Bruder vor sich zu haben. Stattdessen war es Silvia. Sie schaute zu Boden. Lunau grüßte, und sie antwortete leise und lustlos.

Sie fragte nicht, was er wollte, sie sah ihn weder aggressiv noch zärtlich an, sie sah ihn gar nicht an. Lunau musste an Sara denken, die auf dem Sofa gewippt hatte, mit diesem ausdruckslosen Gesicht. Posttraumatische Belastungsstörung, nannte man das. Sie musste therapiert werden, behutsam und rasch, sonst setzte die Chronifizierung ein, wie die Fachleute das nannten. Allerdings wussten die Fachleute nicht genau, wie man zu therapieren hatte – indem man das Erlebte ausklammerte, oder indem man es wieder in Erinnerung rief.

»Darf ich einen Augenblick hereinkommen?«, fragte Lunau.

Silvia trat zur Seite.

»Sind die Kinder da?«

Sie nickte. »Natürlich.«

In den vertrauten Geruch des Hauses, Holz und feuchtes Gras, hatte sich auch hier eine fremde, irritierende Note gemischt. Von Apotheke und den Fluren einer Behörde.

Lunau betrat das Wohnzimmer, in dessen Mitte der Bruder stand, genau wie am Abend, als er vom Garten aus hingesehen hatte. Der Bruder trug jetzt ein Sommerhemd, und er hatte kein Glas in der Hand. Auf dem Sofa saß Sara. Sie hatte sich mit den Fingern in den Bezug verkrallt, und Lunau kam der Verdacht, dass sie auch die Nacht über hier gesessen hatte. Sie wippte immer noch mit dem Oberkörper.

»Das ist Enrico, mein Bruder«, sagte Silvia. »Und das ist Kaspar Lunau.«

Lunau nickte dem Mann zu, der jünger war als erwartet. Er wäre ausgesprochen attraktiv gewesen mit seinen dunklen Locken und der athletischen Figur, hätte er nicht ebenfalls einen verbitterten Zug um die blassen Lippen gehabt.

»Sara«, flüsterte Lunau.

Das Mädchen hielt kurz inne und schien in die Ferne zu lauschen. Lunau bildete sich einen Moment lang ein, sie hätte seine Stimme erkannt, doch als er ihr vorsichtig eine Hand auf das Haar legte, schreckte sie zurück und verzog das Gesicht zu einer Grimasse. Er sah die Schürfwunden an ihren Ellbogen, die Schnitte an den Handgelenken.

»Ich würde gerne kurz mit dir allein reden«, sagte Lunau zu Silvia. Was er ihr zu beichten hatte, schien auf einmal nebensächlich.

Er schloss die Tür und fragte: »Hast du Sara untersuchen lassen?«

»Nein.«

»Reagiert sie auf deine Stimme?«

Silvia biss sich auf die Lippen und schüttelte den Kopf. »Und Berührungen erträgt sie gar nicht.«

Wieder bauten sich vor Lunau Bilder auf, gespenstisch, ungeheuerlich. Er sah Michaels glänzenden Körper vor sich und bereute in diesem Moment fast, dass er ihn verschont hatte. »Hast du dir ihre Verletzungen genauer angesehen?«

»Natürlich«, antwortete sie.

»Hat Michael sie …«

»Nein.« Silvias Antwort war so laut und bestimmt gekommen, dass Lunau ihr nicht traute.

»Du solltest den Rat eines Psychologen einholen. Sie braucht professionelle Hilfe.«

»Ich traue Psychologen nicht.«

»Ich auch nicht. Aber du kannst dir zumindest anhören, wie sie die Lage einschätzen. Falls Sara eine posttraumatische Belastungsstörung hat, muss diese behandelt werden.«

»Wodurch?«

»Ich weiß nicht. Aber dazu gibt es Spezialisten.«

»Spezialisten«, sagte Silvia verächtlich. »Niemand kennt mein Kind so gut wie ich.«

»Ich weiß. Aber den Zustand, in dem Sara sich jetzt befindet, kennen andere vielleicht besser.«

Silvia hob den Kopf und sah ihn kalt und desinteressiert an. »Das wolltest du mir sagen? Deswegen bist du gekommen, um mir Ratschläge zu geben?«

»Nein. Ich war bei Balboni.«

Er sah, wie sie sich verkrampfte. Er wollte sich in die Ausrede flüchten, dass Balboni ihn erpresst habe, mit einer möglichen Inspektion durch das Jugendamt, mit einem möglichen Entzug des Sorgerechts für Sara. Doch das wäre nur die halbe Wahrheit gewesen. Die größere Hälfte der Wahrheit war, dass er froh gewesen war, seine Aussage machen zu können. Er hatte an Balbonis Drohung nicht wirklich geglaubt.

»Ich habe meine Aussage gemacht. Ich habe gesagt, dass Michael Duhula Sara entführt hat.«

Einen Moment lang dachte Lunau, Silvia würde nach dem nächstbesten Messer greifen, doch sie war dazu nicht in der Lage. Sie drehte sich um, hielt sich an der Arbeitsplatte fest und wand sich in leisen Zuckungen.

»Er hat mir versprochen, dass sie Sara nicht befragen werden. Sie muss nichts erzählen, es wird keine Gegenüberstellung geben. Sie wird mit der Ermittlung nicht konfrontiert werden. Nur du musst eine Aussage machen.«

Sie schüttelte den Kopf. »Warum?«, fragte sie. »Warum hast du das getan? Wird es denn niemals aufhören?«

»Ich habe es getan, damit es aufhört. Wir hätten sofort die Wahrheit sagen müssen.«

Sie schüttelte immer noch den Kopf.

Es wurde leise an die Tür geklopft. Da Silvia nicht reagierte, wiederholte sich das Klopfen, und dann hörte man Mirkos Stimme: »Mamma? Stimmt es, dass Kaspar da ist?«

Sie antwortete nicht, und die Klinke wurde langsam gedrückt. Eine Haarsträhne von Mirko fiel in den Türspalt, die spitze Nase, ein unsicheres Lächeln.

»Hallo, mein Großer«, sagte Lunau.

»Hallo«, antwortete Mirko und schaute auf seine Mutter, wobei er den Mund verzog, halb erschrocken, halb missbilligend. Lunau wusste nicht, ob die Missbilligung sich auf ihn oder Mirkos Mutter bezog.

Silvia sah Lunau mit einem Blick an, der eindeutig war. Er sollte gehen.

Lunau betrachtete Mirko, deutete einen Gruß an, dann verließ er die Küche, verabschiedete sich auch von Enrico mit einem Kopfnicken und öffnete die Haustür.

Die Sommerluft schlug ihm heiß entgegen, und er schämte sich, dass er so etwas wie Erleichterung spürte.

37

Amanda hielt Joy in den Armen und flüsterte: »Du musst Vertrauen haben. Es kann dir nichts geschehen.«

Sie fühlte sich mies, zuerst hatte sie Lunau belogen,

und jetzt belog sie das Mädchen. Das Frauenhaus, in dem Joy sich versteckte, war nur ein gewöhnliches Fünf-Zimmer-Apartment in einem Mietshaus an der Via Porta Mare. Es gab keine Zäune, keine Panzertüren, keine Wachleute. Der einzige Schutz war, dass die Adresse geheim war.

»Du hast morgen Nachmittag deinen Termin auf dem Kommissariat. Mach deine Aussage, dann wird Michael verhaftet, und du bist frei.«

»Ja, ich vielleicht. Aber hast du einmal an meine Familie zu Hause gedacht? Wir sind mit Michaels Clan verwandt. Du weißt nicht, wozu nigerianische Männer fähig sind. Meine Eltern sind arm, ich habe drei Schwestern, die jüngste ist erst elf …«

Joy löste sich aus der Umarmung und blickte aus dem Fenster. Sie sah einen hässlichen Innenhof, in dem Wäsche zum Trocknen hing, ein paar große Eimer standen herum, die Autos hatten Öltropfen auf dem Beton hinterlassen. Die Muster, aus dem die Wasserflecken allmählich verdunsteten, waren noch das Lebendigste, was es zu betrachten gab.

»Wir hatten doch alles genau besprochen. Hast du's dir jetzt anders überlegt?«

»Ich werde hier verrückt.«

»Du musst nur die Zähne zusammenbeißen und ein wenig Vertrauen haben.«

»Das höre ich seit 13 Monaten.«

Vor 13 Monaten war Joy aus Benin City aufgebrochen, mit der Hilfe von Michaels Schwager. Michael hatte angeboten, ihr einen Einstieg in Italien zu ermöglichen. Er war in Joy verliebt, seit sie zwölf war. Joy wollte arbeiten, um ihre Schulden an Michael zurückzubezahlen, und sie wollte in Europa etwas aus ihrem Gesangstalent machen. Das war der Plan gewesen. Sie hätte als Putzfrau oder als Prospektverteilerin gearbeitet, sie hätte jeden Job gemacht, außer den einen.

Amanda umarmte sie ein letztes Mal und sagte: »Ich muss los. Heute Abend komme ich noch einmal vorbei. Brauchst du etwas?«

Joy setzte sich auf ihr Bett und schüttelte den Kopf. Amanda nahm ihren alten Mp3-Player aus der Handtasche und legte ihn neben Joy.

»Du musst es tun. Für dich und für all die anderen Mädchen.«

»Okay«, flüsterte Joy, und Amanda spürte eine Erleichterung, die einem Triumph glich. Joy war das erste Mädchen, das sie vom Erstkontakt bis zum Ausstieg begleitete. Aber sie war für Amanda mehr als nur eine Klientin.

Da schrillte die Türglocke. Amanda sprang auf und trat in den Korridor. Das Dudeln der Stereoanlage hallte aus der Wohnküche. Ansonsten war Stille. Die Frauen saßen reglos in ihren Zimmern oder warteten, mit dem Ohr an der Tür. Drei Afrikanerinnen, zwei Rumäninnen und drei Italienerinnen.

»Wahrscheinlich bloß die Zeugen Jehovas«, sagte Amanda.

»Nein, das war nicht die Klingel an der Haustür. Das war hier oben«, sagte Nadia, die füllige Rumänin, deren Arme von Narben übersät waren. Die Brandflecken hatte man ihr mit Zigarettenstummeln beigebracht, für das Gewirr aus geraden, leicht geschwollenen Linien war sie als Schlitzerin selbst verantwortlich.

Die Frauen schlossen sich im Aufenthaltsraum ein, während Amanda zur Wohnungstür ging. Sie blickte durch den Türspion. Jemand schlug mit der flachen Hand gegen das Holz.

Sie sah, durch das Fischauge zu einer Blase verzerrt, das Gesicht Kaspar Lunaus.

»Mach auf«, rief er.

Wieder drei harte Schläge. Amanda legte die Kette vor und öffnete die Tür einen Spalt.

»Verschwinde«, raunte sie Lunau zu. »Männer haben hier keinen Zutritt.«

»Ich glaube, ich habe eine Erklärung verdient. Ich weiß, dass du da drinnen mit Joy zusammensitzt.«

Amanda warf die Tür wieder zu, lehnte sich dagegen und überlegte hektisch. Lunaus Schläge pochten in ihrem Kopf und in ihrem Rücken. »Wenn du nicht sofort verschwindest, rufen wir die Polizei.«

»Von da komme ich gerade. Lass mich rein.«

»Nein. Das ist gegen die Vorschriften.«

Lunau schwieg. Sie blickte durch das Fischauge, er rang draußen seine Wut nieder und sagte dann: »Wenn ich nicht rein darf, dann müsst ihr rauskommen.«

»Ich komme alleine. Aber geh von der Tür weg. Warte unten auf mich.«

Sie schaute durch den Türspion und sah, wie Lunau einen Schritt zurückwich. Er schien zu überlegen.

Amanda ging auf Zehenspitzen durch die Wohnung und klopfte leise an den Aufenthaltsraum.

»Jemand muss mich rauslassen und die Kette wieder vorlegen.«

Aus dem Zimmer kam kein Laut.

»Hört ihr mich?«

Lunau fing wieder an, gegen die Tür zu hämmern.

»Wir rufen die Polizei«, zischte jemand durch die Tür.

»Das dauert zu lange. Wir müssen sofort etwas unternehmen.«

»Ich komme mit«, sagte Joy.

»Nein, das geht nicht. Denk an die anderen hier in der Wohngemeinschaft.«

Amanda sah Joy in die Augen. »Ich werde hier drinnen verrückt«, sagte diese.

»Noch einen Tag. Bitte, halt noch bis morgen durch.«

Sie umarmte Joy, löste sich, hängte die Kette aus und trat hinaus. Dann warf sie hinter sich die Tür ins Schloss.

Lunau sah furchterregend aus. Er hatte ein Veilchen und Hämatome am Hals. Er war blass, fast grünlich im Gesicht, und er bewegte ruckhaft den Kopf. Amanda wusste zwar, dass Sara wohlbehalten zu ihrer Mutter zurückgekehrt war, aber wie die Befreiung abgelaufen war, das konnte sie sich erst jetzt anhand von Lunaus Schrammen zusammenreimen.

»Es tut mir leid«, flüsterte sie.

Er packte sie am Arm, schüttelte sie und konnte sich

nur mit Mühe beherrschen, dass er ihr keine Ohrfeige verpasste. »Es tut dir leid? Bist du eigentlich noch zu retten?«, schrie er.

»Bitte …«, sagte Amanda, ihre Knie wurden weich. »Bitte, nicht hier.« Sie musste sich zusammenreißen, sonst fing sie zu weinen an.

Er zerrte sie hinter sich her und lief so schnell die Treppe hinunter, dass sie stolperte und in seinen Rücken fiel. Er schleppte sie bis zu ihrem Auto, warf sie auf die Rückbank und setzte sich neben sie.

»So, jetzt erklär mir das Ganze einmal.«

Amanda schwieg. Sie war zwar 1,80 groß, fast so groß wie er, aber sein maskuliner Körper schien sie zu erdrücken.

»Du schickst diese Joy zu mir, hetzt mir Michael auf den Hals. Der entführt Silvias Tochter, um an Joy zu kommen, während du Joy versteckt hältst?«

Sie redete noch immer nicht. Sie schluchzte, unterdrückte aber jedes Geräusch.

»Was sollte diese Komödie, dass du mir bei der Suche nach Michael geholfen hast? Macht dir das Spaß, Leute zu verarschen?«

»Ich hatte Joys Ausstieg seit Monaten angebahnt. Ich hatte ihr … ein Versprechen gegeben«, flüsterte Amanda.

»Und lieferst dafür ein achtjähriges Kind ans Messer?«

»Ich habe Joy ein Versprechen gegeben, bei *Ex* einen Eid geschworen. Wir haben unseren Regelkodex.«

»Was hat Sara mit eurem Regelkodex zu tun? Mit deiner verzweifelten Suche nach Anerkennung? Ist das die Art, wie du Gutes tun willst? Um vergessen zu können, dass du nur ein kleines verwöhntes Mädchen bist, das in Papas goldenem Käfig sitzt?«

Amanda sah Lunau direkt in die Augen. »Ach, ausgerechnet du hältst mir das vor? Wovon willst du dich denn reinwaschen? Ich dachte immer, der moralische Held wärest du?«

Er winkte ab. »Ich bin nur ein Idiot, der nicht nein sagen kann.«

Er ließ sich gegen die Rückbank fallen und starrte gegen das Wagendach.

Nach einer Weile setzte Amanda wieder an: »Was sollte ich denn tun? Ich hatte es Joy geschworen. Ich hätte nicht nur Joy gefährdet, sondern alle Frauen da oben. Meinst du, das ist mir leichtgefallen?«

»Du hättest Joy doch da rauslotsen können.«

»Wozu? Als Tauschobjekt?«

Lunau sah den Glanz der Tränen in ihren Augenwinkeln. Er atmete mehrmals tief durch. »Fang jetzt bloß nicht zu heulen an.«

Sie weinte trotzdem.

»Hör auf zu heulen!« Er schlug mit der Faust gegen die Nackenstütze vor sich. »Weißt du, wie sich solche Erlebnisse auf die Seele eines Kindes auswirken? Eines Kindes, das ohnehin traumatisiert ist?«

»Ich kann es mir vorstellen.«

»Nein, das kannst du nicht. Michael ist ein Irrer. Sara ist von einem Irren gefangengehalten worden. Sara hat erst vor viereinhalb Monaten den Vater verloren.«

»Ich habe auch jemanden verloren«, flüsterte Amanda.

»Was? Red lauter.«

»Ich habe auch jemanden verloren. Ich kann mir vorstellen, wie Sara und Silvia zumute ist.«

»Dann begreif ich dich erst recht nicht.«

Sie schaute ihn an, ihre Lippen zitterten, und dann nahm sie seinen Kopf zwischen ihre langen schmalen Hände. »Bitte, Kaspar«, sagte sie, »bitte.« Die Tränen liefen ihr über die Wangen, gleichzeitig schien sie zu lächeln, mit schmerzverzerrtem Gesicht. »Du weißt nicht, was diese Mädchen erleiden. Es ist so … Manchmal denke ich, ich kann den Job nicht mehr machen.«

Er schlug ihre Hände weg. »Dann mach ihn nicht, wenn du ihm nicht gewachsen bist.«

»Bist du denn deinem gewachsen?«, platzte es aus Amanda heraus. »Kannst du denn ertragen, was du siehst? Und kannst du dich ertragen, wenn du wegsiehst?«

Sie schwiegen. Jeder starrte vor sich hin.

»Wie kannst du nur so naiv sein?«, fragte er.

»Das bin ich nicht.«

»Ach nein? Diese Joy hat dir ein Märchen nach dem anderen aufgetischt. Nigerianerinnen haben keine männlichen Zuhälter. Sie war die Geliebte dieses Michael, wollte den Liebhaber wechseln und sich einfach eine reguläre Aufenthaltsgenehmigung besorgen, indem sie ihn ans Messer liefert.«

»Das stimmt nicht. Die Dinge sind nie so einfach.«

»O doch. Leider sind die Dinge manchmal verflucht einfach.«

»Sind sie nicht. Es stimmt: Michael ist in Joy verliebt. Aber nicht umgekehrt. Er hat ihr das Geld für die Reise vorgeschossen, aber er schickt sie auf den Strich und sieht sie als seinen Besitz an.«

Wieder schwiegen sie.

»Warum hat Michael nicht getan, was ich getan habe?«, fragte Lunau.

»Inwiefern?«

»Es war ein Kinderspiel, dir zu folgen und so an Joy heranzukommen. Wenn Michael ein Zuhälter ist, dann kennt er *Ex* und eure Arbeit auf der Straße. Dann weiß er, dass ihr die Mädchen da wegholt. Wieso entführt er Sara? Wieso geht er so ein Risiko ein? Wieso hat er dich nicht einfach beschattet und gewartet, dass du ihn zu Joy führst?«

»Weil er nicht wartet. Er schlägt einfach los.«

»Und warum hat er sich dann nicht dich gegriffen? Warum hat er nicht die Informationen aus dir herausgeprügelt?«

Amanda schwieg. Sie starrte auf das Nadelstreifenmuster des Vordersitzes, mit hängendem Kopf.

»Bitte«, sagte sie. Sie wandte sich Lunau zu, sah ihm in die Augen und nahm wieder seinen Kopf in ihre Hände. »Bitte, glaub mir, ich wollte das nicht.«

»Warum hat Michael sich nicht an dir vergriffen? Gib mir eine Erklärung.«

»Ich hab keine Erklärung.«

Sie fasste wieder nach seinem Kopf, und er schlug wieder ihre Hände weg.

»Hör auf damit. Du bringst mich auf der Stelle mit Joy zusammen.«

»Das geht nicht.«

»Wieso nicht?«

»Sie darf dieses Haus nicht verlassen, und du darfst nicht rein.«

»Dann gehst du jetzt hoch zu ihr und fragst sie, wo Michael sich versteckt haben könnte. Und was Meseret für krumme Dinger gedreht hat.«

»Was für krumme Dinger?«

»Weiß ich nicht. Er hatte mehr Geld als alle anderen aus seiner Brigade, obwohl er am wenigsten gearbeitet hat. Ich will eine Erklärung.«

38

Lunau fuhr zu Michaels Wohnung, hörte im Schnelldurchlauf die Aufnahme ab, er hörte Stimmen auf dem Flur, Türen, die schlugen, Tüten und Koffer, die auf die Fliesen krachten, aber alles fern vom Mikro. Durch Michaels Tür war niemand gegangen, Michael Duhula war nicht dagewesen. Er war auch nicht an der Boxhalle, sein Handysignal war noch immer tot. Joy wusste angeblich auch nicht, wo Michael stecken konnte. Die einzige Hoffnung war Balboni, der versprochen hatte, die Gegend um den Bahnhof abzusuchen, wo Michaels Kumpane wohnen sollten, aber Lunau bezweifelte, dass er besonders intensiv suchen ließ. Vermutlich hatte er eine Fahndung herausgegeben und wartete auf einen Zufallstreffer.

Lunau dachte wieder an das Grundstück, das Meseret gepachtet und dessen Konzession er zurückgegeben hatte, wenige Tage vor seinem Tod. Warum? Hatte man ihn unter Druck gesetzt? War dieses Grundstück der Grund für seine Ermordung? Aber wenn er auf die Konzession verzichtet hatte, musste das Motiv doch hinfällig geworden sein.

Lunau gab die Katasternummer aus dem Brief in verschiedene Suchmaschinen im Internet ein, aber zu »X 23/233 b« kamen nur ein Gesetzestext zur Versteuerung von Exportgeschäften in Nicht-EU-Staaten und ein Buchungsservice für das San-Siro-Stadion in Mailand, der meldete, für welche Ligaspiele im entsprechenden Zuschauerblock noch Karten frei waren.

Lunau machte sich auf den Weg nach Bologna. Eine halbe Stunde lang fuhr er auf der Autobahn Richtung Süden, eine weitere halbe Stunde brauchte er, bis er die unansehnlichen Randbezirke durchquert hatte, eine Stunde, um das Auto loszuwerden und die letzten dreihundert Meter zu gehen.

Die Verwaltung der Region Emilia-Romagna war in einem Gebäudekomplex im Stadtkern untergebracht. Es gab Umweltbehörden, Ämter, die sich mit Baugenehmigungen, der Gesundheitsversorgung, Wasserwirtschaft, Fördermitteln, Bildungs- und Kulturfragen, mit Straßenbau, Luftsicherheit, Tourismusförderung, Müllentsorgung, Infrastruktur usw. befassten. Ein Labyrinth aus Haupt- und Nebengebäuden, die durch Betonwege, durch verglaste Schleusen und Brücken miteinander verbunden waren. Die Behörde, die den Brief an Meseret geschickt hatte, residierte im dritten

Stock einer Dependance. Lunau kam an eine Empfangstheke und sagte dem auffällig geschminkten Mädchen, das ihn gelangweilt und provokant ansah, er sei Journalist und recherchiere zur EU-weiten Umsetzung der Bolkestein-Richtlinie. Er müsse Frau Bacilieri wegen einer Pachtkonzession sprechen. Das Mädchen telefonierte drei Mal, wobei es gleichzeitig mit seinem pinkfarbenen Smartphone eine SMS schrieb, eine empfing und die empfangene wieder beantwortete. Nach dem letzten Telefonat legte sie auf und schüttelte den Kopf.

»Frau Bacilieri ist für den Publikumsverkehr nicht zuständig. Sie können Ihr Anliegen schriftlich formulieren.«

»Es geht nur um eine schnelle Auskunft. Es ist dringend.«

»Dann schicken Sie ein Fax oder eine E-Mail.«

»Verstehen Sie nicht? Es ist dringend.«

Sie reagierte nicht, sondern starrte auf ihren Computerbildschirm.

»Wer ist Ihr Chef?«, hakte Lunau nach.

»Wieso?«

»Ich will ihn sprechen.«

»In welcher Angelegenheit?«

»Ich will mich über Sie beschweren.«

Sie grinste, wandte endlich den Blick wieder vom Monitor und sah Lunau direkt in die Augen. »Da sind Sie nicht der Erste. Aber mein Wort hat für meinen Chef mehr Gewicht als Ihres, wenn Sie verstehen, was ich meine.« Sie fuhr sich mit der Zungenspitze über die

Lippen, lächelte wieder, und Lunau hätte ihr am liebsten, über die Theke hinweg, eine gelangt.

Stattdessen legte er seine Visitenkarte auf den Tresen und sagte: »Würden Sie Frau Bacilieri bitte meine Karte zukommen lassen?«

»Na, aber selbstverständlich. Das mache ich doch gerne. Das wird sofort auf den Weg gebracht.«

Sie nahm die Visitenkarte, ließ den Bürostuhl ein Stück zur Seite rotieren, bis ihre Hand auf der Höhe einer Stapelablage angekommen war, und schnippte die Karte in ein Fach. »Noch was?«

»Welches ist das Büro von Frau Bacilieri?«

»Sie wollen mir auf den Zeiger gehen, oder?«

»Nein. Aber es handelt sich hier um die öffentliche Ausschreibung einer Pachtkonzession. Ich bin Journalist und habe das Recht, dazu Auskünfte einzuholen.«

»Sie werden Ihre Auskünfte bekommen. Auf dem Dienstweg.«

»Ich brauche sie sofort. Es geht um einen Mordfall.«

»Hui!« Das Mädchen wackelte mit den Händen an ihren Ohren.

»Sie werden Ihren Job verlieren.«

Das Mädchen lachte. »Welchen Job? Ich habe keinen Job. Ich habe hier einen Projektvertrag, von dem ich gerade mal die Strafzettel an meiner Windschutzscheibe bezahlen kann. Wenn ich nicht mehr herkommen muss, kriege ich auch keine Strafzettel mehr.«

Lunau ging an der Empfangstheke vorbei und las die Beschriftungen der Türplaketten. Ehe er den Namen »Bacilieri« gefunden hatte, gellte in seinem Rücken die

Stimme des Mädchens: »Sie Arschgesicht. Ich lasse Sie rausschmeißen.« Lunau kümmerte sich nicht um sie, auch nicht um den Gehalt ihrer Kraftausdrücke. Er fand die richtige Tür, klopfte und wartete nicht, bis jemand antwortete. Er ging einfach hinein.

Frau Bacilieri saß an einem mit Akten und Papieren überladenen Schreibtisch. Ihr Kopf tauchte hinter, oder besser gesagt: neben einem Computermonitor auf, denn sie war von schmächtigem Wuchs. Sie starrte durch dicke Brillengläser Richtung Tür, schien aber so kurzsichtig zu sein, dass sie nur Schemen erkannte.

»Mein Name ist Kaspar Lunau«, sagte Lunau und winkte. »Ich bin wegen des Mordes an Meseret Zahié hier.« Er legte das Schreiben auf die Computertastatur. »Das haben Sie ihm geschickt, oder?«

Sie hielt das Blatt dicht vor ihre Augen und nickte.

»Was hat es zu bedeuten?«

»Na das, was hier steht. Wir bestätigen nur, dass die Konzession für das Pachtgrundstück X 23/233 b zurückgezogen wird.«

»Aus welchem Grund? Hatte Meseret irgendwelche Bestimmungen verletzt?«

»Nein. Er ist tot, sagen Sie?«

»Ja.«

Die Tür wurde aufgerissen, und das Mädchen vom Empfang kam mit einem drahtigen Glatzkopf in Jeans und Sakko herein.

»Was geht hier vor, Frau Bacilieri?«, fragte der Mann.

»Der Herr braucht eine Auskunft.«

»Stimmt es, dass er sich gewaltsam Zutritt zu Ihrem Büro verschafft hat?«

Frau Bacilieri zuckte mit den Achseln, warf dem Mädchen einen schnippischen Blick zu und sagte: »Mir hat er keine Gewalt angetan. Wissen Sie, es geht um Meseret Zahié.«

Der Glatzkopf steckte die Hände in die Hosentaschen und blickte interessiert von Frau Bacilieri zu Lunau. »Was ist mit ihm?«

»Der Herr sagt, er sei ermordet worden.«

Der Bürochef zuckte zusammen. Lunau verstand die Situation nicht mehr. »Heißt das, Sie kannten Herrn Zahié persönlich? Alle hier?«, fragte er.

»Ich nicht«, sagte das Mädchen.

»Doch, natürlich«, sagte der Büroleiter. »Es war der Schwarze, der vor ... Wann war das, Frau Bacilieri? Wann war er zum ersten Mal hier?«

»Das kann ich Ihnen genau sagen.« Sie tippte auf ihrer Computertastatur herum, starrte aus nächster Nähe auf den Bildschirm und sagte: »Am 3. November letzten Jahres.«

»Was wollte er?«, fragte Lunau. Frau Bacilieri und ihr Chef lachten. Letzterer sagte: »Na, das haben Sie doch selbst gesagt. Er wollte eine Konzession.«

»Und warum haben Sie sie ihm nicht gegeben?«

»Wer sagt, dass wir sie ihm nicht gegeben haben?«

»Gut, warum haben Sie sie ihm gegeben und gleich wieder entzogen?«

Der Bürochef schaute sich um und sagte: »Fräulein Daldini, Sie können jetzt wieder auf Ihren Platz zurück.« Das Mädchen warf einen giftigen Blick in die Runde und ging, wobei sie der Tür beim Schließen mehr Schwung gab als nötig. Der Bürochef drückte Lunau die Hand. »Dottore Cabrini«, sagte er. Lunau stellte sich ebenfalls vor, während Cabrini sich lässig auf einen niedrigen Aktenschrank setzte und das Spielbein schaukeln ließ. »Wir können uns an Meseret erinnern, weil das alles so ein ungewöhnlicher Fall war.«

»Inwiefern?«

»Na ja, ein Schwarzer, der eine Pachtkonzession beantragt.«

»Was ist daran ungewöhnlich?«

Cabrini und Frau Bacilieri wechselten einen Blick. »Ja, gute Frage. Es kam einfach nie vor.«

»Warum?«

»Darüber können wir hier in Bologna nur spekulieren. Wissen Sie, die Muschelzucht ist ein ganz besonderes Gewerbe.«

»Muschelzucht?«

Cabrini und Frau Bacilieri sahen einander an.

»Ja, Muschelzucht. Was sollte er sonst in der Lagune züchten?«

Lunau dachte einen Moment nach. Sein vager Verdacht, Meseret könnte Land gepachtet haben, um Drogen anzubauen, hatte sich schon wieder zerschlagen, ebenso seine Hoffnung, Michael auf dem Grundstück aufzuspüren. Es sei denn …

»Gibt es auf dem Wasser irgendwelche Pfahlbauten, Schwimminseln oder Ähnliches?«

»Ich verstehe nicht recht«, antwortete Cabrini. »Was spielt das für Sie für eine Rolle?«

»Keine. Aber Sie wollten mir erklären, warum diese Antragstellung von Meseret Zahié so ungewöhnlich war. Weil die Muschelzucht sehr viel Know-how erfordert?«

»Unter anderem.«

»Und was ist das andere?«

»Wie gesagt. Wir sitzen hier in Bologna. Goro, das ist eine ganz andere Welt. Schon die Provinz Ferrara ist für uns fremdes Terrain.«

»Sie beginnt dreißig Kilometer von hier.«

»Ja, sicher.«

»Sie haben mir immer noch nicht gesagt, was das Andere ist.«

»Welches Andere?«

»Sie hatten gesagt, die Muschelzucht erfordere unter anderem viel Knowhow. Was erfordert sie noch?«

»Beachtliche Investitionen und …«

»Und?«

Bleiernes Schweigen setzte ein. Das Gebläse des Computers rauschte, man hörte eine Uhr durch die Wand ticken. Cabrini ruckte auf seinem Stuhl hin und her, schaute zu Boden, schaute Frau Bacilieri an, schließlich sagte er: »Wir hatten uns so gefreut, als Meseret seinen Antrag stellte.«

»Und warum haben Sie ihm dann die Konzession wieder entzogen?«

»Das ging von ihm selbst aus. Er hat sie zurückgegeben. Der Brief, den Sie mitgebracht haben, ist lediglich die formelle Bestätigung. Die brauchte er für die Restzahlung seiner Pacht.«

Lunau versuchte seine Gedanken zu ordnen. »Meseret beantragt eine Konzession, was einer Sensation gleicht. Er bekommt die Konzession und gibt sie nach wenigen Monaten wieder zurück?«

»Genau.«

»Kam so etwas oft vor?«

»Was?«

»Dass jemand eine Konzession zurückgibt?«

»Nein. Eigentlich nie.«

»Aber trotzdem scheint es Sie in Meserets Fall nicht besonders überrascht zu haben. Das hat mit dem Anderen zu tun, was man noch braucht, außer Knowhow und Kapital, oder? Weiße Haut?«

»O nein. Verstehen Sie das nicht falsch. Die Muschelzüchter von Goro sind sicher keine Rassisten.«

»Sondern?«

»Eine verschworene Gemeinschaft. Seit Generationen sind in dem Dorf alle Fischer.«

»Was hat das mit der Muschelzucht zu tun?«

»Die Muschelzucht hat den Fischfang weitgehend ersetzt.«

»Und da duldet man keine Fremden.«

»So will ich das nicht sagen.«

»Wann hat Meseret denn seine Konzession zurückgegeben?«

Frau Bacilieri tippte wieder auf ihrer Tastatur und schob ihren Kopf an den Monitor. »Am 27. August kam ein Brief von ihm«, sagte sie.

Unmittelbar vor seiner Ermordung. Aber wenn er sich mit seiner Lizenz Feinde gemacht haben sollte – warum brachte man ihn dann um, nachdem er die Lizenz zurückgegeben hatte? Das alles ergab keinen Sinn.

»Könnten Sie mir den Brief kopieren? Und auch den Antrag, den er im November gestellt hatte?«

Frau Bacilieri sah ihren Chef an. Dieser nickte. Sie entschuldigte sich bei ihm, weil sie ihn vom Aktenschrank vertreiben musste, zog eine Lade auf, holte eine Kladde heraus und verschwand damit durch die Tür. Cabrini lächelte Lunau etwas verkrampft an. Dann streckte er ihm die Hand hin und sagte: »Hat mich gefreut. Wenn Sie sonst noch Fragen haben …« Er wollte gehen, aber Lunau erwiderte: »Habe ich.«

Cabrini zog eine Braue hoch.

»Wann wird die Konzession wieder ausgeschrieben?«

»Schon geschehen.«

»Und gibt es Bewerber?«

»Ja.«

»Wen?«

»Das darf ich Ihnen nicht sagen.«

»Wie viele?«

»Das darf ich Ihnen auch nicht sagen. Das ist ein vertrauliches Verfahren.«

»Aber nicht mehr vertraulich ist, wer die Parzelle vor Meseret gepachtet hatte.«

Frau Bacilieri kam mit den Kopien zurück, befeuchtete ihren Zeigefinger, rückte die Brille mit den dicken

Gläsern auf ihrer grazilen Nase zurecht und blätterte in der Akte.

»Doch«, fiel Cabrini ein und legte seine Hand auf den Akt.

39

Das Gemeindegebiet von Goro ragt, hinter dem Sumpfwald von Bosco Mesola, wie eine lange schmale Klaue in das Wasser der Adria. Sie bildet den letzten Zipfel der Emilia-Romagna, einen Ausläufer der Landzungen, die der Po mit seinen Sedimenten in die Adria geschoben hat. Viertausend Einwohner, die sich in einem Trichter unterhalb des Meeresspiegels bewegen und nach allen Richtungen von Deichen und Pumpwerken gegen Adria- und Flusswasser verteidigt werden.

Am Ortsrand fiel Lunau ein Neubaugebiet mit großen, in Signalfarben gestrichenen Einfamilienhäusern auf. Himbeerrot, Zitronengelb, Dunkelviolett, Mintgrün. Pompöse Freitreppen, Arkadengänge und hangarartige Doppelgaragen zieren die Häuser. In den Einfahrten teure Wagen. Die Wagen in den Garagen wohl noch teurer.

Wer sich in Goro kein Haus leisten kann, ziehe nach Bosco Mesola, hatten die Alten im Nachbardorf gesagt. Also doch kein Witz.

In ganz Europa war die Fischerei in der Krise. Nur in Goro nicht.

Im Mai war Lunau schon einmal in dem Ort gewesen. Damals hatte er nach einer Werft gesucht, die für Vito Di Natale eine schwimmende Mühle baute. Das Projekt, mit dem dieser sich mächtige Feinde gemacht hatte. Lunau fuhr zu den beiden alten Männern, die die Werft betrieben, die ihn damals mit dem Feuerlöscher niedergeschlagen und ihm später bei der Lösung des Falles geholfen hatten. Bereitwillig liehen sie ihm ein Boot.

Die Sacca di Goro, die Lagune, lag vor dem Hafen als weite graue Fläche, die durch eine Unzahl schwarzer Pfähle in imaginäre Rechtecke, Verbindungswege und Freiflächen zerfiel. Hin und wieder ein Pfahlbau. Ob Michael sich dort versteckt hielt?

Lunau drehte am Gashebel des Außenborders, der Bug stieg in die Höhe, und mit einem hohen Singen trieb der kleine 4-PS-Thomson-Motor das Boot über die flachen Wellen. Das Geheimnis des Reichtums in Goro war eine exotische Venusmuschelart. Nirgendwo sonst auf der Welt wuchs die *Tapes philippinarum* mit derselben Geschwindigkeit und Zuverlässigkeit wie in der Sacca. Und die *Tapes philippinarum* war kostbar. Kam daher Meserets plötzlicher Wohlstand? Aber warum hatte er dann seine Konzession zurückgegeben?

Der Rumpf klatschte sanft auf die gekräuselte See. Lunau schaute auf den Lageplan, den Cabrini ihm ausgedruckt hatte. Die gesamte Lagune, 26 Quadratkilometer, war in winzige Claims aufgeteilt, die von den Muschelzüchtern gepachtet und von Genossenschaften überwacht wurden. Die Zuchten waren fast unsichtbar. Die Venusmuscheln wuchsen nämlich nicht, wie Miesmuscheln, an Pfählen oder Seilen, sondern schlichtweg auf dem sandigen Meeresgrund. Man säte drei Mal im Jahr, ließ sie wachsen und erntete sie dann. Das Dorf setzte nach offiziellen Angaben hundert Millionen Euro im Jahr legal mit seinen Muscheln um. Der Schwarzmarktanteil sollte noch einmal das Doppelte betragen.

Alle Goresi waren an der Muschelzucht beteiligt. Aber wo waren sie? Lunau verließ den durch Pfähle markierten Schifffahrtskanal und bog in das Labyrinth der Claims ab. Es gab keine Beschriftungen, für ein ungeübtes Auge war nur ein Gewirr aus morschen vertikalen Rundhölzern zu erkennen.

Alle paar Hundert Meter überragte ein Pfahlbau die See. Eine rechteckige Plattform, auf der eine Baracke stand. Wenn Lunau den Plan, den er in Händen hielt, richtig interpretierte, dann war er jetzt auf dem Terrain der Genossenschaft Pesce azzurro, das als hellblauer Klecks, der größte auf der Skizze, eingezeichnet war. Er kam an einem Boot vorbei, auf dem zwei Fischer standen und großblättrige Algen von einem Seil rissen. Sie sahen Lunau misstrauisch an und reagierten lustlos auf seinen Gruß. »Wieso ist hier niemand?«, fragte Lunau.

»Was meinen Sie?«

»Es gibt hier doch 1200 Muschelzüchter. Warum arbeiten die nicht?«

Die beiden zuckten mit den Achseln und sagten: »Wir arbeiten.«

Lunau fuhr weiter und glaubte schließlich, Meserets Claim, X 23/233 b, gefunden zu haben. Er stellte den

Motor ab, ließ das Boot ausgleiten und hielt sich an einem der glitschigen, mit Algen und Seepocken überzogenen Pflöcke fest. Einen Pfahlbau, ein mögliches Versteck, gab es hier nicht. Er starrte in das trübe Wasser. Hellgrün waberten die Algen, wirbelten Wolken von Schlick und Sand auf, Muscheln waren nicht erkennbar. Ein Grund, warum die Venusmuscheln in dieser Lagune so prächtig gediehen, war das nährstoffreiche Brackwasser, das der Po di Volano, ein südlicher Flussarm, mit dem Seewasser der Adria anrührte. Brackwasser, wie man es in Meserets Lungen gefunden hatte. Und wenn man Meseret hier umgebracht hatte? Im Streit um die Parzelle und die Konzession? Aber wieso nach Rückgabe dieser Konzession?

Da jaulte ein Motor, von einem der Pfahlbauten legte ein Boot ab, der Rumpf glitt in eleganten Volten zwischen den Pfählen hindurch und jagte auf Lunau zu. Das Boot drehte bei, und als der Bug sich senkte, konnte Lunau einen Wachmann mit Funkgerät und Holster an Bord stehen sehen.

»Wer sind Sie?«, rief er über das Brummen seines Motors hinweg.

»Kaspar Lunau. Ich recherchiere zur Konzession, die für dieses Grundstück vergeben wird.« Lunau reichte ihm seinen Presseausweis hinüber.

»Wozu?«

»Es geht um die Umsetzung der EU-Richtlinien zur Liberalisierung.«

»Davon hat man mir nichts gesagt. Haben Sie eine Genehmigung?«

»Wieso brauche ich eine Genehmigung?«

»Das hier ist Privatgelände.«

»Es ist öffentlicher Grund.«

»Aber er ist privat verpachtet, und wir sind für die Überwachung zuständig.«

»Dann können Sie mir vielleicht helfen.«

»Sie verstehen mich nicht. Sie haben hier nichts verloren.«

»Diese Parzelle war von Meseret Zahié gepachtet worden. Kannten Sie ihn?«

Der Mann zuckte mit den Schultern. Lunau holte sein Handy hervor und zeigte dem Mann ein Foto von Meseret.

»Kenne ich nicht.«

»Das scheint mir unmöglich. Er hatte diese Parzelle hier bewirtschaftet.«

»Ich sagte es bereits: Nie gesehen.«

»Und den hier?«

Lunau zeigte ein Bild von Michael Duhula. Aber der Mann reagierte nicht.

»Seit wann arbeiten Sie hier?«, hakte Lunau nach.

»Ich glaube nicht, dass ich zur Auskunft verpflichtet bin.«

»Verpflichtet nicht, aber Sie könnten mit weiterhelfen.«

»Das kann ich nicht. Besorgen Sie sich eine Genehmigung von der Genossenschaft, die diese Parzellen bewirtschaftet. Dann können Sie wiederkommen.«

»Ich richte keinen Schaden an.«

»Das können Sie nicht beurteilen. Das Wasser ist

seicht, gleich ist Ebbe. Und sie pflügen hier mit Ihrem Außenborder durch die Zuchten.«

Lunau sah dem Mann in die Augen. Er war etwa so alt wie Lunau, hatte speckige Wangen und einen beachtlichen Bauch, er trug zwei schwere Goldohrringe und eine protzige Uhr.

»Sind Sie hier manchmal auch nachts?«

»Wir überwachen die Zuchten rund um die Uhr.«

»Vor etwa zwei Wochen, ist Ihnen da etwas Besonderes aufgefallen?«

»Wollen Sie mich nicht verstehen? Sie müssen das Gelände verlassen.« Er wollte einen Schritt auf Lunau zu machen, aber da brachte eine Welle ihn aus dem Gleichgewicht, und er musste sich an dem Kajütaufbau festhalten. Der geborene Seefahrer war er nicht.

Plötzlich nahm Lunau ein sanftes Brummen wahr, das fast ummerklich anschwoll und sich über die ganze Lagune verbreitete. Winzige Punkte schaukelten wie Möwen auf den Wellenkämmen, aber es waren keine Vögel, sondern Boote, die langsam größer wurden. Die 1200 Muschelzüchter schienen alle gleichzeitig in See gestochen zu sein.

»Warum kommen die jetzt?«, fragte Lunau.

»Ich sage es zum letzten Mal. Wenn Sie nicht sofort aus den Zuchten verschwinden, lasse ich Sie von der Küstenwache festnehmen.« Um seine Drohung zu unterstreichen, nahm der Wachmann sein Handy und tippte eine Nummer ein. Lunau winkte besänftigend ab.

»Wie heißt die Genossenschaft, an die ich mich wegen der Genehmigung wenden muss?«

»Ich dachte, Sie haben recherchiert? Und jetzt: Abflug.«

Der Mann ließ den Motor an und fixierte Lunau, bis dieser ebenfalls den kleinen Thomson gestartet hatte und sich zwischen den Parzellen hindurch Richtung Schifffahrtskanal orientierte.

Die Boote kamen ihm wie in einer Prozession entgegen. Die Männer waren in Overalls, Ölzeug und Wollpullover eingepackt. Die Gesichter trotz der sommerlichen Wärme hinter hochgeschlagenen Krägen, in Schals und Mützen versteckt.

Dennoch erkannte Lunau Diego Gianella. Er trug gelbe Stiefel und einen hellblauen Poncho. Sein Boot war strahlend weiß lackiert und hieß »Musa«.

Gianella bog in die Zuchten ein, Lunau zog sich zurück und holte seinen Feldstecher hervor. Die Züchter verteilten sich auf ihre Claims. Sie alle taten dasselbe. Sie standen aufrecht an Bord und machten sich an Körben und Winden zu schaffen. Schließlich entdeckte Lunau den hellblauen Fleck wieder. Während die meisten Fischer zu zweit arbeiteten, stand Gianella allein auf seinem weißen Boot. Laut Lageplan auf Claim X 23/233 b. Mit einer Motorwinde holte er einen mit Venusmuscheln gefüllten Metallkorb an Bord. Der Korb sah aus wie ein aus Stahlstangen geformtes Skelett einer Baggerschaufel, ein Schaufelsieb. Durch die Zwischenräume flossen Wasser und Sand ab, während die größeren Muscheln und Algen in dem Gitter hängenblieben. Gianella riss die giftgrünen Blätter heraus und schmiss sie ins Wasser zurück. Der volle Muschelkorb pendelte sanft, im Rhythmus der Dünung, an seinem Drahtseil. Gianella griff sich den Korb, zog ihn heran und kippte den Inhalt auf eine Art Werkbank. Innerhalb weniger Minuten musste Gianella rund dreißig, vierzig Kilo Muscheln an Bord geholt haben. Immer wieder ließ er den Korb hinab auf den Meeresgrund, schleppte ihn im Vorwärtsgang wie einen Pflug hinter sich her, und dann holte er ihn per Winde wieder hoch. Die Muscheln prasselten auf das kleine Gefährt, rasselten über die Werkbank, durch deren Raster die kleineren Tiere rutschten. Die größeren fielen in Plastikstiegen, die Gianella in der Mitte des Bootes stapelte.

Lunau drehte am Gashebel, glitt durch die Pfähle hindurch und drehte bei. »Guten Tag, Herr Gianella«, rief er.

Gianella hatte ihn kommen sehen, aber offensichtlich nicht erkannt.

»Ich glaube nicht, dass das Ihre Parzelle ist.«

»Ist es.«

»Sie wissen genau, dass Meseret sie gepachtet hat.«

Gianella sah sich hektisch um. »Nicht hier.«

»O doch. Sie werden jetzt aufhören, mir Rührstücke von Ihrem armen, einsamen Mieter zu erzählen. Meseret war klüger als ihr alle zusammen. Er wusste genau, was diese Muscheln wert sind, und er hat sich eine Konzession besorgt. Für genau diese Parzelle, die Sie gerade plündern. Meseret hat das ganze Jahr über die Arbeit gemacht, hat gesät, den Grund gepflegt und die Tiere aufgezogen, und Sie fahren jetzt die Ernte ein.«

»Sie verstehen gar nichts«, sagte Gianella. »Das ist immer meine Parzelle gewesen. Ich selbst habe dafür gesorgt, dass Meseret sie zugesprochen bekommt. Ich habe ihm die nötigen Papiere besorgt, habe ihm alles erklärt.«

»Und warum ist er jetzt tot? Und ausgerechnet Sie profitieren von seiner Arbeit?«

Gianella sah sich wieder um. In der nächsten Parzelle schaukelte ein Boot in der Dünung, dessen Motor verstummt war.

»Macht der Ärger?«, rief ein großer bärtiger Mann herüber.

»Nein, schon gut«, erwiderte Gianella und fügte, an Lunau gewandt, hinzu: »Kommen Sie nachher zu mir nach Hause. Ich kann hier nicht reden. Oder besser: Kommen Sie morgen, heute Abend habe ich zu tun.«

Gianella startete wieder den Motor der Winde und ließ den Korb ins Wasser. Dann schrieb er Lunau eine Adresse auf ein ölverschmiertes Stück Papier. Lunau steckte den Zettel ein, warf seinen Motor an und legte ab.

40

Balbonis Stimme klang euphorisch. Lunau saß in seinem Auto und schaute über die graue Wasserfläche, auf der sich die Abendsonne rot und breit niederließ. Er hatte ein Sandwich in der Hand und trank dazu eine Flasche Wasser.

»Dieser Michael Duhula ist wirklich selten bescheuert. Er saß bei seinem besten Kumpel auf dem Balkon.«

»Hat er ein Geständnis abgelegt?«

»Wir haben ihn noch nicht offiziell vernommen. Ich wollte Ihnen nur schnell Bescheid sagen. Sie können Ihre Suche einstellen.«

»Wie kommen Sie auf die Idee, dass ich ihn suche?«

Balboni lachte und legte auf.

Wenige Minuten später kam Gianella in den Hafen. Er vertäute sein kleines Motorboot, deckte es mit einer Plane ab und ging zu einem Fiat Uno. Lunau folgte ihm. Diego Gianellas Haus befand sich in einem Viertel, das zum Hafen hin lag. Hier war nichts von neureichem Prunk zu sehen. Graue, mit Aluminiumfenstern versehene Häuschen aus den siebziger Jahren, kleine Vorgärten und Straßen im Schachbrettmuster. Gianellas Haus wirkte abweisend und trist. Alle Fensterläden waren geschlossen. In der Einfahrt stand ein Kleinwagen auf einem Backsteinsockel, der die verschmorten Reifen ersetzte. Auf der Gartenmauer waren Schmierereien, die man überpinselt hatte. Aber man konnte noch immer die Wörter »Clown« und »Verräter« erkennen. Bei wem hatte Gianella sich unbeliebt gemacht?

Um zehn Minuten vor acht kam der Fischer wieder aus dem Haus. In einem Anzug, der ihm zu knapp war. Er stieg in sein Auto, Lunau folgte. Nach sieben Minuten waren sie erneut am Hafen. Gianella parkte vor einem großen Bau.

Das Gebäude wirkte herrisch, grau und feindselig

wie ein Weltkriegsbunker. Es lag in einem asphaltierten Areal, das von hohen Stahlzäunen umgeben war. Auf einem Schild war »Mercato ittico«, Fischmarkt, zu lesen. PKW kamen angefahren, Männer in wenig eleganter Kleidung stiegen aus und näherten sich aufgeregt diskutierend dem Gebäude, in dem Gianella verschwunden war.

Als der Zustrom verebbt war, stieg auch Lunau aus dem Wagen. An der Eingangstür des Gebäudes versperrten ihm zwei Männerrücken den Zutritt. Aber er konnte ein Podium mit Leinwand sowie Bankreihen sehen, auf denen dichtgedrängt die Besucher saßen.

»Was wollen Sie hier?«, fragte einer der beiden Türsteher. Er war fast einen Kopf kleiner als Lunau, hatte einen breiten Schädel, breite Schultern und kleine graue Augen. Er mochte dreißig oder fünfzig sein, sein Alter war so schwer zu schätzen wie bei den meisten Seeleuten.

»Ich bin von der Presse.«

»Wir haben keine Presse eingeladen.«

»Woher wollen Sie das wissen?«

»Er weiß es, glauben Sie mir«, sagte der andere, der sich nun ebenfalls Lunau zugewandt hatte. Dieser Mann war etwas größer als der erste, aber ebenfalls untersetzt. Er hatte kurzgeschorenes Haar und eine Tätowierung am Hals, die sich Richtung Nacken ausweitete.

»Worum geht es hier?«, hakte Lunau nach.

»Geschlossene Veranstaltung.«

Auf der Bühne hatten vier Männer Platz genommen. Ein Projektor warf das Bild von einem hellblauen, munter aus einem prallgefüllten Netz in den Himmel springenden Fisch auf die Leinwand. Das Logo der großen Fischereigenossenschaft von Goro. Einer der Männer war Diego Gianella. Auf dem Pappschild vor ihm stand: »Presidente.«

Lunau war sprachlos. Der Mann mit den O-Beinen und dem kahlen Schädel, der wirkte, als könnte er nicht bis drei zählen, war einer der mächtigsten Männer in diesem Ort. In diesem Ort der himbeerfarbenen Villen, der hubraumstarken Autos. Der Mann, der in Meserets Wohnung gesessen und sich als Vermieter ausgegeben hatte. Der Mann, der seine Zusammenarbeit mit Meseret verheimlichte, der alle Spuren, die darauf hinwiesen, beseitigt hatte.

Neben Gianella saßen ein Kassier und ein Vizepräsident auf dem Podium. Zwei Gesichter, die Lunau nicht kannte. Dafür aber das vierte. Ein Mann Mitte fünfzig, mit einer breiten Nase und einem missgebildeten Ohr, an dem das obere Drittel der Muschel fehlte. Auf dem Pappschild vor seiner Brust stand keine Funktion, nur ein Name: Totò De Santis.

Das war der Kerl, aus dessen Lieferwagen die Vu cumpra' gestiegen waren und der seinen Pitbull auf Oba gehetzt hatte. Er saß neben Gianella, er kannte Oba, er hatte Meseret gekannt. Aber was hatte der Händler, der die Schwarzen unter seiner Knute hatte, mit der Fischerei in Goro zu tun?

»Hören Sie schlecht?«, fragte der Türsteher und gab Lunau einen heftigen Stoß mit den ausgestreckten Armen.

Lunau verließ die Halle, machte einen Bogen und kehrte von der hinteren Längsseite zurück. Diese befand sich an einer Schutzmauer am Hafenbecken. Von dieser Mauer aus konnte man unbemerkt über den Zaun klettern. Lunau lief an die Rückseite des Gebäudes, presste sich an ein großes Stahltor und hörte das Gemurmel aus der Halle. Verstehen konnte er nichts, aber er hatte sein zweites Aufnahmeset dabei. Mit dem hochempfindlichen Mikrophon konnte er die Halle abhören. Ein Redner eröffnete die »außerordentliche Versammlung« der Genossenschaft »Pesce azzurro« und nannte den einzigen Tagesordnungspunkt: die Neuwahl des Präsidiums.

Lunau setzte sich auf die Schutzmauer, die aus spitzen Basaltsteinen geformt war, und blickte über den Hafen: ein weitgefasstes Becken, von dessen Rändern Molen abgingen. Daran waren Hunderte Fischkutter und kleine Kunststoffboote vertäut, die im Mondlicht schaukelten. Die Takelagen klingelten an den Masten, die Taue knarrten, dazwischen pfiff hin und wieder eine Seeschwalbe. Die Hitze des Tages war einer angenehmen Brise gewichen, die den Duft von Salz und Tang herantrug. Alles war normal. Bis auf die wuchtigen Außenbordmotoren, die an den kleinen Fischerbooten hingen. Wozu brauchten die kleinen Jollen, die offensichtlich nur in den Lagunen fischten, 80 oder gar 120 PS? Und warum gab es so wenige Fischkutter, dafür aber unzählige von diesen kleinen, schnellen Booten? Dienten sie zur Muschelzucht? Aber musste man hinter den Muscheln herjagen?

Lunau hörte, wie der Vizepräsident die Versammlung eröffnete und in einem langwierigen Verfahren die Beschlussfähigkeit feststellte. Er dachte immer wieder an De Santis und versuchte, über das Internet an Informationen zu kommen. Den Nachnamen De Santis fand er in über einer Million Einträgen, Totò De Santis in 43 216. Die meisten führten nach Süditalien. Er suchte nach der Nadel im Heuhafen. Während Diego Gianella das Wort erteilt wurde, rief Lunau Hendrik, einen jungen Kollegen von »Solidarnews«, an, der sich auf das Organisierte Verbrechen in Italien spezialisiert hatte. Aber dieser Freund konnte ihm nicht weiterhelfen. Einen Totò De Santis kannte er nicht.

41

Nach nur einer halben Stunde war die Versammlung beendet. Lunau packte seine Geräte ein und lief um die Halle. Ein dichter Pulk drängte aus dem Eingang, zerstreute sich in kleine Gruppen von schweigenden Männern. Nur einer war ganz allein: Gianella. Lunau ging auf ihn zu und sagte: »Guten Abend.«

Gianella ignorierte ihn einfach, ging zu seinem Wagen und öffnete die Tür, die nicht abgeschlossen war.

»Sie haben mich angelogen«, sagte Lunau.

»Ich hatte gesagt, wir sprechen uns morgen.«

»Was haben Sie mit De Santis zu schaffen?«

»Sind Sie wahnsinnig? Nicht hier«, zischte Gianella durch die Zähne.

Lunau sah sich um. Die Fischer hatten ihre Fahrzeuge erreicht. Einer machte die anderen auf Gianella und Lunau aufmerksam, und alle starrten herüber.

»Wo dann?«, fragte Lunau.

»Bei mir zu Hause. Morgen.«

»Ich muss jetzt mit Ihnen reden.«

Gianella sah ihn müde und geistesabwesend an, riss ihm den Wagenschlag aus der Hand, knallte die Tür zu und schoss davon. Lunau lief zu seinem Wagen und folgte.

Wovor hatte Gianella Angst? Und warum war er soeben als Präsident seiner Genossenschaft zurückgetreten? Unter allgemeinem Beifall?

Gianella fuhr nicht zu seinem Haus, sondern in ein Gewerbegebiet, hielt vor einer fabrikartigen Halle, blieb eine Weile in seinem Wagen sitzen und starrte vor sich hin. Er legte den Kopf aufs Lenkrad, als ob er Kraft sammeln oder sich ausweinen wollte, und nach zehn Minuten stieg er aus. Mit einer Fernbedienung öffnete er das Schiebetor des Fabrikhofes und betrat den dunklen Bürotrakt. Lunau folgte, rüttelte an der Tür, durch die Gianella verschwunden war, aber das Büro war verschlossen. Er umrundete die Halle, in der die Notbeleuchtung brannte, aus der aber kein Laut drang. Auf der Längsseite, an der LKW und Gabelstapler neben meterhohen Türmen aus Plastikkörben parkten, war ein Warenzugang, der nur von steifen, vertikalen Plastiklamellen verschlossen war. Lunau schob sie auseinander und trat in das Gebäude. Kühle Seeluft schlug ihm entgegen. Wasser gluckste, Transformatoren brummten. Die Halle war so groß wie ein Fußballfeld und beherbergte vier Flutungsbecken, in denen Körbe mit Venusmuscheln unter Wasser standen. Mit einem Klicken sprangen Neonröhren an und tauchten die Halle in frostiges Licht. Gianella kam herein und ging auf den Wareneingang zu. Lunau duckte sich zwischen die Becken. Gianella trat an einen Kommandostand mit Steuerungspaneelen und einem Computerbildschirm. Er fuhr den Rechner hoch und rief Graphiken auf, deren Bedeutung Lunau aus der Ferne nicht entschlüsseln konnte. Er stand auf.

»Herr Gianella«, sprach er den Fischer an.

Dieser zuckte zusammen, drehte sich um und schien fast erleichtert, Lunau zu sehen. Er protestierte nicht.

»Es tut mir leid, aber Sie müssen mir sofort helfen«, sagte Lunau und zeigte ihm Michaels Foto auf dem Display des Handys. »Haben Sie diesen Mann einmal mit Meseret zusammen gesehen?«

Gianella schien zu resignieren. Er sah das Bild lange an und schüttelte dann den Kopf.

»Haben Sie ihn überhaupt schon einmal gesehen?«

Gianella schüttelte wieder den Kopf.

»Sind Sie sicher?«

»Absolut.«

Lunau ließ den Blick über den Computermonitor gleiten und sah Graphen, mit denen die Wasserqualität in der Sacca di Goro aufgezeichnet wurde.

»Wissen Sie, wie lange ich gebraucht habe, um dieses perfekte System aufzubauen?«

Gianella ließ seinen Blick durch die Halle schweifen.

»Das ist einzigartig auf der Welt. Von der permanenten Wasserkontrolle bis zur Endverpackung wird jedes einzelne Tier elektronisch erfasst, mikrobiologisch und chemisch analysiert. Hier in diesen Becken werden die Muscheln so lange geflutet, bis sie ihren Darm entleert und alle Mikrobakterien ausgestoßen haben. Und in der Maschinenstraße da hinten werden die Tiere mit unserem Gütesiegel versehen und abgepackt.«

Lunau nickte. »Wie haben Sie Meseret kennengelernt?«

Gianella starrte Lunau an, als hätte er die Frage nicht verstanden. Dann sagte er: »Er stand oft am Hafen, vollkommen allein, und besah sich die Boote. Irgendwann kamen wir ins Gespräch, er erzählte vom Senegal, dass er früher Fischer gewesen war, und wie gerne er einmal mit hinausfahren würde.«

»Und? Ist er mit Ihnen hinausgefahren?«

»Das ist illegal. Wenn die Küstenwache einen Fremden an Bord erwischt, der keine Lizenz hat, kostet das fünfhundert Euro Strafe.«

»Das ist keine Antwort.«

Gianella starrte auf die Computergraphik, dann auf den Boden. »Ja, ich habe ihn einmal mitgenommen, als mein Sohn krank war. Es gab endlich wieder Dorsche, ich hatte einen riesigen Schwarm entdeckt, ich habe zwar eine elektrische Winde für das Netz, aber trotzdem ist das für einen Mann alleine eine Wahnsinnsplackerei.«

»Meseret hat sich geschickt angestellt, und dann haben Sie ihn öfter mitgenommen. Bis er gemerkt hat, dass nicht das Fischen Geld bringt, sondern die Muschelzucht.«

In Gianellas Augen glomm kurz ein Schimmer der Begeisterung, doch dann kniff er die Lider zusammen. »Ja, er war ein kluger Bursche. Ich mochte ihn. Ich hätte mir denken können, dass es Ärger gibt, aber ich wollte ihm eine Lizenz beschaffen, habe ihn als Mitglied in die Genossenschaft aufgenommen.«

»Und deshalb hat man Meseret getötet und Sie als Präsidenten abgesetzt?«

»Nein. Wir haben ganz andere Probleme. Die Preise sind im Keller. Ich bin mit meiner Strategie gescheitert.«

»Welcher Strategie?«

»Ich hatte mich auf einen Großhändler verlassen, auf Gennaro Tarantella. Er unterstützte unser Modell.«

»Das heißt?«

»Wir haben hier ein sehr aufwendiges System. Nicht nur die Reinigung, auch die ökologischen Aspekte. Wir säen drei Mal im Jahr, pflegen den Grund der Lagune, halten uns an streng reglementierte Erntezeiten und -mengen, um den Bestand nicht zu gefährden. Das alles ist teuer und verlangt einen gewissen Verkaufserlös, während andere, die illegal in dreckigen Kanälen Muscheln ernten oder einfach bei uns klauen, die Ware viel billiger anbieten können. Tarantella ist finanziell die Luft ausgegangen und uns damit auch.«

»Und deshalb haben Sie den Vorsitz in der Genossenschaft abgegeben?«

Gianella riss den Kopf hoch und errötete. »Woher wissen Sie davon?«

»Gerüchte.«

Der Fischer verzog das Gesicht zu einem verächtlichen Grinsen. Lunau fragte sich wieder, ob er dem Mann nicht zu viel Vertrauen entgegenbrachte.

»Ja, Gerüchte. Ausnahmsweise stimmen sie mal.«

»Und woher kommt der Wohlstand in Goro?«

»Das war einmal.«

»Die meisten Villen, die ich gesehen habe, sind nagelneu oder noch im Bau.«

»Fischer leben gerne über ihre Verhältnisse. Die Leute wollen sich nicht damit abfinden, dass das Goldene Zeitalter vorbei ist.«

»Warum haben Sie alle Spuren beseitigt, die auf Meserets Tätigkeit als Fischer hinwiesen?«

»Das habe ich nicht.« Gianella schien tatsächlich überrascht.

»Und wer hat Ihnen die Reifen abgefackelt und Ihre Gartenmauer beschmiert?«

Gianella zuckte mit den Achseln. »Dumme Jungenstreiche.«

Lunau sah ihm direkt in die Augen. Gianella log.

»Wie können Sie einem Mann wie De Santis den Vorsitz in der Genossenschaft überlassen? Was weiß er überhaupt von der Muschelzucht?«

»Das können Sie nicht verstehen.«

»Dann erklären Sie es mir.«

Gianella ließ sich auf den Stuhl vor dem Terminal fallen. »Das hat nichts mit dem Züchten zu tun, sondern mit Verkaufsstrategien. De Santis ist der wichtigste Großhändler.«

»Und indem Sie ihn ins Boot holen, haben Sie einen sicheren Absatz für Ihr Produkt?«

Gianella nickte.

Wusste Gianella nicht, mit wem er sich eingelassen hatte? Dass De Santis ein Krimineller war? Der den illegalen Handel der Vu cumpra' kontrollierte?

Lunau behielt sein Wissen für sich und bedankte sich.

»Bitte sagen Sie niemandem, was Sie von mir erfahren haben«, bat Gianella.

»Sie haben mir nichts gesagt, was Sie kompromittieren könnte, oder?«

»Tun Sie mir trotzdem den Gefallen.«

»Meinetwegen. Sie haben schon genug Schwierigkeiten.« Lunau überlegte, warum Gianella in die Halle gekommen war. Wollte er Abschied nehmen von dem, was er geschaffen hatte? Er sah sich um. Neben der Haupthalle lag eine kleinere mit Packmaschinen. Schließlich blickte er wieder auf den Monitor. In der Graphik waren Temperaturkurven, Salzkonzentration und lateinische Namen verzeichnet.

»Wozu dient das?«, fragte Lunau.

»Damit analysieren wir alle vier Stunden das Wasser der Sacca.«

Jetzt fiel Lunau wieder ein, wo er die lateinischen Fachbegriffe gelesen hatte: im Obduktionsbericht.

Lunau holte sein Handy hervor, mit dem er die Seiten fotografiert hatte. »Salzkonzentration 19,6 Promille, davon 11,2 Promille Kochsalz, 2,1 Promille Magnesiumchlorid, 1,6 Promille Magnesiumsulfat ...«

Gianella schaute Lunau an und kaute stumm. »Was ist das?«, fragte er.

»Das Wasser aus Meserets Lunge.«

Lunau hatte nichts zu verlieren. Und jetzt würde sich erweisen, ob Gianella etwas zu verbergen hatte.

»Das ist Brackwasser, eine solche Konzentration finden Sie manchmal auch in sublagunaren Kanälen.«

»Ich habe außerdem Algenkonzentrationen. 360 mg pro Liter Chlorophyta, 127 mg Fucus vesiculosus, 76 mg Chondrus crispus.«

Gianella nickte, wandte sich dem Computer zu und gab die Daten ein. Es erschien eine Excel-Datei. »Wir haben vier Treffer in diesem Jahr. Haben Sie auch Arachnoidiscus, Kieselalgen, die wachsen nur im Winter?«

»Nein.«

»Dann kommen der 11. März, der 12./13. Mai und die Nacht vom 28. auf den 29. August in Frage.«

Lunau nickte und sah Gianella an. Dessen Blick war müde und leer. Für Lunau stand fest, dass Meseret in der Sacca di Goro umgebracht worden war. Warum hatte Gianella ihm mit den Daten geholfen? Weil er unschuldig war? Oder besonders raffiniert? Lunau hatte ihn von Anfang an unterschätzt.

»Danke«, sagte er und ging durch den Lamellenvorhang hinaus.

42

Als er in den Innenhof der Ferienanlage rollte, stellte er überrascht fest, dass ihn der Gedanke an Oba tröstete. Er war froh, nicht allein sein zu müssen.

Lunau parkte. Immer wieder drängte sich ihm dasselbe Bild auf: Sara, die auf dem Sofa saß und mit dem Oberkörper wippte.

Die Fensterläden an der Wohnung waren geschlossen, aber Lunau hörte ein Stimmengewirr und Gelächter. Er klopfte und drückte die Klinke. Die Tür war nicht abgeschlossen. Das Palaver verstummte.

In der Wohnküche befanden sich Oba und zwei weitere Schwarze. Einer hatte sich ein Handtuch um den Hals gelegt, Oba stand hinter ihm und schnitt ihm die Haare. Mit schnellen Bewegungen der Linken griff er sich einzelne Strähnen, mit der Rechten ließ er die Schere klappern und kappte die Spitzen. Der Küchenboden war voller Haare.

Oba hielt inne und sagte: »Das ist ein Nebenjob von mir. Ich hoffe, es stört Sie nicht. Sie dürfen sich auch eine neue Frisur von mir wünschen.«

Lunau winkte ab. Was ihn wirklich störte, war etwas anderes: Amanda, die am Kopfende des Tisches Platz genommen hatte, vor sich eine angebrochene Flasche Wein.

Lunau starrte das Mädchen an. »Was soll das?«

Sie stand auf, trat auf Lunau zu und nahm seine Hand. »Bitte, Kaspar.«

Er zog die Hand zurück.

Amanda fing an zu weinen und drängte Lunau ins Wohnzimmer.

»Darf ich heute bei dir übernachten?«

»Warum schläfst du nicht im Frauenhaus? Da wirst du gebraucht. Hat Joy inzwischen ihre Aussage gemacht?«

»Sie traut sich nicht. Sie hat Angst, dass ihre Familie Repressalien ausgesetzt sein wird.«

»Warum fällt ihr das erst jetzt ein?«

Amanda legte ihre schlanken, trockenen Finger seitlich an seinen Hals und streichelte mit den Daumen die Haut hinter den Ohrläppchen.

»Glaubst du, so lasse ich mich einseifen?«

Amanda ließ Lunau los und setzte sich aufs Sofa. »Wieso bist zu so zynisch?«

»Ich bin nicht zynisch, ich bin Realist. Ich bin doppelt so alt wie du, lasse mich von dir an der Nase herumführen, und wenn ich dir auf die Schliche komme, streichst du mir um den Bart.«

»Kannst du dir nicht vorstellen, dass ich gerne mit dir zusammen bin?«

»Nein.«

Sie schüttelte den Kopf. Lunau betrachtete ihren schlanken Hals, an dem sich die Haarsträhnen kringelten. Ihre Haut war hell und glatt.

»Ich will einfach, dass wir wieder zusammenarbeiten«, sagte sie.

»Ich habe den Eindruck, wir sind auf ganz unterschiedlichen Baustellen beschäftigt.«

Sie hob den Kopf. »Ich lege mich hier aufs Sofa, versprochen.«

»Nein.«

»Ich halte es in meinem Zimmer nicht aus.«

Lunau sah sie an und wusste, dass das ein Fehler war. Er führte sich vor Augen, dass dieses Mädchen aus Oberflächlichkeit eine Entführung verursacht hatte, dass ihretwegen die Seele eines achtjährigen Kindes verstümmelt war.

Amanda ließ den Kopf hängen. »Ich erwarte nicht, dass du mich verstehst … Seit Marco tot ist, habe ich keine Nacht mehr durchgeschlafen. Meine Eltern machen mich krank.«

»Warum ziehst du nicht aus?«

»Ich versuche es.«

»Indem du bei mir einziehst?«

Amanda zwinkerte nicht, sie weinte nicht. Sie sah ihn einfach nur an. Und er merkte, wie er weich wurde, ärgerte sich darüber und wurde noch weicher.

»Eine Nacht, ich bitte dich.«

»Von mir aus. Zimmer haben wir hier genug.«

43

Das Surren der Elektromotoren und die Rufe der Arbeiter echoten durch das Kühlhaus. Eine Palette krachte auf den Betonboden, Gennaro Tarantella tauchte zwischen zwei Türmen aus Weinkartons auf und gab Lunau mit einem Klemmbrett einen Wink. »Hier bin ich.«

Lunau fror. Er hatte lange geschlafen und war trotzdem übermüdet. Der Schweiß, den er von draußen mitgebracht hatte, lag eisig auf seinem Rücken. Tarantella schlitzte mit einem Tapetenmesser einen Karton auf und nahm eine Flasche Rotwein heraus. Wieder fiel Lunau auf, dass sein Arm einen merkwürdigen Knick beschrieb.

»Das ist ein Nero d'Avola. Aus Sizilien. Eine kleine Sozialgenossenschaft bewirtschaftet die Ländereien, die einst der Cosa Nostra gehörten und vom Staat beschlagnahmt wurden. Ich versuche, diese kleinen, ehrgeizigen Projekte zu unterstützen und führe die Erzeugnisse auf dem hiesigen Markt ein. Sie werden begeistert sein.«

Lunau nahm den Wein und bedankte sich.

»Die jungen Leute von der Sozialgenossenschaft arbeiten in ständiger Bedrohung. Man sabotiert ihre Arbeit, man füllt ihnen Zucker in die Tanks der Traktoren, die Weinberge werden angezündet. Und außerdem boykottiert der Großhandel ihre Produkte. Man muss eine Bresche schlagen. Aber Sie sind wohl nicht wegen meiner Weine gekommen?«

Lunau schüttelte den Kopf.

»Bitte.« Tarantella führte ihn in einen Blechcontainer, der neben der Lagerhalle stand. Dort hatte er ein spartanisches, angenehm klimatisiertes Büro eingerichtet. Er wies Lunau einen Platz vor dem Schreibtisch an und setzte sich selbst dahinter. »Was kann ich für Sie tun? Sind Sie mit Michael Duhula weitergekommen?«

Lunau nickte. »Aber ich bin nicht wegen Duhula da.«

»Sondern?«

Lunau sah sich in dem Kühlhaus um. Neben Wein, Oliven und Käse gab es Körbe mit Venusmuscheln, die zu meterhohen Türmen aufgebaut waren. »Wegen Diego Gianella.«

Tarantella war sichtlich überrascht. Er zuckte mit dem Kopf und lächelte. »Sie kennen ihn?«

»Natürlich. Wir sind Partner. Er steht für ein einzigartiges Modell: das ›Modell Goro‹, ein biologisches Wunder, der seltene Glücksfall, dass Ökologie und Ökonomie harmonieren. Gianella vertritt genau das, was ich als Händler fördern möchte.«

Lunau dachte nach. »Ich hatte den Eindruck, dass Gianella nicht sehr beliebt ist in Goro.«

Tarantella hob eine Augenbraue.

»Man scheint ihn eingeschüchtert zu haben.«

»Gianellas Methode erfordert permanente, geduldige Arbeit. Es gibt immer Idioten, die nach billigen Abkürzungen suchen. Die Goresi müssen sich seit dreißig Jahren des unlauteren Wettbewerbs der Raubfischer erwehren. Wenn die Muscheln ausgewachsen sind, ziehen diese einfach los und ernten die Muschelbänke ab. Wo immer sie sie finden. In verschmutzten Kanälen und Hafenbecken – oder gleich in der Lagune von Goro.«

»Sie meinen, die Raubfischer klauen auch aus den legalen Zuchten?«

»Sie räubern überall. Und da sie geringe Kosten haben, können sie sich Waffen und schnellere Boote leisten.«

Lunau fielen die überdimensionierten Außenborder ein, die er an den kleinen Schaluppen der Züchter hatte hängen sehen. Es fand also eine Art Wettrüsten auf dem Wasser statt.

»Und außerdem können sie ihr Produkt zu Schleuderpreisen anbieten. Sie schaden dem ›Modell Goro‹ doppelt. Durch Raub und durch die Dominanz auf dem Markt.«

»Und Sie stemmen sich gegen diese Dominanz?«

Tarantella nickte. »Man muss den Goresi helfen. Sie stehen für genau das Prinzip, das ich verteidigen will. Sie sind eine Genossenschaft, treffen Entscheidungen gemeinsam, verteilen die Gewinne gerecht.«

»Solange es Gewinne zu verteilen gibt.«

Tarantella verzog keine Miene. Wusste er nicht, dass Gianella abgesetzt worden war?

»Wie weit würde Gianella gehen, um sein Modell zu schützen?«

Tarantella schaute verwirrt. »Nun, er hat sein gesamtes Kapital, seine ganze Lebensenergie in dieses Modell investiert.«

»Und wenn das plötzlich auf dem Spiel stünde?«

»Ich weiß nicht, was Sie meinen.«

»Würde Gianella auch Gesetze brechen, um sein Modell zu retten?«

»Das ist ein Widersinn. Das Modell beruht auf Legalität.« Tarantellas Ton bekam eine andere Note. Lunau war auf vermintes Gelände geraten. Aber traute er selbst denn Gianella einen Mord zu?

»Ich habe den Eindruck, dass Gianella suspekten Elementen Einfluss auf die Genossenschaft gewährt.«

Tarantella schwieg. Er blickte auf seine Hände, die nebeneinander auf dem Schreibtisch lagen. »Geht es ein wenig genauer?«, fragte er schließlich.

»Totò De Santis.«

Tarantella war sichtlich verstört, auch wenn er seine Erregung hinter einer Maske der Professionalität zu verbergen trachtete. Er starrte weiter auf seine Hände und schwieg, während das Blut in seinen Kopf schoss.

»Was wissen Sie über ihn?«

»Unsere Biographien weisen, wie soll ich sagen …«, er schnaubte verächtlich, »… gewisse Berührungspunkte auf. Wir stammen aus demselben Ort. Und nun sind wir beide hier. Er scheint eine Art Fluch für mich zu sein. Er versucht jetzt, im Norden den seriösen Geschäftsmann zu spielen, aber auch hier spielt er natürlich nach eigenen Regeln.«

»Was meinen Sie damit?«

»Seine Waren kommen aus undurchsichtigen Kanälen, und sie verschwinden auf ebenso undurchsichtige Weise.«

»Welche Waren?«

»Die Markenartikel, die aus süditalienischen und chinesischen Fälscherwerkstätten stammen und von den Schwarzen verkauft werden. Oder die erwähnten Muscheln, die illegal gefischt werden und zu Schleuderpreisen den Markt überschwemmen.«

»Sie sind also Konkurrenten?«

Tarantella nickte. »Ich setze mich für die saubere Ware ein, er für die unsaubere.«

»Aber wer kauft denn mit Umweltgiften und Bakterien belastete Muscheln?«

»Zwischenhändler, die irgendwo an der Straße ihr Zeug absetzen, Gastronomen, die es nicht so genau nehmen mit der Herkunftskontrolle. Man haut die Tiere in die Pfanne, kocht sie ab und hofft, dass die Bakterien absterben. Dann ordentlich Knoblauch und Chili dazu, und der Tourist schmeckt nicht, was er isst. Der Löwenanteil geht aber nach Süditalien, wo die Leute sich keine Gedanken darüber machen, dass in der Lagune von Venedig der Dreck des Chemiewerkes von Porto Marghera landet.«

»Und Ihre Muscheln?«

»Wie gesagt, ich kaufe ausschließlich in Goro. Klar, dass dort das Produkt nicht zum selbem Preis zu haben ist.«

»Und können Sie mit Ihrer Strategie überleben?«

»Momentan ist es schwierig. In Krisenzeiten achten alle nur noch auf den Geldbeutel. Die Qualität ist zweitrangig. Aber ich habe zum Glück meinen guten Draht zum Pesce Azzurro.«

»Entschuldigen Sie, aber es ist doch ein merkwürdiger Zufall, dass De Santis und Sie aus derselben Gegend in Süditalien stammen und jetzt beide hier in Ferrara sind.«

»Das ist kein Zufall.«

Lunau schwieg. Tarantellas Gesicht wirkte plötzlich leblos, sein Blick verlor sich auf der kahlen Wand. »Wie Sie wahrscheinlich wissen, habe ich mich in meiner Heimat einmal gegen die falschen Leute gestellt.

Ich war gerade mit meinem Wirtschaftsstudium fertig, da wurde mein Vater krank, und ich übernahm seine beiden Pizzerien. Ich sollte Schutzgeld zahlen und weigerte mich. Die Folge war, dass man mir eine Pizzeria ansteckte. Ich blieb stur, man zündete die zweite an. Als ich immer noch hart blieb, lauerte man mir auf und brach mir den Arm. Ich bin nun einmal ein Dickkopf. Ich dachte, die Kuh, die man melken will, schlachtet man nicht. Dann starb mein Sohn. Und das werde ich mir nie verzeihen. Ich konnte mich damit brüsten, mich nicht gebeugt zu haben. Aber was ist das schon, gemessen am Leben des eigenen Kindes? Wie sollte ich meiner Frau jemals wieder in die Augen sehen?«

Der Frau, die zu Hause in ihrem Wohnzimmer saß, in einer therapeutischen Wolke aus Düften und Barockklängen.

»Und als Sie in den Norden gezogen sind, kam De Santis Ihnen nach?«

»Umgekehrt. Ich folgte ihm. Wissen Sie, bei uns im Süden herrschen merkwürdige Gesetze. Viele Dinge pfeifen die Spatzen von den Dächern, man bezahlt die Spatzen sogar dafür, dass sie singen, aber man wird niemals Beweise finden für das, was sie pfeifen. Jedem in Palma Campania ist bekannt, dass De Santis meinen Sohn von der Brücke gestürzt hat. Er hat sich in der Bar sogar damit gebrüstet.«

Es wurde plötzlich finster in dem Container. Ein Lieferwagen hatte vor dem Fenster gehalten, die Bremsen zischten. Ein junger Mann mit langen Locken, die unter einem Piratentuch hervorquollen, sprang aus dem Führerhaus und ging mit den Frachtpapieren ins Kühlhaus.

»Eine neue Abfüllung. Von den Ätna-Hängen. Der ist besonders schwer und würzig. Wollen Sie von dem auch eine Flasche?«, fragte Tarantella mit einem gequälten Lächeln.

Lunau schüttelte den Kopf. »Wie glauben Sie, dass Sie De Santis zur Strecke bringen können?«

»Ich hasse diesen Mann. Aber das ist nur ein primitiver Affekt. Wichtiger ist, dass wir das ausradieren, wofür dieser Mann steht. Das Gesetz des Stärkeren. Dessen Stärke allein auf Brutalität beruht. Das Prinzip ist ganz einfach. Sie können es schon bei Kleinkindern beobachten: Wer sich nicht scheut, dem anderen Schmerzen zuzufügen, der gilt als Anführer. Dem unterwerfen sich die Kameraden. Aus aufrichtiger Bewunderung? Aus Angst? Aus Feigheit?«

Lunau schwieg. Was sollte man dem schon hinzufügen?

»Ich bin der festen Überzeugung, dass eine Zivilgesellschaft auf anderen Prinzipien basieren muss. Nicht, weil mir das Gesetz der Brutalität zu hart wäre. Sondern weil es die konstruktiven menschlichen Talente unterdrückt: Phantasie, Empathie, Kreativität. Es basiert auf Zerstörung. Ich mag ein Romantiker sein, aber ich bin sicher, dass wir Menschen durch unsere Schaffenskraft mehr bewirken können. Ein Reh kann man nur einmal schießen und verzehren, aber eine Ähre macht satt und gibt gleichzeitig den Samen für eine neue Ernte.«

Lunau überlegte. Das alles klang zu schön, um wahr

zu sein. Tarantella redete von einem Geschäftsmodell, mit dem er den Kampf längst verloren hatte.

»Ich bewundere Ihren Idealismus. Aber ich glaube, Sie jagen einem Traum nach.«

»Ich habe ganz persönliche Gründe dafür.«

»Mag sein, aber es ist eben nur ein Traum.«

»Was meinen Sie?«

»Wann haben Sie das letzte Mal mit Gianella gesprochen?«

»Vorgestern, warum?«

»Gianella ist als Präsident zurückgetreten.«

»Was? Das würde er nie tun. Man hat Ihnen einen Bären aufgebunden.«

Lunau schüttelte den Kopf. »Es hat gestern Abend eine außerordentliche Mitgliederversammlung gegeben. Einziger Tagesordnungspunkt: der Rücktritt des Präsidiums.«

Tarantella verzog seinen Mund zu einer ungläubigen Grimasse. »Gianella war derjenige, der vor dreißig Jahren die ersten Tiere ausgewildert hat. Er hat sein Leben der philippinischen Venusmuschel gewidmet. Er kennt die Lebensbedingungen und Marktschwankungen wie kein zweiter. Die Genossenschaft wird niemanden finden, der ihn ersetzen könnte. »

»Sie haben schon jemanden gefunden.«

»Wen?«

»Totò De Santis.«

Plötzlich war all die Energie, die Lunau bestaunt hatte, aus Tarantella gewichen. Sein Körper wurde schlaff und ältlich.

»Das glaube ich nicht. Das wäre für die Goresi ein Selbstmord. Sie müssen falsch informiert sein. De Santis kennt sich mit Muschelzucht kein bisschen aus. Er ist ein Großhändler, er ist noch nicht einmal Mitglied der Genossenschaft.«

Lunau holte sein Aufnahmegerät aus der Tasche und spielte Tarantella den Mitschnitt von der Versammlung vor.

Dieser setzte sich nach einer Weile auf einen Weinkarton und sank in sich zusammen. Er schüttelte den Kopf, nahm ihn zwischen die Hände, biss sich auf die Faust. Lunau war erstaunt, dass ein Mann mit Tarantellas Haltung sich zu einer solchen Theatralik hinreißen ließ. Aber Süditaliener hatten nun einmal eine expressivere Körpersprache.

»Sie können sich nicht vorstellen, was das für Konsequenzen hat. De Santis kontrolliert den illegalen Muschelmarkt. Wenn er jetzt auch noch den legalen dominiert, kann er die Preise und Konditionen nach Belieben gestalten.«

»Ein Monopol. An dem Sie nicht ganz unschuldig sind. Die Genossenschaft in Goro war in finanziellen Schwierigkeiten. Ihre Zahlungen waren in letzter Zeit sehr schwankend.«

»De Santis hat seine dominante Stellung genutzt, um die Preise immer weiter nach unten zu treiben. Teilweise kaufte er Muscheln für 3,50 € das Kilo, um sie zu 3 weiterzuverkaufen.«

»Wie kann er sich das leisten?«

»Er hat unzählige Einnahmequellen, und der Großteil des Geldes muss gewaschen werden. Ein gewisser Verlust ist da einkalkuliert.«

»Vor allem, wenn dieser Verlust nur vorläufig ist, weil man damit die totale Kontrolle über den Markt erlangt.«

»Genau. Es ist eine Investition, die sich, falls die Konkurrenten einknicken, doppelt auszahlen wird.«

»Aber warum haben Sie die Genossenschaft in Goro hängen lassen?«

»Ich zahlte den Goresi 4,50 € das Kilo, damit konnte ich meine laufenden Kosten nicht mehr tragen. Ich machte Verluste mit dem Muschelgeschäft. Ich kann mir das nicht auf Dauer leisten, ich bin kein Geldwäscher. Allerdings hätten die Preise wieder angezogen, spätestens im Vorweihnachtsgeschäft. Wenn die Privatleute kaufen. Wir hätten nur den Sommer überstehen müssen. Wo sowieso nur Verrückte Meeresfrüchte essen.«

Lunau dachte nach. Der Sommer war also entscheidend für diesen Kampf gewesen. Dieser Sommer. Einschüchterungsversuche bei Gianella, der daraufhin zurücktritt. Aber es reichte nicht, den alten Präsidenten weichzukochen, dem Nachfolger musste die Mehrheit der Züchter die Stimme geben. Woher kam diese Mehrheit?

»Hat man denn die anderen Züchter ebenfalls eingeschüchtert?«, fragte Lunau.

»Drohgebärden sind an der Tagesordnung. Immer wieder wurden in Goro Reifen abgestochen, Boote und Autos in Brand gesetzt. Es gibt einen ganzen Regelkodex, mit dem man den Gegner gefügig machen will.«

»Und Mord?« Tarantella sah auf.

»Nein. Tote hat es schon lange nicht mehr gegeben. Und wenn, dann war das eher ein Versehen, zum Beispiel ein Streit auf See, der eskalierte. Wenn die Züchter Wilderer erwischten, kam es manchmal zu Verfolgungsjagden, Boote wurden gerammt, es ging auch mal einer über Bord und ertrank. Aber einen kaltblütig geplanten Mord gab es nie.«

»Und wenn der Mord an Meseret ein letztes, starkes Signal war? Ein Signal, das für die Ermittlungsbehörden unverständlich war, nicht jedoch für die eigentlichen Adressaten? Für die Züchter in Goro?«

»Sie meinen, De Santis hat diesen Meseret umgebracht, um die Kontrolle über die Muscheln in Goro zu bekommen?«

»Meseret war nicht sonderlich beliebt. Ein Schwarzer, der in ein nahezu hermetisches System eindringt. Die Goresi sind vielleicht keine Rassisten, aber normalerweise wurden die Konzessionen nur innerhalb des Dorfes vergeben. Man setzt ein Zeichen und weiß, dass man damit vielleicht sogar Sympathien gewinnt.«

Tarantella nickte. Er schien fassungslos. »Klingt ebenso raffiniert wie diabolisch. Aber es ist ausgeschlossen.«

Es wurde geklopft, der junge Mann mit der Lockenmähne kam herein. Er entschuldigte sich, gab Lunau die Hand, lachte und umarmte Tarantella. »Du wirst begeistert sein. Wir haben eine neue Art von Steineichenfass verwendet. Das hier sind die Papiere«, sagte er.

»Ich komme sofort«, sagte Tarantella und blieb stehen, nachdem der Mann verschwunden war.

»Das ist Luca. Einer der jungen Weinbauern vom Ätna, ein Junge, der sich nicht entmutigen lässt. Der den ganzen Tag an den Reben arbeitet und in der Nacht die LKW fährt.«

»Warum ist es ausgeschlossen, dass man Meseret wegen dieser Machtspiele umgebracht hat?«

»Totò De Santis kann wirtschaftlich nur überleben, wenn ihm keiner auf die Finger schaut. Und bei einem Mord schauen die Behörden genau hin. De Santis hat nur noch ein Ziel: Das Image des Saubermanns. Er kann es sich nicht leisten, auch nur im Entferntesten mit Mord in Verbindung gebracht zu werden.«

Lunau nickte. Er gab Tarantella die Hand, und dieser umarmte ihn wieder mit der Kraft, die er bei ihrem ersten Zusammentreffen ausgestrahlt hatte.

Wieso nur fühlte Lunau sich so hingezogen zu diesem Mann? Da fiel sein Blick auf den Schreibtisch. Dort stand ein Foto, das Gennaro Tarantella inmitten seiner Familie zeigte. Die Farben waren ausgebleicht und hatten den typischen Rotstich der achtziger Jahre. Tarantella war ein braungebrannter, junger Mann, seine Frau eine strahlende Schönheit, die einen Säugling auf dem Arm trug. Zwei weitere Kinder hingen an den Händen ihrer Eltern und lachten. Eines dieser Kinder war inzwischen tot.

Lunau löste sich aus der Umarmung und sah seinem

Gegenüber in die klaren, stechenden Augen. Dieser hatte Lunaus Blick auf das Foto abgefangen und nickte.

44

Als Lunau sich in seinen Leihwagen setzte, war es kurz vor zwölf. Er wollte gerade den Motor anlassen, um zu Silvia zu fahren, als sein Handy klingelte. Michele Balboni, der Kommissar. »Ich habe schlechte Nachrichten.«

Lunau wartete.

»Wir haben um zwei einen Haftprüfungstermin für Michael Duhula.«

»Und?«, fragte Lunau, obwohl er ahnte, was Balboni ihm sagen würde.

»Ich fürchte, wir werden ihn nicht in U-Haft behalten können. Er hat sich mit dem besten Anwalt der Stadt angekündigt.«

»Was hat das mit dem Anwalt zu tun? Sie haben einen Mörder, Entführer, Zuhälter. Was muss man eigentlich noch tun, um in Italien ins Gefängnis zu wandern?« Lunau war laut geworden.

»Was soll das werden? Eine Belehrung durch die Musterknaben der Europäischen Union? Wenn Sie mir nicht so einen Mist erzählt hätten, dann hätten wir in der Boxhalle verwertbare Spuren gefunden, bevor Michaels Freunde dort einen Hausputz veranstalteten.«

»Glauben Sie, ich hätte mir das alles eingebildet? Ich

hätte Saras Verlies dort nicht gefunden? Ich bin gegen eine Wand gerannt?«

»Michael Duhula hat einen Zeugen beigebracht, der mit ihm in jener Nacht spazieren gefahren sein will.«

»Und Sie glauben ihm?«

»Ich glaube ihm nicht. Das Problem bin nicht ich, sondern der Haftrichter, der sich auf Beweise und Aussagen stützen muss. Und Ihrer Aussage stehen zwei entgegen.«

»Und der Mord an Meseret?«

»Michael kommt dafür nicht in Frage.«

»Wieso?«

»Er war die letzte Augustwoche in Nigeria.«

»Auf einmal?«

»Ja, wir haben nach seiner Aussage die Transportlisten der Fluggesellschaften überprüft. Er war definitiv im Ausland.«

»Was für ein Zufall. Dann hat er jemand anderen mit dem Mord beauftragt. Ist doch offensichtlich.«

»Für Sie. Nicht für die Justiz. Ihre Joy hat übrigens auch keine Strafanzeige wegen Zuhälterei gegen Michael gestellt. Wir haben nichts in der Hand. Dieser Anwalt wird uns in der Luft zerreißen. Er ist ein Star, er kommt aus einer der angesehensten Familien der Stadt.«

»Wie kann sich Michael Duhula überhaupt so jemanden leisten? Haben Sie darüber schon einmal nachgedacht?«

»Reichtum ist in unserem Land kein Delikt. In Ihrem übrigens auch nicht.«

Lunau legte auf, orientierungslos, hilflos. Er fühlte sich umzingelt von übermächtigen Gegnern. De Santis, Gianella und vor allem Michael, der sich in seiner unkontrollierbaren Aggressivität bestätigt fühlen konnte. Lunau musste ihm zuvorkommen.

Er fuhr an den Stadtrand, vor die große Haftanstalt, die als flacher grauer Kasten, umgeben von einer stacheldrahtbewehrten Betonmauer, vor Obstplantagen und Maisfeldern lag.

Drei Stunden später kam ein Streifenwagen durch das Tor. Vorne zwei Polizisten, hinten Michael Duhula. Lunau folgte. Das Auto brachte Michael nach Hause in die Via Modena, die Beamten nahmen den Schwarzen in die Mitte und eskortierten ihn in seine Wohnung. Nach zehn Minuten verließen die Beamten das Gebäude wieder und fuhren davon.

Lunau musste Silvia und die Kinder schützen. Dazu musste er Michael überwachen oder noch besser: wieder hinter Gitter bringen. Dazu reichte ein Drogendelikt oder auch nur ein Verstoß gegen die Auflagen des Hausarrestes. Michael Duhula musste in seiner Wohnung bleiben, jeglicher Kontakt zur Außenwelt war ihm untersagt.

Aber bis zum Abend tat sich nichts in Michaels Wohnung. Weder kamen seine schwarzen Freunde, noch verließ er das Haus. Als es dämmerte, zuckte das blaue Licht eines hart geschnittenen Films über die Wände. Lunau wartete, las noch einmal das Dossier zu Michael, recherchierte zur Muschelzucht in Goro und spürte, wie sich die Gedanken und Geräusche in seinem Gehirn überlagerten. Er dachte immer wieder an Sara, die auf ihrem Sofa saß, herausgefallen aus Raum und Zeit. Herausgefallen aus dem Leben. Er dachte an Silvia, die stumm und hilflos zusah und darüber Mirko vergaß. Lunau dachte an die letzte Nacht zurück. An Amanda, die sich an ihn geschmiegt hatte, zitternd. Er war hart geblieben, aber er wusste nicht, wie oft er diese Energie noch aufbringen würde. Was wollte Amanda von ihm? Vergebung? Verklärte sie ihn immer noch als eine Lichtgestalt des unabhängigen Journalismus?

Neben Lunau hielt ein Scooter mit laufendem Motor, die Drehzahl schoss immer wieder in die Höhe, obwohl der Fahrer nicht am Gas spielte. Lunau bekam Angst. Er wusste, dass die meisten Auftragsmorde der Camorra von Zweirädern aus verübt wurden. Dann schrillte eine Glocke, ein Jaulen wie von einem Feuerwerkskörper. Der Scooter schoss davon, aber der Lärm in seinem Kopf ging weiter, überlagerte sich mit den nächtlichen Schreien von Sara und Silvias gellender Stimme. Lunau bekam keine Luft mehr. Sein Herz raste, ein Anfall.

Eineinhalb Jahre lang hatte er unter akustischen Halluzinationen gelitten. Zuerst waren es nur einzelne Frequenzen gewesen, die er hörte, Geräusche wie tickende Uhren und pfeifende Bremsscheiben, die nicht da waren, dann kamen Satzfetzen dazu, die streitenden Stimmen seiner Kinder, der eigene Ehekrach und der fremder. Schließlich hatte er Dialoge, Musikstücke, Drohungen gehört. Man hatte Computertomographien und MRTs erstellt und eine ungewöhnliche Aktivität des vorderen Hirnlappens festgestellt. Die Ursache war angeblich Stress, Überreizung seines Gehörs. Der ständige Wechsel zwischen Tonstudio und Familienleben hatte seinen auditiven Kortex überfordert. Um für Erholung zu sorgen, hatte er sich isoliert, auch von der Familie, und er hatte die Familie schließlich verloren. Jette, Stefan und Paul.

Er zog sich an der Wagentür hoch, lehnte sich gegen das Blech und wartete, bis in seinem Kopf wieder Stille einkehrte. Er sah hoch in den dritten Stock. Bei Michael brannte kein Licht mehr. Lunau schloss den Wagen ab und überquerte den Grünstreifen. Die Haustür war nur angelehnt, weil ein Stein im Rahmen lag. Er ging die drei Stockwerke hoch, wartete, bis die Zeitschaltuhr das Licht abgestellt hatte, dann holte er seinen Plastikstreifen aus der Jacke. Er öffnete Michaels Wohnungstür und lauschte. Sein Gehör funktionierte wieder tadellos: Im Aquarium blubberte das Wasser, der Kühlschrank brummte, hin und wieder knackte das Gehäuse der Klimaanlage. Lunau musste sich beeilen, ehe der nächste Anfall kam. Er ging in die Küche und legte den Schalter der Hauptsicherung um. Nun schwiegen auch Aquarium und Kühlschrank. Die Digitaluhr am Mikrowellenherd erlosch.

Durch die Fenster fiel ein fahles Mondlicht herein, in dem sich die glänzenden Oberflächen des Tisches und der Spüle abzeichneten.

Lunau holte das Klebeband aus der Tasche und wickelte das Ende ab. Er spürte, wie sein Herz das Blut durch den Hals bis in die Schläfen pumpte. Ihm war klar, dass er dabei war, eine Grenze zu überschreiten. Lunau war überzeugt gewesen, dass die Welt nur dann gerechter werden konnte, wenn alle sich an dieselben Regeln hielten. Aber Michael war der Beweis, dass diese Regeln niemals funktionieren würden. Lunau konnte sich nicht erinnern, jemals so viel Angst gehabt zu haben. Nicht einmal auf dem Lastkahn, als man ihn gefesselt und mit einem Gewicht beschwert hatte, um ihn über Bord zu werfen. Damals war ihm alles klar und kalt wie in einem Film erschienen. Nun lief kein Film.

Lunau setzte einen Fuß vor den anderen. Auf den massiven Granitplatten war kein Geräusch zu hören. Er ging durch den Korridor und kam an die Schlafzimmertür. Sie war geschlossen, gedämpft hörte man Michaels Atem, der kratzend durch die Kehle stieg und einen hohen, kindlichen Pfeifton erzeugte. Lunau drückte langsam die Klinke und betrat das Zimmer. Michael lag, nur mit einem weißen Slip bekleidet, die Arme weit von sich gestreckt, auf dem Doppelbett. Er hatte keine Alpträume. Lunau zog noch ein paar Zentimeter Klebeband von der Rolle, es gab ein ratschendes Geräusch, aber Michael regte sich nicht. Mit einem Ruck riss Lunau einen halben Meter Band von der Rolle und fuhr um Michaels rechtes Handgelenk, das er an das Metallgestell fesselte. Er sprang ihm mit den Knien in den Rücken und blockierte den linken Arm. Michael bäumte sich auf wie ein Rochen, aber er konnte Lunau nicht abwerfen. Dieser nahm Michaels linken Arm in die Beinschere, wickelte noch einen halben

Meter Klebeband ab und fesselte auch die andere Hand an das Bettgestell. Michael konnte nur noch mit den Unterschenkeln ausschlagen, aber Lunau war schon wieder auf den Beinen. Er ging in die Küche zurück und legte den Hebel der Sicherung um. Am Mikrowellenherd blinkte die Uhr: 00:00.

Michael kämpfte lautlos und verbissen, aber das Paketklebeband war dreifach um seine Gelenke gewickelt. Es hätte auch ein Nashorn gehalten. Lunau kehrte zu ihm zurück und schaltete das Licht im Schlafzimmer an. Michael sah sich nach seinem Handy um. Es lag auf einer Kommode. Lunau kippte das Fenster und warf das Telefon durch den Schlitz nach draußen.

»Das werden Sie bereuen«, sagte Michael.

Lunau schüttelte den Kopf. »Du wirst mir zwei Fragen beantworten. Und dann lasse ich dich weiterschlafen. Aber versuch nicht, mich zu verarschen.«

»Sie sind ein toter Mann.«

»Ich weiß.«

Michael warf seinen Leib hin und her, versuchte sich loszureißen und ging in die Kerze, aber das Paketklebeband war stärker als er.

Lunau nahm die Spritze aus der Tasche und klopfte mit dem Fingernagel gegen den Kolben, um die Luftbläschen entweichen zu lassen. Michael fuhr sich nervös mit der Zungenspitze über die Lippen.

»Diesmal habe ich die fünffache Dosis genommen. Du wirst innerhalb einer halben Stunde tot sein. Und weißt du, was das Beste ist? Insulin ist ein körpereigenes Hormon. Man wird keine unnatürliche Todesursache feststellen können. Niemand wird sich Fragen stellen, niemand wird dich vermissen. Weil du einfach nur ein Stück Scheiße bist. Die Welt wird ohne dich ein bisschen besser sein.«

Lunau setzte Michael die Kanüle an die Halsschlagader und fragte: »Warum hast du Meseret umgebracht?«

Michael schüttelte den Kopf.

»Was soll das heißen?«

»Ich war es nicht.«

»Lüg mich nicht an!«, schrie Lunau.

Michael grinste. »Ich war es nicht.«

»Wer hat es für dich getan?«

Michael schüttelte wieder den Kopf. »Meseret war mir scheißegal.«

»Er hat deine Joy gefickt.«

Michael biss sich auf die Lippen. In seine Augen trat ein feuchter Glanz.

»Wer hat Meseret getötet?«

»Ich weiß es nicht, ehrlich!«

»Wer hat dir gesagt, dass Joy bei mir war?«

Michael schwieg. »Bitte«, sagte er und bog den Hals zur Seite. »Fragen Sie mich, was Sie wollen. Aber das nicht.«

Lunau setzte die Nadel wieder an. »Warum hast du nicht Amanda gefragt, wo Joy ist?«

Michael schüttelte den Kopf.

»Warum hast du nicht Amanda gefragt?«

Lunau drückte die Nadel in die Ader und sah, wie

das Blut als kleiner roter Strahl in die transparente Flüssigkeit schoss und sich zu einer Wolke bauschte.

Michael schwitzte, seine Lippen zitterten. »Ich habe Geld, und ich habe guten Stoff, den besten, den es zur Zeit in Italien gibt. Er ist ein Vermögen wert. Sie können ihn sich holen.«

»Ich bin kein Dieb. Ich will nur die Wahrheit wissen. Wer hat dir gesagt, dass Joy bei mir war? Und was weißt du von Amanda? Warum hast du sie ›meine kleine Schlampe‹ genannt? Warum hast du dich nicht an sie herangemacht?«

Michael schüttelte den Kopf. »Das wollen Sie nicht wissen.«

»Was will ich nicht wissen?«

Michael schüttelte wieder den Kopf und schloss die Augen.

»Wer hat dir gesagt, dass Joy bei mir war? Diego Gianella?«

Michael sah Lunau an, ratlos.

Dieser drückte zwei Kubikzentimeter von der Flüssigkeit in Michaels Vene, der daraufhin am ganzen Leib zu zittern anfing.

»Mit dir ist es sowieso gleich vorbei. Warum sagst du mir nicht die Wahrheit?«

»Dann sind wir beide tot.«

»Das müsste für dich doch ein Trost sein. Warum willst du mich retten?«

»Sie Scheißkerl«, zischte Michael. »Sie sind nicht nur ein Schwein, sondern auch noch ein Idiot.«

»Wer ist es? Wer hat dir gesagt, dass Joy bei mir war?«

»Sie kennen diese Leute nicht. Mit so jemandem haben Sie noch nie zu tun gehabt.«

»Da wäre ich mir nicht so sicher.« Lunaus Verstand hatte abgeschaltet. Als er den Daumen auf den Kolben presste, um Michael den Rest der Lösung in die Vene zu jagen, sagte dieser: »Fick dich!«

»Wer hat dich angestiftet? Wer hatte etwas davon, dass du Sara entführst?«

»Niemand. Ich wollte Joy zurück.«

»Warum hast du dir nicht Amanda gegriffen?«

Michael bewegte sich nicht mehr.

Lunau hielt inne. Sein Plan war im Eimer. Michael würde nichts sagen. Seine Angst war zu groß. Aber vor wem hatte ein Mensch wie Michael mehr Angst als vor dem Tod?

»Sie werden auf der ganzen Welt keinen Ort finden, um sich zu verstecken«, sagte dieser plötzlich.

»Ich habe nicht vor, mich zu verstecken.«

Lunau drückte den Kolben bis zur Mitte hinein und sah zu, wie die mit Blut verfärbte Flüssigkeit in Michaels Vene verschwand.

»Wir haben fünf Minuten, um deinen Blutzuckerspiegel zu stabilisieren.«

Michael hatte die Augen geschlossen und rührte sich nicht.

»Wer hat dir von Joy erzählt?«

Michael schien zu lächeln.

Lunau holte eine Tafel Traubenzucker aus der Tasche, wickelte das Zellophan ab und hielt es Michael unter die Nase.

Dieser schlug die Augen auf und schnappte wie ein Fisch nach dem weißen Quadrat.

Lunau zog es zurück. »Den Namen.«

»Arschloch.«

»War es Gianella?«

Keine Reaktion.

»War es Oba? Amanda?«

Keine Reaktion.

»De Santis?«

Michaels Lider zuckten, dann verkrampfte er die Gesichtsmuskeln, in dem verzweifelten Versuch, sie unter Kontrolle zu bringen.

Totò De Santis. Totò De Santis hatte Michael auf Lunau gehetzt? Aber wieso?

»Was hatte De Santis davon, dass du Joy entführst?«

Michael grinste verächtlich.

»Red schon!«, brüllte Lunau. Er injizierte den Rest, zog die Spritze heraus und steckte sie, gemeinsam mit dem Zucker, in die Tasche. »Was hatte De Santis davon?«

Lunau fasste ihn an den Schultern, aber Michael reagierte nicht mehr.

Lunau verließ den Raum, zog die Wohnungstür ins Schloss und ging die Treppe hinab. Als er in seinem Auto saß, versuchte er, den Zündschlüssel ins Schloss zu schieben, aber er zitterte so stark, dass er beide Hände nehmen musste. Er ließ den Kopf auf das Lenkrad sinken, wurde von Krämpfen geschüttelt und fing an zu weinen.

Als er den Kopf hob, sah er die Glut einer Zigarette

in einem Auto. Ein roter Alfa Romeo. Seit wann wurde Michael beschattet? Oder wurde er selbst beschattet?

TEIL IV

45

Diego Gianella saß zu Hause an seinem Esszimmertisch und starrte vor sich hin. Seine Frau hatte mehrmals von der Küchenzeile herübergesehen, eine Frage auf den Lippen. Sie hatte sich ihre Fragen verkniffen und war bedrückt ins Schlafzimmer gegangen. Sie legte sich ins Bett und schloss die Augen. Sie hatte sich jahrelang gesorgt, wenn ihr Mann hinausgefahren war, inzwischen hatte sie gelernt, auch mit Sorgen einzuschlafen.

Nach eineinhalb Stunden stand Diego Gianellas Entscheidung fest. Er war es Meseret schuldig. Er nahm die Autoschlüssel und fuhr mit dem Uno Richtung Hafen. Er dachte an Meserets in diagonale Lachfalten gezogenes Gesicht, das sich plötzlich verschlossen hatte. Er dachte an den Streit, den sie auf der Straße gehabt hatten, weil Meseret auf einmal von der Venusmuschel nichts mehr wissen wollte. Monatelang hatte er für drei gearbeitet, hatte einen Mann wie De Santis getäuscht und sein Leben riskiert, um diesem Leben eine sinnvolle Wendung zu geben, um ein legaler Muschelzüchter zu werden. Und dann war plötzlich Schluss gewesen. Warum?

Weil er wusste, dass es diese Wendung nicht geben

konnte? Dass der Einsatz nicht lohnte, dass alles anders werden würde? Schon vor Gianella? Aber woher?

Gianella parkte an der Schutzmauer am Hafen, ging den Steg entlang, kontrollierte, dass ihn niemand beobachtete, dann stieg er an Bord seines großen Holzkutters, zog die Plane vom Verdeck und startete den Dieselmotor. Er sprang nur widerwillig an. Zu lange hatte er auf diesen Moment warten müssen.

Gianella wischte mit dem Ärmel seines Ölzeugs über die Augen, als könnte er damit die Angst loswerden. Die Küstenwache hatte verboten, nachts auszulaufen. Aber es war nicht die Küstenwache, vor der Gianella in dieser Nacht Angst hatte.

Ich bin es Meseret schuldig, sagte er sich immer wieder vor, aber ich bin es vor allem mir selbst schuldig.

Er lief aus, nahm Kurs auf die Lagune, auf die Muschelzuchten und leckte sich die salzige Gischt von den Lippen. Schwarz und feucht ragten die Holzpfähle aus dem Brackwasser. Das Mondlicht glitzerte, Nebelschwaden trieben über das finstere Wasser.

Unter diesem Wasser lag der Reichtum Goros. Ein Reichtum, den er, Gianella, in das Dorf gebracht hatte. Und nun wollte das Dorf ihn nicht mehr. Er dachte an seine Studienjahre zurück, an die halligen Säle der Universitäten, auf deren Deckenfresken man einen künstlichen Himmel gemalt hatte, in denen er sich fremd und verloren gefühlt hatte in seinen groben Cordhosen und den von seiner Mutter gebügelten Hemden. Er war auf seinen O-Beinen durch Flure gelaufen, in denen sich junge Leute in verrissenen Jeans und bemalten

T-Shirts in den Armen lagen, die lachten und rauchten und für die das Studium wie eine launige Zerstreuung wirkte. Sie trafen sich in Kneipen und Wohnungen, tranken und konsumierten Marihuana, hatten angeblich in immer neuen Paarungen Sex miteinander, während er allein über den Büchern brütete. Sein Vater hatte auf einen motorisierten Kutter verzichtet, damit Diego Gianella studieren konnte. Damit er etwas Besseres werden konnte. Und so tat auch er alles dafür, obwohl er nichts Besseres werden wollte. Er lag nachts in seinem Wohnheimbett und sehnte sich nach dem Rauschen des Windes und dem Schaukeln der Wellen. Er hasste das Studium, aber er gab sich nicht geschlagen, doch als er die Weichtiere in der Zoologie entdeckte, änderte sich alles. Sein Studium brachte ihn wieder auf See. Sein Studium wurde erträglich, und als er seine Entdeckung machte, wurde es zur Passion. Er verschlang die neuesten Publikationen, besuchte heimlich Kongresse und machte Schulden, um Muschelsaat zu kaufen. Seine Entdeckung hieß *Tapes philippinarum*. Man experimentierte mit dieser aus Japan stammenden Muschelsorte an den amerikanischen, englischen und spanischen Küsten, mit mäßigem Erfolg. Mal passten Wassertemperatur oder Salzgehalt nicht, mal gab es zu viele oder zu wenig Mikroalgen. Gianella ahnte, dass die seichte Lagune vor Goro, mit dem nährstoffreichen Süßwasser aus dem Po und dem milden Salzwasser der Adria, die ideale Mixtur bot.

Er kam in den Semesterferien nach Goro, mit seinen Styroporboxen und den kleinen Tieren. Er ließ sich belächeln und auf den Arm nehmen, vor allem nachdem die erste Saat abgestorben war. An der Universität hatte er sich fremd gefühlt, nun behandelte man ihn auch zu Hause wie einen Fremden. Ein Jahr später umschmeichelte ihn das ganze Dorf. Die Muscheln vermehrten sich von alleine, drängten sich auf dem Grund der Lagune, die Fischer mussten sie nur an Bord holen und auf den Markt tragen, wo man ihnen ein kleines Barvermögen in die Hand drückte. Sie mussten nicht einmal mehr hinaus auf See, sie konnten in der geschützten Lagune bleiben, mit kleinen, billigen Jollen. Innerhalb eines Jahrzehnts verschwanden aus Goro die Plumpsklosetts und die strohgedeckten Dächer. Die Beerdigungen wurden seltener. Die Fischer kauften sich neue Autos, ein Reisebüro eröffnete. Die Goresi überwanden sogar ihre Angst vorm Fliegen, um einander mit ihren Urlaubszielen zu übertreffen. All das war Gianella zu verdanken.

Er schaltete den Motor ab und ließ den Kutter durch die Claims gleiten. Mit der Taucherlampe leuchtete er ins Wasser. Brassen und Sardellen schossen zwischen den Algen herum, Krebse jagten über den geriffelten Sand.

Er zog so viel Stahlseil von der Winde, dass er mit dem Haken nach der Öse am Bug angeln konnte. Am Nachmittag hatte Gianella bei Ebbe einen Rumpf in den Algen funkeln sehen, und er hatte sofort an Meserets Boot gedacht, das verschwunden war, seit Meseret verschwunden war. Gianella startete die Winde und legte den Steuerungshebel um. Ein Ruck ging durch den Kutter, das Seil ächzte, der Bug des versunkenen

Bootes tauchte aus dem Meer auf, während das Wasser aus dem Rumpf prasselte.

»Joy« stand da mit roten Buchstaben. Kein Zweifel, das war Meserets Boot. Als es schräg am Kran hing und Gianella den Lichtkegel der Lampe über den silbrigen Rumpf gleiten ließ, sah er das Loch, das jemand mit einem Pickel in das Metall geschlagen hatte. Hier also hatte man Meseret umgebracht und anschließend das Boot versenkt. Mit einem Pickel. Wer nahm schon einen Pickel mit auf See? Sicher kein Fischer. Jemand, der die Tat geplant hatte. Aber wer versenkte ein Boot in einer flachen Lagune? Entweder ein Ignorant oder jemand, der eine Warnung hinterlassen wollte.

Da wurde Gianella von einem Scheinwerfer geblendet, durch ein Megaphon schallte eine Stimme: »Motor abstellen!«

Im Lärm der Winde hatte Gianella den Wachmann nicht kommen hören, und im Gegenlicht des Halogenscheinwerfers konnte er ihn nicht sehen.

»Die Hände aufs Steuerrad!«, schrie der Mann, nachdem Gianella den Motor abgewürgt hatte.

Der Wächter drehte bei und vertäute sein Boot an Gianellas Kutter.

»Ich bin Diego, du kennst mich doch, das ist meine Parzelle«, sagte Gianella auf gut Glück, obwohl er den Wachmann noch immer nicht erkannt hatte.

Dieser stellte den Motor ab und rief: »Was machst du?«

»Ich habe ein Boot geborgen.«

»Mitten in der Nacht? Warum nicht bei Tag, da hast du das Recht, in deiner Parzelle zu arbeiten.«

»Für zwei Stunden. Die zwei Stunden brauche ich aber, um den Grund zu reinigen. Wenn ich die Algen nicht abtrage, ersticken mir die Muscheln.«

»Die Regeln hast du gemacht.«

Gianella sah den Wachmann an. Jetzt erkannte er ihn. Es war der Kerl mit den speckigen Wangen und dem Spitzbauch, der erst seit wenigen Monaten Dienst schob. Er kam nicht aus Goro, er war einer der unzähligen Süditaliener, die immer noch in den Norden kamen und Arbeit suchten, obwohl es auch im Norden keine Arbeit mehr gab.

»Tut mir leid, das muss ich melden«, sagte der Wachmann.

»Wem willst du das melden?« Sie duzten einander, aber das war in der Lagune nur Konvention. Und da wurde Gianella klar, warum ausgerechnet dieser Mann hier Arbeit gefunden hatte: Er sprach mit demselben Akzent wie Totò De Santis. Er kam aus demselben Dorf, vielleicht derselben Familie.

»Ich informiere die Genossenschaft.«

»Es ist meine Genossenschaft.«

»Du bist abgewählt. Du kannst nicht mehr über die Regeln bestimmen.«

Gianella bekam Angst. Er sah sich um. Die nächste Plattform mit einem Wachmann war vierhundert Meter entfernt. Irgendwie musste er dessen Aufmerksamkeit erwecken und sich in Sicherheit bringen.

»Mach, was du willst«, sagte Gianella, »aber mach mein Boot los.«

»Wozu?«

»Ich will wieder reinfahren«, sagte Gianella und sah dem Wachmann zu, wie er unbeholfen auf den Kommandostand seines Motorbootes kletterte, um das Funkgerät zu holen. Diego Gianella setzte die Puzzlesteine zusammen: De Santis hatte Meseret hier umgebracht und sein Boot versenkt. Der Wachmann war ein Gefolgsmann von De Santis. Oder ein Komplize? Hatte er in der Mordnacht beide Augen zugedrückt, oder hatte er De Santis sogar herbeigerufen, nachdem er Meseret entdeckt hatte? Weil die Gelegenheit günstig war? Der Wachmann stand an der niedrigen Reling und drückte die Ruftaste seines Funkgeräts. Er kehrte Gianella für einen Moment den Rücken zu. Dieser sprang auf die Bordwand, das Boot des Wachmanns legte sich unter seinem Gewicht zur Seite und warf, wie ein bockiges Pferd, seinen Besitzer ab. Der Kerl versank mitsamt Funkgerät im Wasser.

Gianella legte den Gang ein, die Schraube wirbelte durch das seichte Wasser und gab dem Rumpf einen Schub.

»Lass den Unsinn! Komm zurück.« Der Wachmann stand gestikulierend in dem seichten Brackwasser. Gianella fuhr volle Kraft voraus. Meserets Boot hing an der Winde im Heck und tanzte im Kielwasser, während das Schnellboot des Wachmanns an Tauen und Fendern ächzte. Die Masse des zu verdrängenden Wassers war enorm, aber der Dieselmotor war kräftig und ausdauernd.

46

Die Digitaluhr im Armaturenbrett warf ein bläuliches Licht auf die Sitze. In der Via Bologna beschleunigte ein Motorrad, das Röhren schwappte in die Via Fabbri, dann verebbte es. Das rote Auto und die glühende Zigarette hatte Lunau nicht mehr gesehen. Er beobachtete in den Rückspiegeln die finstere Straße und gleichzeitig Silvias Haus.

Sein Handy klingelte, Hendrik, der Freund von »Solidarnews« war dran. »Ich habe nicht viel Zeit«, sagte er zur Einleitung. Er hatte nie viel Zeit. Er lebte unter falscher Identität, schrieb vor allem für Internetblogs und drehte mit einer Handkamera Dokumentationen, für die er nur selten einen Sendeplatz fand. Nebenher arbeitete er in Hamburg als Kellner und Fahrradbote, um sich und seine drei kleinen Kinder zu ernähren.

»Was hast du herausgefunden?«

»Ich habe einen Totò De Santis aus Palma Campania gefunden.«

»Das ist er.«

Hendrik schwieg.

»Was ist mit ihm?«, fragte Lunau.

»Die Sache ist merkwürdig. Ich habe mich bei Kontaktleuten in Italien umgehört. Seit etwa zehn Jahren ist er wie vom Erdboden verschwunden.«

»Er hat sich im Norden eine neue Existenz aufgebaut. Und davor?«

»Geboren 1958 in Palma Campania als Sohn eines kleinen Camorrista und einer Hausfrau. Klassische

Karriere bei einem Clan, zuerst als Laufbursche, Drogenkurier, mit siebzehn der erste Auftragsmord. Er hat sich einen legendären Ruf erworben, weil er mit Kampfhunden in die Arena stieg.«

Lunau dachte an das Stück Ohrmuschel, das De Santis fehlte.

»Er soll es bis zu einem Statthalter in den westlichen Randbezirken Neapels gebracht haben. Die üblichen Verwicklungen in Prozesse, in Bestechungsskandale von Lokalpolitikern und Richtern. Zwei kürzere Haftstrafen. Angeblich war er einer der ersten, die den Parallelmarkt mit Metaamphetaminen aufgebaut haben. Aber dann verliert sich plötzlich seine Spur. Er hat es sogar geschafft, sämtliche Interneteinträge löschen zu lassen.«

»Weißt du etwas über seine Brüder? Ciro und Pasquale.«

»Ebenfalls abgetaucht.«

»Danke«, sagte Lunau.

»Kannst du damit etwas anfangen?«

»Ja.«

Hendrik schwieg. Als Lunau auflegen wollte, sagte er: »Ich will gar nicht wissen, woran du arbeitest, jedenfalls nicht am Telefon, aber …«

»Aber?«

»Totò De Santis soll mehr als dreizehn Morde begangen haben. Er ist einer der Leute, die es aus Vergnügen tun.«

»Er hat sich eine neue Existenz aufgebaut. Hier kann er sich keinen Mord leisten.«

Lunau legte auf. Er war kein bisschen überzeugt von dem, was er eben gesagt hatte. Wenn Sie diese Wohnung verlassen, sind Sie tot. Lunau sah immer wieder Michaels zitternde Augäpfel vor sich. De Santis, bei diesem Namen war Michael panisch geworden. Die Angst vor De Santis war stärker gewesen als die Todesangst. Wie sollte Lunau gegen so jemanden kämpfen? Ohne Waffe? Hendrik hatte recht. Es war unmöglich. Lunau war an eine Grenze gestoßen. Er hatte sich mit Konzernen und Politikern, mit Bürgerkriegsparteien und modernen Sklavenhändlern in der Dritten Welt angelegt. Auch mit Kriminellen wie Zappaterra. Aber im Vergleich zu der Organisation, für die De Santis stand, waren das überschaubare Risiken gewesen. Lunau musste sich eingestehen, dass er machtlos war. Und schlimmer noch: Er würde die Sicherheit von Silvia und ihren Kindern gefährden. Alles, was Lunau tun konnte, war für Schadensbegrenzung zu sorgen. Er musste De Santis klarmachen, dass er keine Gefahr mehr darstellte und dass De Santis auf Repressalien verzichten konnte.

Lunaus Handy klingelte erneut, diesmal war es Gianella. »Ich habe Meserets Boot gefunden. Man hatte es in der Lagune versenkt«, sagte er.

Lunau brauchte einen Moment, um zu reagieren. Es war kurz nach drei. War Gianella jetzt auf dem Wasser unterwegs? »Das ist gut. Vielleicht entdeckt die Polizei verwertbare Spuren.«

»Die Polizei? Ich dachte eigentlich, Sie könnten Hinweise finden.«

»Ich habe mit dem Fall nichts mehr zu tun.«

»Aber wieso denn? Sie lagen genau richtig mit Ihren Vermutungen.«

»Wie gesagt: Ich bin mit diesem Fall nicht mehr befasst. Ich reise morgen früh ab.«

Gianella schien Lunau nicht gehört zu haben, denn er redete einfach weiter: »Wir müssen uns so schnell wie möglich treffen. Ich hatte Ihnen nicht die ganze Wahrheit gesagt. Ich hatte Streit mit Meseret, aber nicht, was Sie denken. Ich wollte nicht, dass er so einfach die Flinte ins Korn wirft, nach allem. Aber er muss irgendetwas herausbekommen haben, aus irgendeinem Grund wusste er schon vor mir, dass alles sinnlos war. Ich weiß nur noch nicht, woher.«

»Gehen Sie zur Polizei. Auf Balboni ist Verlass.«

»Aber …«, sagte Gianella, doch Lunau hatte die Verbindung schon unterbrochen.

Aus dem Haus war Silvia getreten. Sie trug ein ausgewaschenes Nachthemd, darüber einen Bademantel, ihre Füße wirkten schneeweiß und zerbrechlich in den roten Plastiklatschen. Sie kam direkt auf das Auto zu.

Lunau öffnete die Tür.

»Was tust du hier?«, fragte sie.

»Wie geht es Sara?«

»Was tust du hier?«

»Ich wollte nach dem Rechten sehen.«

Silvia lachte sarkastisch. »Ach ja? Und was siehst du?«

»Wie geht es Sara?«

»Wie soll es ihr schon gehen? Willst du wissen, ob

ich einen Psychologen gerufen habe? Ob ich mich an deine Vorgaben gehalten habe?«

»Es war ein Rat. Silvia, ich weiß, dass du mir die Schuld gibst an allem, aber …«

Sie hob beide Hände. »Ich bin nicht herausgekommen, um mir deine Rechtfertigungen anzuhören. Ich möchte, dass du verschwindest.«

»Ich will euch schützen.«

»Das kannst du nicht. Willst du das nicht endlich einsehen? Je weiter weg du bist, desto besser geht es uns.«

Lunau wollte etwas einwenden, aber sie reckte ihren Zeigefinger vor sein Gesicht. »Mir ist es ernst. Wenn du uns weiter belästigst, lasse ich eine richterliche Verfügung erwirken. Ich hoffe, dass du uns wenigstens das ersparst.«

Lunau sah ihren hasserfüllten Blick, er spürte den Schmerz in seinen Gliedern, die Schläge, die er in den letzten Monaten eingesteckt hatte, auch ihretwegen.

Silvia drehte sich um und ging. Er starrte einen Moment nach vorne durch die Windschutzscheibe, in der sich die Straßenlaternen spiegelten und die er am liebsten mit der Faust zertrümmert hätte.

Silvia und Jette, dieselbe Unerbittlichkeit. Er dachte an Jettes verschwitztes Gesicht, die fast durchsichtige Haut auf ihren Knöcheln, als sie nach seiner Hand griff. Sie lag auf dem Krankenbett und wurde durch den Flur Richtung Kreißsaal geschoben. »Versprich mir etwas«, sagte sie. Und er nickte. Wer konnte seiner Frau, deren Fruchtblase geplatzt war, etwas abschlagen? »Sollte die Sache auf der Kippe stehen, ich oder das Kind, dann will ich, dass das Kind lebt«, sagte Jette. Und wenn ich will, dass du lebst?, dachte Lunau. Aber Jette hatte entschieden. Seine Wünsche und Gefühle zählten nicht. Sie war nicht mehr seine Frau, sie war jetzt Mutter, noch vor der Geburt ihres ersten Kindes. Jette wie Silvia unterwarfen sich ihrem Mutterinstinkt mit grausamer Ausschließlichkeit, ein Wahnsinn, aus dem sie eine fast perverse Lust zu ziehen schienen. Er drehte den Zündschlüssel, hörte den Benzinmotor anspringen und sah noch einmal auf Silvias Haustür. Sie war bereits zugefallen.

Als er ausparken wollte und einen Blick in den Rückspiegel warf, sah er wieder ein schwaches orangefarbenes Leuchten. Er stellte die Scheinwerfer ab, und während er die Zigarettenglut auf- und abschwellen sah, steigerte sich das Brummen des Motors zu einem Dröhnen. Lunau nahm den Fuß vom Gaspedal, aber er hatte gar kein Gas gegeben. Er sah auf den Drehzahlmesser – die Drehzahl war niedrig. Er zog den Zündschlüssel ab, das Geräusch schwoll weiter an, ein Singen mischte sich darunter, als wollte eine Turbine ein tonnenschweres Fluggerät vom Boden heben. Lunau sprang aus dem Auto, das Geräusch nahm weiter zu. Er drehte sich nach dem roten Wagen um, in dem der Mann seine Zigarette ausdrückte und interessiert herausblickte.

Lunau stand am Seitenfenster des roten Autos. Der Mann am Steuer war Ciro De Santis. Der Mann, der mit einer Eisenstange auf Oba eingeschlagen hatte. Er lehnte sich zurück und ließ die Scheibe heruntergleiten. »Na?«, fragte er grinsend.

»Würden Sie bitte aussteigen?«

»Wozu?«

»Ich muss mit Ihnen reden.«

In Lunaus Kopf mischten sich wieder die Stimmen von Silvia, Mirko und Sara mit denen von Jette, Paul und Stefan. Er hörte sogar das Klavierspiel seines Vaters, die Geige der Mutter. Er hörte die Dvořák-Duos, die er immer gehasst hatte, das Pizzicato der Saiten pickte in seinem Hirn.

Der Mann zuckte mit den Achseln und stieg betont langsam aus.

»Bringen Sie mich zu Ihrem Bruder.«

»Zu welchem Bruder?«

»Zu Totò De Santis.«

»Wieso sollte ich das tun?«

»Ich muss mit ihm reden.«

»Sie können mit mir reden.«

Der Mann hatte hängende Lider, unter denen die Augäpfel halb verdeckt waren. Lunau dachte an die Begeisterung, mit der er Oba malträtiert hatte.

»Ihr Bruder muss wissen, was ich zu sagen habe.«

Lunau versuchte, den Überblick zu bewahren. Er hörte die Stimme seines Gegenübers klar und deutlich. Sie schien auf einem anderen Kanal zu tönen als die Geräusche in seinem Kopf, aber sie erhöhte seine Gereiztheit.

»Es ist wichtig. Gerade für De Santis.«

Der Mann lächelte. »Jetzt überschätzen Sie aber, glaube ich, Ihre Bedeutung.«

»Wenn ich so unbedeutend wäre, würde De Santis

nicht einen seiner Lakaien abstellen, um mich rund um die Uhr zu bewachen. Oder gibt es sonst wirklich gar keine Verwendung für Sie?«

Der Mann fing an, auf der schwülen Nachtluft herumzukauen. Er stemmte seinen Arm in die Hüfte, die Ränder eines Schweißflecks wurden sichtbar, außerdem der Knauf einer automatischen Pistole.

Lunaus Hirn wurde von tönenden Bildern gepiesackt. Er sah das zerschmetterte Gesicht von Meseret, die hektischen Seitenblicke von Sara. Er hörte ihre Schreie, mit denen sie nachts aus dem Schlaf hochfuhr, das Dröhnen der Motoren, das Klatschen der Algen, die in den Bootsrumpf fielen, das Surren der Elektromotoren. Und da war diese Pistole, zum Greifen nahe. Ich muss mich beherrschen, sagte er sich, ich muss mich beherrschen. Aber nur weil die Leute sich beherrschen und beherrschen lassen, haben solche Drecksäcke Macht.

Lunau roch das aufdringliche Rasierwasser des Mannes, seinen Atem, kalte Zigaretten und Pfefferminze, und er dachte an seine Kindheit zurück, an die beiden Brüder, die jeden Morgen an der Bushaltestelle auf ihn warteten, ihn angrinsten und ihm, einer nach dem anderen, ihre Fäuste in den Magen schlugen, bis Lunaus Atmung aussetzte und er zusammenklappte. Sie taten es unaufgeregt, fast gelangweilt, wie eine Routine, der man nachzugehen hat, so wie Zähneputzen und samstags Autowaschen.

»Glauben Sie, Sie machen mir Angst mit Ihrer Scheißknarre? Erschießen Sie mich doch. Los!« Er bohrte dem Fettwanst einen Zeigefinger in den weichen Bauch. Der Mann griff sich an den Bügel der Sonnenbrille und schob sie sich noch höher auf den fast kahlgeschorenen Schädel. Diese Sonnenbrille, mitten in der Nacht, brachte Lunau noch mehr auf. Der Mann trat einen Schritt zurück und grinste wieder. »Na? Haben wir unsere Nerven nicht mehr im Griff?«

Lunau sammelte die Spucke in seinem Mund, legte sie sich auf der Zunge zurecht und rotzte sie dem Mann ins Auge.

»Sag deinem Boss, dass er gewonnen hat. Ich reise ab. Aber wenn ich noch einmal jemanden von euch sehe, und sei es nur so einen kleinen Lakaien wie dich, dann bringe ich ihn um.«

Der Mann wischte sich mit dem Ärmel über die Augen und betrachtete ungläubig den dunklen Fleck auf dem Stoff. Lunau wartete auf eine Reaktion. Sein Gegenüber blickte ihm starr in die Augen, mit einem kalten kontrollierten Blick, unter dem sich der Mund zu einem Grinsen verzog. Lunau spürte die Erregung in den Eingeweiden und in den Knien. Er drehte sich um und ging langsam zu seinem Wagen zurück. Seine Beine zitterten, und er dachte an die Pistole, die der andere im Gürtel stecken hatte. Er durfte sie nicht benutzen. Hoffte Lunau. Er stieg ein, startete den Motor und ließ den Leihwagen langsam anrollen. Das rote Auto wendete mit quietschenden Reifen und schoss davon.

47

Lunau fuhr wie in Trance über die Superstrada Richtung Meer. Mal fuhr er siebzig, dann hundertsechzig, den Blick immer auf den Rückspiegel gerichtet, um zu kontrollieren, ob er verfolgt wurde. Es war halb vier, die Superstrada verlassen, er konnte keine Scheinwerfer entdecken, aber das beruhigte ihn nicht. Er hatte etwas in Gang gesetzt, was er nicht mehr kontrollieren konnte. Mit der Attacke gegen Ciro De Santis, mit dem Überfall auf Michael. Auch wenn in der Spritze nur Kochsalzlösung gewesen war.

Er stellte den Wagen im Innenhof ab, lauschte eine Weile in die Nacht, hörte die Brandung und das Kreischen einer Möwe, dann stieg er aus und öffnete die Wohnungstür. Es roch nach Obas Sachen, ein Gemisch aus Gewürzen und Meertang, außerdem dieses Putzmittel, Chlor … Und dann war da noch dieser andere Geruch, der Lunau einen Schauer über den Rücken jagte. Das frische, sommerliche Parfüm, das Amanda benutzte. Er dachte an Silvia. Er wollte sich nicht vorstellen, dass es vorbei war. Wenn es Sara besser geht, wird sich ihr Groll verflüchtigen, dachte er. Aber würde es Sara jemals besser gehen? Er schämte sich dafür, dass er zuerst an sein eigenes Interesse gedacht hatte.

Er betrat die Wohnung, schloss die Tür zweimal ab, schlüpfte aus seinen Kleidern und ließ sich auf das Doppelbett fallen. Die Matratze, auf der Silvia gelegen hatte, war leer, abgezogen. Langsam traten in der Dunkelheit die Streifen darauf hervor. Lunaus Magen krampfte sich zusammen. Immer wieder sah er Silvias hasserfülltes Gesicht, Saras leeren Blick, dann Michaels blutunterlaufene Augen, in denen Panik zu erkennen war. Das Gesicht eines Verrückten. Oder doch nicht?

Lunau dachte an Totò De Santis. Der Mann, der die Vu cumpra', den Handel mit gefälschten Markenartikeln, mit illegal gefischten Muscheln und wahrscheinlich auch mit Drogen kontrollierte. Wie konnte er so viel Macht in seinen Händen konzentrieren? Hatte er so außergewöhnliche Fähigkeiten?

Lunau glaubte, nackte Füße auf den Fliesen gehört zu haben. Schritte, die näher kamen. Er hielt den Atem an. Die Tür ging auf.

»Kaspar?«, flüsterte Amanda.

»Was willst du?«

Amanda brauchte eine Weile, ehe sie fragte: »Darf ich zu dir kommen?«

»Wozu?«

»Ich brauche jemanden.«

Lunau schwieg. Er hätte selbst jemanden gebraucht. Er brauchte Silvia, er brauchte seine Kinder, die in Berlin in ihren Betten lagen, er brauchte Sara, die für niemanden mehr erreichbar war. Er brauchte ein anderes Leben. Amandas schlanker Körper stand im Schummerlicht und duftete verlockend. Aber er sagte sich, dass dieses Mädchen nur seinen Körper anzog. Er sagte es sich so oft vor, dass es falsch klang. Er wollte die Leere nicht mit Sex füllen. Nicht mit einem Mädchen, dessen Absichten ihm ebenso wenig klar waren wie die eigenen.

Amanda streckte sich neben ihm aus, und er versuchte, Abstand zu halten, was auf der schmalen Matratze nicht einfach war. Er stellte sich vor, wie Amanda ebenfalls entbinden, sich vom Mädchen in eine unerbittliche Mutter verwandeln würde.

»Was ist?«, fragte sie und drehte sich zu ihm. »Warum bist du so steif?« Er antwortete wieder nicht. Noch war sie ein Mädchen. Er spürte, wie sich etwas in ihm regte. Er sog den Duft ihrer Haut ein, er spürte die sanften Rippenbögen, die sich im Rhythmus einer erregten Atmung hoben und senkten, und er spürte, wie das Verlangen in ihm hochstieg. »Warum hat Michael nicht dich beschattet?«, fragte er.

»Was?«, rief Amanda. »Ist das jetzt dein Ernst?«

»Warum hat er Sara entführt? Warum hat er nicht versucht, über dich an Joy heranzukommen?«

»Das hast du mich gestern schon gefragt.«

»Aber du hast mir keine Antwort gegeben.«

»Weil ich keine habe.«

Amanda hatte sich aufgesetzt. »Weißt du, was ich glaube?«

Er schwieg.

»Ich glaube, du hast Angst vor mir. Du hast Angst, ich könnte dir gefallen, und deshalb redest du dir immer wieder ein, du könntest mir nicht trauen. Du hast Angst vor deinen Gefühlen.«

»Wer hätte keine Angst davor, sich in ein zwanzig Jahre jüngeres Mädchen zu verlieben, in ein Mädchen, das einen nach ein paar Monaten hocken lässt, weil es keine Lust hat, einen alten Mann mit Katheter durch die Gassen zu schieben?«

»Noch brauchst du keinen Katheter.«

Sie drehte sich um und nahm seinen Kopf zwischen die Hände.

»Sag mir, wovor du Angst hast.«

»Kennst du Totò De Santis?«

Sie hielt einen Moment inne. »Was spielt De Santis hier für eine Rolle?«

»Kennst du ihn?«

»Dem Namen nach.«

»Persönlich nicht?«

»Natürlich nicht.«

»Kannst du dir vorstellen, dass er dich schützen will?«

»Wieso sollte er mich schützen?«

»Kennt dein Vater ihn?«

»Wie kommst du darauf?«

»Michael hat Angst vor ihm. Ich glaube, De Santis hat Michael manipuliert. Vielleicht hat De Santis Michael verboten, gegen dich vorzugehen.«

»Warum hätte er das tun sollen?«

»Darauf habe ich eine Antwort gesucht.«

»Und jetzt suchst du sie nicht mehr?«

Er schüttelte den Kopf. »Ich habe keine Chance gegen diese Leute.«

»Du hast gegen jeden eine Chance.«

Jetzt setzte er sich wütend auf. »Wovon redest du? Weißt du, wozu diese Leute fähig sind? Sie haben ein Netzwerk aus Handlangern und Informanten. Sie spüren dich überall auf der Welt auf und können dich überall treffen.«

»Übertreibst du jetzt nicht ein bisschen?«

»Nein. Wenn sie dich ausschalten wollen, dann tun sie es.«

»Das wäre mir egal.«

»Was plapperst du da?« Amanda verfügte über den Hochmut der Jugend. Sie glaubte nicht wirklich, sterblich zu sein. »Würdest du einfach so dein Leben wegwerfen?«

»Das ist kein Leben. Auf einer Welt, in der ein paar Konzerne und das Kapital des Organisierten Verbrechens den Marktwert von Gold, Getreide, Wissen, Hunger, menschlicher Existenz bestimmen.«

»Ach ja? Und was tust du dagegen?«

»Ich kämpfe.«

»Mit welchem Einsatz?«

»Mit meiner Zeit, meiner Energie. Ich versuche nicht nur, Karriere zu machen, möglichst schnell meinen Abschluss, ein paar Masterdiplome und Bonuspunkte für meinen Lebenslauf zu ergattern. Ich verzichte auf eine ganze Menge.«

»Und auf dein Leben würdest du auch verzichten?«

»Ja.«

»Und das deiner Eltern? Vielleicht trifft ihre Rache deine Mutter oder deinen Vater. Die Vorstellung macht dir keine Angst?«

»Nein.«

Lunau presste Luft zwischen den Zähnen hindurch. »Du hast doch sogar Angst davor, von zu Hause auszuziehen.«

Amanda war aus dem Bett gesprungen und starrte

Lunau einen Moment an. Dann ging sie und knallte die Tür zu. Lunau folgte ihr, doch sie hatte sich in ihr Zimmer eingeschlossen.

Er setzte sich an den Küchentisch, fuhr seinen Rechner hoch und suchte im Internet nach Informationen zu De Santis. Hendrik hatte recht. Es fanden sich nur schwammige Artikel über Fehden zwischen Clans, verschleppte Prozesse, in Skandale verwickelte Lokalpolitiker im Umland Neapels, über Bauprojekte und manipulierte Ausschreibungen, in die verschiedene Leute mit dem Nachnamen De Santis verwickelt gewesen waren. Aber der jüngste Artikel war zehn Jahre alt.

Lunau klappte den Rechner zu und starrte auf den Gasherd, auf die Hängeschränke, die Fliesen über der Spüle, auf der sich das Deckenlicht spiegelte. Dann öffnete er den Kühlschrank. Er gähnte Lunau höhnisch an. Nur ein Päckchen Butter, Milch und ein diätetischer Joghurt-Drink von Mirko waren darin. Silvia hatte alle Spuren ihrer Anwesenheit getilgt, nur diesen Becher hatte sie vergessen. Warum auch immer. Lunau riss ihn wütend auf und leerte ihn in einem Zug, aber die künstlichen Süßungsmittel deprimierten ihn noch mehr.

Er setzte sich wieder hin. Am liebsten wäre er sofort zu De Santis gefahren, um seine Kapitulation zu erklären. Aber er wusste nicht einmal, wo er wohnte.

48

Am nächsten Morgen stand Lunau zeitig auf, nach nur einer Stunde Schlaf. Zerschlagen und geschlagen. Er musste verschwinden.

Er sah aus dem Fenster und suchte die Wohnanlage ab. Sein Beschatter war nicht zu sehen, aber wenn De Santis' Netzwerk wirklich so effizient war, dann würde dieser trotzdem umgehend von Lunaus Rückzug erfahren.

Lunau hasste es, eine Arbeit auf halber Strecke aufzugeben, aber nicht einmal dieser Hass half gegen die Leere, die Silvia, Sara und Mirko in ihm hinterlassen hatten. Er wollte so schnell wie möglich die Ferienwohnung räumen, und gleichzeitig fürchtete er sich davor, weil sich in diesen Wänden die absurde Hoffnung hielt, Silvia könnte zurückkommen.

Oba saß in der Küche und frühstückte.

»Es tut mir leid, aber du musst heute ausziehen«, sagte Lunau.

»Heute ist schlecht. Tagsüber bin ich am Strand unterwegs, und danach habe ich eine Sonderschicht.«

»Ich meinte auch, dass du deine Sachen sofort mitnehmen sollst.«

»Wohin denn? Ich muss in einer Viertelstunde am Treffpunkt sein.«

»Die Wohnung muss in wenigen Stunden geräumt sein.«

»Aber wieso? Ist sie nicht bis Samstag bezahlt?«

»Ich muss heute zurück nach Deutschland. Bevor

ich die Übergabe abwickeln kann, muss die Endreinigung gemacht sein.«

»Die Endreinigung kann ich erledigen. Bis Samstag schaffe ich das locker. Und bis Samstag kann ich mir auch eine andere Unterkunft suchen.«

»Es muss heute geschehen.«

Oba blickte mürrisch in seinen Milchkaffee.

»Bitte nimm deine Sachen mit, wenn du zur Arbeit gehst«, sagte Lunau und streckte Oba die Hand hin. Dieser ignorierte sie und kaute lustlos seinen Brei.

Lunau fuhr seinen Rechner hoch und buchte einen Flug nach Berlin, 17.35 Uhr ab Bologna. Er ging unter die Dusche und dachte nach. Er würde Geschenke für Silvia und die Kinder kaufen, die Wohnung putzen, die Schlüssel in den Briefkasten der Agentur werfen und den Leihwagen in Ferrara abgeben. Vorher wollte er sich noch von Amanda verabschieden. In seinem Hals bildete sich ein Knoten, wenn er an seine stille Remise dachte, an die langen Flure in seinem Radiosender, das schlauchförmige Büro mit den grauen Wänden, in dem er eine Stereoanlage und die CDs belangloser Produktionen anstarrte.

Amanda lag in dem Zimmer, in dem Mirko geschlafen hatte. Ihre Tasche aus LKW-Plane lag auf dem Nachtkästchen, am Boden verstreut ihr Smartphone, Unterwäsche und Ethnoschmuck. Ihr Duft hing in der Luft.

»Amanda«, flüsterte Lunau.

Sie drehte sich um, und er sah ihre kleinen Brüste, die Brustwarzen, die sich unter dem T-Shirt abzeichneten. Ihr langer Hals sah dünn und zart aus. Er strich ihr über die warme Haut und sagte: »Tut mir leid, was ich heute Nacht gesagt habe. Ich weiß nicht, warum ich so ungerecht war.«

»Du bist ungerecht, weil du aufgibst.«

Er schüttelte den Kopf. »Es ist das einzig Vernünftige.«

»Du lässt die Schweine gewinnen.«

»Selbst wenn ich De Santis zur Strecke bringen würde – der Nächste steht bereit, um seinen Posten zu übernehmen.«

»War das nicht überall so, wo du bisher jemanden entlarvt hast?«

»Vielleicht.« Amanda war unerbittlich, sie war dabei, eine richtige Frau zu werden. Lunau war nur noch müde.

»Aber du hast es trotzdem getan.«

Er zuckte mit den Achseln. »Ich habe noch eine Bitte. Kannst du zu Silvias Haus fahren und unauffällig Wache schieben, so lange ich noch in Ferrara bin?«

»Ich arbeite am Nachmittag wieder für *Ex*.«

»Ab wieviel Uhr?«

»Ab drei.«

»Das schaffen wir. Ich muss nur noch schnell etwas erledigen, und dann komme ich bei Silvia vorbei.«

Sie nickte. »Wann soll ich los?«

»Am besten sofort.«

Sie schnaubte und schob ihre langen Beine aus dem Bett. Lunau legte ihr eine Hand auf den Oberschenkel und schloss die Augen. Er mochte ihren Mut, ihre Unberechenbarkeit, und er mochte ihre Schenkel. Er musste sich beherrschen, stand auf und tätschelte Amanda den Kopf.

»Arschloch«, sagte sie leise.

49

Lunau hastete durch die Geschäfte am Corso, in dem sich greller, aus China importierter, Tand stapelte: bunte Lämpchen und Ventilatoren, die man in den USB-Port am Rechner schieben konnte, Motiv-T-Shirts mit vulgären Sprüchen, Bierkrüge und seichte Romane im Softcover. Er fand einen Spielzeugladen und kaufte ein Gesellschaftsspiel, das Paul und Stefan geliebt hatten. Nach und nach entstand auf dem Tisch eine mittelalterliche Landschaft mit Wehrdörfern und Klöstern, Wiesen und Teichen, die man, obwohl man konkurrierte, gemeinsam baute. Ein Abschiedsgeschenk für Silvia zu finden war besonders schwer. Wenn es zu teuer war, würde sie das als sanfte Erpressung werten, wenn es zu persönlich war, ebenfalls.

Als er in die Wohnung zurückkam, stellte er fest, dass Oba nicht ausgezogen war. Lunau nahm die Taschen, die er finden konnte, und erbost stopfte er die herumliegenden Klamotten, Toilettenartikel und sonstigen Habseligkeiten hinein. Dann lud er die Taschen sowie das eigene Gepäck in das Auto. Als er den Kofferraumdeckel zuschlug, hörte er seinen Namen. Er fuhr herum. Die Stimme gehörte einer Frau. Es war die Angestellte der Agentur »Adrie Case«, die ihm mit ihrem kantigen, nicht unfreundlichen Gesicht vor zwölf Tagen die Wohnungsschlüssel und die Hausordnung überreicht hatte, nachdem sie Miete plus Nebenkosten und eine üppige Kaution im Voraus kassiert hatte. Jetzt war ihr Gesicht weniger freundlich. »Sie reisen schon ab?«

»Ja, ich wollte gerade die Endreinigung erledigen.«

»Davon hatten Sie uns nicht informiert.«

»Es hat sich eben erst ergeben. Ich wäre bei Ihnen vorbeigekommen.«

Die Frau holte eine Klarsichthülle, in der Lunaus Mietvertrag und die Zahlungsbelege steckten. »Es gibt da noch etwas, worüber wir reden müssen.«

»Ja?«, fragte Lunau ungeduldig.

»Die Personen, die das Apartment genutzt haben. Ich habe hier vier Namen. Ihren, dann eine gewisse Silvia Di Natale, Mirko Di Natale und Sara Di Natale. Das sind zwei Erwachsene und zwei Kinder.«

»Korrekt.«

»Entsprechend hatten wir die Nebenkosten für Strom, Wasser und Gas berechnet: achtzig Euro für die beiden Erwachsenen und sechzig für die beiden Kinder.«

»Ja, die habe ich schon beim Einzug beglichen.« Lunau spürte, wie sich in seinem Hirn wieder die Geräusche aufbauschten. Das Knittern des Papiers, der knirschende Sand unter den Absätzen der Dame. »Ich habe es ausgesprochen eilig. Es spielt für mich keine Rolle, dass ich früher abreise. Ich erwarte keine Rückerstattung.«

Die Dame lächelte nun doch wieder, aber der rechte Mundwinkel hatte Mühe, aus der Horizontalen zu kommen.

»Wissen Sie, es ist nicht unsere Art, uns ins Privatleben unserer Gäste einzumischen. Aber es gibt gewisse gesetzliche Vorschriften. Bewohner unserer Immobilien müssen registriert werden, mit genauer Identität, Passnummer usw.«

»Das hatte ich bereits vor dem Einzug getan.«

»Für die vier genannten Personen. Wir mussten aber leider feststellen, dass die Mietsache auch von anderen Personen genutzt wurde.«

Lunau kaute langsam und hörte seinen Kiefer im Innenohr knacken. »Falls Sie die Freunde meinen, die ein oder zwei Mal bei mir übernachtet haben, ich denke, das ist Teil meiner Privatsphäre.«

»Nicht in einer Ferienwohnung, tut mir leid. Und nicht bei Personen, deren Identität suspekt ist.« Sie lugte über Lunaus Schulter und suchte Wohnungstür und Fenster nach Anzeichen weiterer Bewohner ab.

»Was meinen Sie mit ›suspekter Identität‹? Dass eine Person schwarze Hautfarbe hat? Wenn ich gegen ein Gesetz verstoßen habe, dann ist das mein Problem, nicht Ihres.«

»Die Sache ist nicht so einfach. Wir als Vermieter haben die Pflicht, die Belegung unserer Mietsachen zu überwachen.«

»Sie haben eine Nacht bei mir verbracht, weil es für sie zu spät war, nach Hause zu fahren.«

»Als unser Hausmeister den Rasen sprengte, wurde

er auf eine ganze Reihe unbekannter Farbiger aufmerksam.«

Sie waren nur zum Haareschneiden gekommen, aber durch diese Erläuterung hätte Lunau die Situation wohl nicht entschärft.

»Gut, ich mache Ihnen einen Vorschlag: Ich kontrolliere schnell, ob in dem Apartment alles in Ordnung ist, und danach bekommen Sie Ihre Kaution, abzüglich der Nebenkosten, zurück«, sagte die Dame.

»Welche Nebenkosten?«

»Für zwei weitere Personen.«

»Es waren zwei Nächte.«

»Sagen wir: pauschal vierzig Euro?«

»Aber ich räume die Wohnung doch früher, und Silvia Di Natale ist mit den Kindern schon vor Tagen ausgezogen. Sie haben insgesamt viel geringere Nebenkosten.«

Sie zog eine Augenbraue hoch und lächelte schelmisch. »Ich verstehe. Sie meinen, mit uns Italienern kann man immer handeln, oder?«

»Es geht mir nicht ums Feilschen, es geht mir um Gerechtigkeit.«

»Natürlich.« Sie lachte kurz auf. »Sie erlauben?«

»Nein, ich erlaube nicht.« Lunau hatte die Stimme erhoben. »Wenn ich die Wohnung gereinigt habe, können Sie sie in Augenschein nehmen.«

Da kam Amanda aus der Tür, ging durch den begrünten Innenhof, setzte sich in ihren Mini und schoss davon. Die Frau kniff die Lippen zusammen und sah Lunau an.

Dieser winkte ab und kehrte in die Wohnung zurück. Er suchte nach Putzutensilien, fing an, den Boden zu wischen und knallte dann wütend den Lappen in den Eimer. Wer bin ich denn?, dachte er, lud sein Gepäck ins Auto, schloss die Wohnung ab und rief Oba an. Nach fünfmaligem Klingeln ging dieser ran.

»Was ist los? Ich arbeite«, sagte er.

»Wo?«

»Na, wo schon? Am Strand.«

»Ich habe deine Sachen im Auto. Ich bringe sie dir.«

»Welche Sachen?«

»Deine Klamotten. Das Gepäck, das bei mir in der Ferienwohnung war.«

»Was?«

»Ich musste die Wohnung räumen. Das hatte ich gesagt. Wieso hast du die Sachen nicht selbst weggeschafft?«

»Sie hätten mir doch bis Samstag Zeit geben können.«

»Sag mal, willst du mich auf den Arm nehmen? Ich hatte dir die Situation erklärt. Ich muss heute noch nach Deutschland zurück. Ich bringe dir die Sachen vorbei.«

»Nicht hierher an den Strand. Kommen Sie heute Abend um sieben an die Lagerhalle.«

»Da ist mein Flugzeug schon in Berlin gelandet.«

»Vorher kann ich nicht. Ich muss arbeiten.«

»Ich denke, du musst auch heute Abend arbeiten.«

»Ja, aber in der Halle.«

50

Das Hoftor vor der Lagerhalle stand offen. In der Mittagssonne glitzerte der Schotter als weißer Staub, aus dem die dunklen Gebilde gestapelten Schrotts in den Himmel ragten. Lunau parkte vor dem Gelände, sprang aus dem Wagen, öffnete den Kofferraum und holte Obas Gepäck heraus. Er war wütend auf sich, auf Amanda, auf Silvia und auch auf Oba. Er hoffte, ihn zur Essenspause hier anzutreffen. Und wenn nicht ihn, dann wenigstens die Köchin. Er schulterte einen Rucksack, nahm eine Reisetasche sowie zwei Tüten und wankte über den Hof, auf dem sich noch viel mehr Schrott als beim letzten Mal stapelte. Das Metalltor der Halle war angelehnt. »Permesso?«, rief Lunau, doch er bekam keine Antwort, nur das Echo seiner Stimme. Er nahm jetzt ein schwaches Rauschen und einen Geruch wie im Schwimmbad wahr. Lunau schob seinen Fuß in den Spalt und drückte den Stahlflügel ein Stück weit auf. Es klang, als ob irgendwo Wasser liefe, wieder rief er, wieder blieb sein Ruf ohne Antwort. Er stellte das Gepäck ab und wandte sich zum Gehen, als er bemerkte, wie radikal sich die Halle verändert hatte.

Die bizarren Gebilde aus aufgetürmtem Altmetall waren verschwunden, auch die Pritschen und Nischen, die sich die Schwarzen eingerichtet hatten. Dafür standen vier große Kinderplantschbecken, zur Hälfte mit Wasser gefüllt, auf dem Betonboden. Das Wasser hauchte Chlorgeruch aus, denselben, den Oba mit in die Ferienwohnung gebracht hatte.

Aber welcher Arbeit ging Oba hier nach? In vier leeren Wasserbassins?

Über dem Stahltor war eine gelbe Signallampe angebracht, die aufleuchtete, es piepste drei Mal, dann schlug der Flügel zu. Lunau rüttelte an dem Knauf.

»Schön, dass Sie noch einmal vorbeischauen«, sagte eine Stimme, die Lunau kannte. Er drehte sich um und sah im Halbschatten eine Silhouette mit vorspringendem Bauch und dickem Schädel. Es war Ciro De Santis, der Mann, dem er ins Auge gespuckt hatte.

»Aber bevor Sie sich verabschieden, gilt es, noch ein paar Formalitäten zu regeln.«

Lunau sah sich nach einem Fluchtweg um. Zwischen den Bassins war jeweils ein schmaler Durchlass. Im Rückraum der Halle ein verglastes Kabuff, eine Art Büro, vermutlich mit einem Hinterausgang. »Welche Formalitäten? Ich weiß die Signale zu deuten. Ich bin weg«, meinte Lunau und beobachtete sein Gegenüber, das langsam näher kam. »Bitte sagen Sie das auch Ihrem Bruder Totò.«

»Wieso sollte ich das meinem Bruder sagen?«

»Nun, er ist der Ältere …«

»Fangen Sie wieder damit an, dass ich nur der Handlanger meines Bruders bin?«

»Nein, da haben Sie mich völlig falsch verstanden.«

»Sie glauben, ich bin nur ein Lakai, wie Sie das nannten?« Ciro De Santis hatte Speichel im Mundwinkel.

Was bin ich für ein Idiot, dachte Lunau und schwieg. Dann sagte er: »Man hat mich hier hereingehen sehen.«

»Wovon reden Sie?«, fragte der Mann. »Das hört sich fast so an, als ob Sie Angst hätten vor irgendwas.«

»Nein. Ich will nur, dass hier jeder weiß, woran er ist.«

»Keine Angst, wir wissen, woran wir sind«, sagte Ciro De Santis. Dann merkte Lunau, dass noch jemand in der Halle war: Der junge Mann mit kahlgeschorenem Schädel, den Lunau aus dem Lieferwagen hatte steigen sehen. Der dritte Bruder, Pasquale. Auch wenn er diesmal einen leichten Anzug in dunklem Bordeaux trug, fiel Lunau ein, wo er ihn das erste Mal gesehen hatte: am Strand, mit einer Fotokamera. Er hatte Bilder von Meserets Leiche gemacht. Hatte er im Anschluss auch Lunau observiert und dabei Joy gesehen? Hatte er Michael auf Lunau und Sara gehetzt? Pasquale brachte einen Klappstuhl aus Plastik, platzierte ihn vor einem der Plantschbecken und sagte: »Setzen Sie sich.«

Lunau gehorchte und betrachtete die beiden Männer, die sich, Schulter an Schulter, vor ihm aufgepflanzt hatten.

»Darf ich erfahren, warum ich hier bin?«, fragte Lunau.

Es dauerte eine Weile, ehe der Ältere antwortete: »Wie gesagt. Es gibt noch ein paar Formalitäten zu regeln.«

»Welche Formalitäten?«

»Sie haben doch nicht ernsthaft geglaubt, dass ich, ein Ehrenmann, der einen Ruf zu verteidigen hat, mich von einem kleinen Sesselpupser, einem Schmierfinken von der Presse, auf der Straße anspucken lasse, oder?«

»Das war ein Fehler.«

»Ein Fehler? Meinen Sie?«

»Es tut mir leid. Ich war nicht bei mir. Ich habe ein Problem mit akustischen Wahrnehmungen.«

Der Mann verzog das Gesicht, als bohrte ein Zahnarzt in seinem Kiefer.

»Sie meinen Hirngespinste? Das können mein Bruder und ich nicht gelten lassen als Entschuldigung.«

Lunau sah die beiden an. Auch wenn fast eine Generation und zwanzig Kilo zwischen ihnen liegen mochten, hatten sie eine gewisse Ähnlichkeit: breite Nasen, hängende Lider und wulstige Lippen.

»Das verstehe ich. Ich entschuldige mich hiermit noch einmal in aller Form«, sagte Lunau,

Die beiden Männer lachten. Der Ältere sagte: »Und wenn uns das nicht genügt?«

Lunau schaute sich im Zwielicht um. Die Köchin war nicht da. Die Vu cumpra' würden wohl erst am Abend kommen. Zu ihrer Sonderschicht. Aber was gab es in einer leeren Halle mit Chlorwasser zu tun?

»Ich mache Ihnen einen Vorschlag«, sagte der Dicke. »Wie wäre es, wenn Sie eine Runde für uns schwimmen? Sozusagen als symbolischer Akt, um sich reinzuwaschen? Das tut keinem weh, ist sogar gesund.«

Lunau betrachtete die vier Becken. War diese transparente Flüssigkeit überhaupt Chlorwasser? Er dachte an die Leichen, die von der Mafia in Säure aufgelöst wurden. Er hielt eine Hand hinein. Die Flüssigkeit war kühl, brannte nicht an der Haut. »Ich verstehe nicht.«

»Sie sollen schwimmen, verdammt«, sagte der Dicke. Lunau deutete unschlüssig nacheinander auf alle vier Becken. »In welchem?«

»Ist mir egal.«

Lunau zog seine Schuhe aus, dann die Socken. Der Betonboden war glatt und kalt. Er schlüpfte aus dem Jackett und legte es über den Klappstuhl.

»Die Hose«, sagte Ciro. Also streifte Lunau auch die Hose ab und legte sie über das Jackett. Er wollte auf den Stuhl steigen, um in das Becken zu tauchen, als Pasquale mit einer Fistelstimme und starkem neapolitanischem Akzent sagte: »Haben Sie meinen Bruder nicht verstanden? Sie sollen alles ausziehen.«

»Aber was haben Sie davon?«

»Quatschen Sie nicht.«

Lunau schlüpfte aus dem T-Shirt und zog mit einem Ruck seinen Slip herunter. Die beiden Männer starrten auf sein Geschlecht und grinsten. Lunau schwang sich über den Beckenrand und spürte das angenehm kühle Wasser. Er fing an, im Kreis zu schwimmen, zuerst Brust, dann Freistil, weil das Wasser so niedrig war, dass er sich die Knie anschlug. Hin und wieder sah er zu den beiden grinsenden Männern hinüber. Schon nach wenigen Minuten fing Pasquale an, sich zu langweilen und mit seinem Handy herumzuspielen. Schließlich stand er auf, stieg auf den Klappstuhl und pinkelte in das Becken. Ciro lachte und machte ihm ein Kompliment.

Nach einer halben Stunde begannen Lunaus Muskeln zu schmerzen. Es half nicht mehr, den Schwimmstil zu wechseln. »Wie lange noch?«, fragte er kurzatmig.

»Er hat recht«, sagte Pasquale. »Wir müssen uns beeilen.« Womit beeilen? Ciro sah auf die Uhr, dann gab er Pasquale einen Wink, und dieser holte zwei lange Kescher. Lunau bereute, seinen Mund aufgemacht zu haben. Er bereute, hinter Joy hergelaufen, er bereute, jemals in diesen Ort gekommen zu sein, der auf Urlauber wirkte, als stünde das Leben hier still. Die beiden Männer drückten Lunaus Kopf immer wieder unter Wasser. Doch da das Becken nicht tief war, konnte er sich mit den Füßen abstützen.

»Das bringt nichts«, sagte Pasquale und schlug Lunau, als dieser sich am Beckenrand festhalten wollte, mit dem Kescher auf die Finger.

Dieser merkte, dass es mit Schwimmen allein nicht getan sein würde. Waren die beiden so verrückt, auf ihrem eigenen Gelände so etwas wie einen tödlichen Unfall zu inszenieren?

Als Lunau einen Wadenkrampf bekam und Halt am Beckenrand suchte, spürte er etwas Heißes, Salziges auf der Zunge und sah, dass nun auch Ciro seinen Schwanz ausgepackt hatte und ihm ins Gesicht pinkelte. Pasquale krümmte sich vor Lachen und konnte gar nicht mehr aufhören, den Einfallsreichtum seines Bruders zu loben.

Lunau ließ sich absinken. Zuerst rauschte nur das Wasser in seinen Ohren, doch dann hörte er ein Brummen, während seine Glieder steif wurden. Über sich sah er einen Schatten, der bald schon sanft auf seinen Schädel klopfte, auf seine Schlüsselbeine, sein Gesäß, während der Schatten größer und größer wurde, bis Lunau in Finsternis gehüllt war.

Es regnete Steine. Sie fielen aus finsteren Wolken, sie stanken nach Schlamm und Moder und drückten ihn allmählich gegen den Bassinboden. Er stemmte sich in den Liegestütz und arbeitete sich mit Händen und Füßen aus dem wachsenden Berg.

Als er die Wasseroberfläche erreicht hatte, sah er Ciro auf einem Kranfahrzeug sitzen und johlend einen Ausleger schwenken, an dessen Kette ein quadratischer Korb baumelte. Sein Bruder dagegen fuhr mit einem Gabelstapler hin und her und schaffte die Körbe herbei. Jetzt erkannte Lunau den Inhalt. Es waren keine Steine, sondern Muscheln. Venusmuscheln. Ein Lastzug war rückwärts in die Halle gestoßen, die Heckflügel des Laderaums standen offen, und die beiden luden die stinkenden Muscheln ab. Lunau sah wieder einen Korb über sich schweben. Er kletterte über den Beckenrand und hechtete in das Nachbarbassin. Ciro verfolgte ihn mit dem Ausleger, wieder traf ihn ein Schwall von Muscheln und drückte ihn in die Tiefe. Aber er wusste jetzt, wie er sich wehren konnte. Er stellte sich aufrecht, die Hände schützend über den Kopf gelegt, so dass die Schalentiere von ihm abprallten und sein Rumpf aus dem wachsenden Berg ragte.

Da ertönte ein Schrei. Kranwagen und Gabelstapler verstummten. Lunau sah sich um. Unter dem Neonlicht am Eingang der Halle stand ein dritter Mann: Totò De Santis. Sein halb abgefressenes Ohr leuchtete rot, seine Stirn glänzte. Er trug einen Karton in den Händen, und hielt gleichzeitig seinen weißen Pitbull an der Leine, dessen dreieckiger Schädel auseinanderklappte und ein giftiges Bellen von sich gab. Totò De Santis ließ seinen Blick über den nackten Lunau, die halbgefüllten Bassins und die beiden Brüder wandern.

»Was seid ihr eigentlich für zwei Vollidioten?«, schrie er.

Die beiden standen da und schwiegen. Dann erhob sich Ciro vom Sitz des Kranwagens und sagte: »Er hatte eine Lektion verdient. Ich lasse mich doch nicht auf offener Straße anspucken. Das ist eine Herabwürdigung unserer ganzen Familie.«

Totò betrachtete Ciro mit all dem Widerwillen, dem man einem lebenslangen Klotz am Bein entgegenbringt. »Unsere Familie. Du warst als Kind schon zu blöd, bei irgendwem die Hausaufgaben abzuschreiben. Ich habe versucht, dir eine simple Aufgabe zu geben. Diesen Scheißlieferwagen zu fahren und den Niggern Beine zu machen. Selbst dazu bist du zu beschränkt.«

Pasquale flüsterte: »Ich hatte ihm gesagt, wir müssen uns beeilen.«

»Du hältst die Schnauze. Du bist noch bekloppter. Bei dir frage ich mich wirklich, ob du überhaupt mein Bruder bist. Papà war erst acht Monate tot, als du auf die Welt gekommen bist.«

Pasquale wirkte, als hätte man ihn geohrfeigt. »Was soll das heißen? Willst du unsere Mutter beleidigen?«

Totò winkte ab. »Du bist dümmer als Scheiße. Ausgerechnet hier müsst ihr das veranstalten? Habt ihr mal darüber nachgedacht, wo wir hier sind?«

»Er ist hier einfach so hereingeschneit.«

»Ich hatte ihn nur gebeten, mich zu Ihnen zu bringen«, mischte Lunau sich ein. »Ich wollte Ihnen sagen, dass Sie gewonnen haben. Sie werden in Ihrem ganzen Leben nicht mehr von mir hören. Nichts von dem, was ich erfahren habe, wird weitergegeben werden. Dafür lassen Sie Silvia und die Kinder in Frieden.«

Jetzt blickte Totò De Santis Lunau angewidert an, der immer noch nackt in der trüben Chlorbrühe, bis zur Hüfte in den schmierigen Venusmuscheln, stand. De Santis schien das erst jetzt zu realisieren. »Sie halten die Schnauze. Ziehen Sie sich an, sonst kann ich nicht überlegen. Wie sehen Sie überhaupt aus?«

De Santis beruhigte seinen Hund und stellte den Karton ab. Dieser war gefüllt mit Etiketten der »Venusmuschel aus Goro, DOP«, das Gütesiegel, auf das Goro das Monopol hatte. Die Muscheln, in denen Lunau stand, verdienten dieses Siegel gewiss nicht. Und jetzt wurde ihm klar, wozu die Halle umfunktioniert worden war: Man türkte die Muscheln. Das Chlorwasser diente dazu, mit Bakterien und Toxinen verunreinigte Tiere notdürftig zu desinfizieren. Danach würde man die aus illegalen Quellen stammende Ware als Spitzenprodukt verpacken und vermarkten. Das also war Obas neuer Nebenjob. Die Schwarzen waren die idealen Handlanger. Sie würden schweigen, so wie sie immer schwiegen, weil sie Illegale waren.

Hatte Meseret deshalb sterben müssen? Weil er nicht geschwiegen hatte? Weil er sein Wissen mit jemandem geteilt hatte? Mit wem? Mit Gianella? Das hieß allerdings, dass Gianella von Anfang an über die Machenschaften Bescheid wusste. Und jetzt wusste auch Lunau Bescheid.

»Sie haben mein Ehrenwort«, sagte er. »Sie lassen mich gehen, Sie lassen Silvia und ihre Kinder in Frieden, und dafür schweige ich.«

»Schnauze«, sagte De Santis.

Er wandte sich ab, holte sein Handy aus der Tasche und verschwand mit dem Hund in dem verglasten Büro im Rückraum. Lunau trocknete sich mit seinem T-Shirt ab und zog sich an, bewacht von den beiden Brüdern, die einander wortlose Blicke zuwarfen. Totò De Santis ruderte heftig, schwieg, redete schnell, schwieg wieder. Diesmal bekam er die Abreibung.

Lunau war klar, dass in diesem Moment über sein Schicksal entschieden wurde. Und nicht von De Santis. Der Gedanke stand wie eine verlässliche Tatsache vor ihm, und während er sich noch wunderte, dass er so ruhig war, fingen seine Beine zu zittern an.

Nach elf Minuten kam Totò De Santis zurück. Sein Hund trabte auf klackernden Tatzen neben ihm her und ließ das Maul pendeln. Lunau musste jetzt agieren. Ciro hatte seine Pistole, verdeckt von einem Blouson, im Gürtel stecken. Aber er stand auf der anderen Seite des Bassins. Für Lunau unerreichbar. Ob Totò und Pasquale eine Waffe trugen, konnte man nicht erkennen.

De Santis' Miene war entspannt. Er sah seine beiden Brüder an und ließ dann seinen Kopf Richtung Kaspar Lunau zucken. Die beiden Brüder waren, so tumb und begriffsstutzig sie wirken mochten, blitzschnell. Ciro zog seine Waffe und zielte auf Lunaus Brust. Pasquale kam durch die Halle, zog sein verrotztes Stofftaschentuch aus der Hosentasche und knebelte Lunau damit. Während der Pitbull geiferte, wurden Lunau Hände und Füße gefesselt, er wurde auf den Betonboden gelegt, jeweils ein Müllsack wurde über seinen Kopf und seine Beine gezogen. Sie stachen ein paar Luftlöcher hinein und wickelten eine Schnur um das Paket.

Dann hoben sie Lunau hoch und trugen ihn aus der Halle. Sie warfen ihn in den Kofferraum eines großen Autos und deckten ihn mit einer Plane zu. Der Hund sprang hinterher, kletterte auf dem Bündel herum und stieß mit seiner warmen Schnauze gegen Lunaus Kinn.

51

Gianella setzte sich in seinen Uno und schaute über das graue Wasser. Er hatte kein Boot gefunden, das die passenden Kollisionsspuren aufwies. Er hatte alle Kais in seinem Fischereihafen abgesucht, aber an keiner Jolle, an keinem Kutter befand sich eine Schramme, wie sie der silbergraue Aluminiumrumpf von Meserets Boot hinterlassen haben musste.

Gianella hatte die »Joy« in den Hangar eines Freundes gezogen und Zentimeter für Zentimeter unter die Lupe genommen. Im Kiel waren vier fast quadratische Löcher, die von einem Pickel oder Ähnlichem stammten, und am Bug gab es eine Delle, an der weißer Kunststoff hing. Das Salzwasser hatte ihn nicht abwaschen können – so heftig war der Kontakt gewesen. Aber mit wem war Meseret kollidiert? Mit einem Raubfischer? Aus dem benachbarten Comacchio? Oder gar aus Chioggia?

Gianella startete den Motor und ließ den Wagen aus dem Hafen rollen. Es gab noch eine naheliegende Möglichkeit. Die Marina von Goro, südlich von der Sacca. Dort lagen die Yachten. Und unter den Yachten war weiß gefärbtes Kunstharz der gewöhnlichste Baustoff.

Er fuhr über die schmale Asphaltstraße an der Deichflanke, kam an der Kaserne der Küstenwache vorbei, fuhr auf die Deichkrone und sah die schlanken Bootskörper, die weiß wie Möwen auf der blauen See wippten. Dieser Anblick hatte ihn immer heiter gestimmt, auch wenn eine Yacht für ihn unerschwinglich war. Er ließ den Wagen vom Deich rollen, parkte und ging auf den ersten Holzsteg. Er war alleine in der Marina. Es gab nicht einmal einen Wachdienst. Etwa sechzig Boote lagen da.

Nach nicht einmal zwanzig Minuten hatte er eine Motoryacht gefunden, deren Beschädigungen am Bug, unterhalb der Ankerkette, zur Schramme an der »Joy« passten. Eine Ferretti 560, eine schlichte, aber sagenhaft teure Yacht, die Gianella aus den Prospekten kannte, die er manchmal, wenn er Träumen nachhing, wälzte. Zwei 900-PS-Benzinmotoren, ein Tank mit über 3000 Litern Fassungsvermögen. Aber allein für eine Tankfüllung hätte Gianella über einen Monat arbeiten müssen.

Gianella sah sich um. Es dämmerte, niemand war in der Nähe. Die Yacht wiegte sich behäbig und glucksend im leichten Wellengang.

Sollte er die Polizei rufen? Aber was sollte er ihr sagen? Dass er Meserets Boot auf seiner Parzelle gefunden hatte? Niemand würde glauben, dass er unschuldig war. Auch Lunau verdächtigte ihn, Meseret beseitigt zu haben, um an dessen Pachtgrundstück zu kommen.

Die Yacht hatte eine große Kabine mit Salon, zwei Schlafzimmern, zwei Bädern, einer Kombüse und einer Kommandobrücke.

Gianella sprang an Bord und wählte die Nummer eines Freundes aus Kindertagen: Pietro, der überzeugt war, er habe seinen Job bei der Küstenwache Gianella zu verdanken, weil dieser ihm als Grundschüler das Schwimmen beigebracht hatte. Aber Pietro saß beim Abendessen und hatte keinen Zugriff auf den Computer. Er versprach, noch einmal ins Büro zu fahren und dann zurückzurufen.

Gianella setzte sich auf die Bordwand, legte seine Hand auf die Reling aus Edelstahl und schaute sich um. Die Yacht hatte getönte Scheiben, die Planken waren aus Teakholz, in der Kabine konnte man die Designermöbel erahnen. Gianella rüttelte an der Eingangstür. Abgeschlossen. Er stieg über die Leiter auf das Oberdeck. Dort waren eine Sitzgruppe und Liegen zum Sonnenbaden. Das Schaukeln der Dünung war hier stärker zu spüren, genauso, wie Gianella es mochte. Die Yacht wirkte fabrikneu und unbenutzt – bis auf die Schramme am Bug. Gianella legte sich auf eine der weißen, mit Kunstleder bezogenen Liegen und sah in den Himmel. Wie gerne hätte er die Yacht einmal ausprobiert. Ferretti baute die schönsten Kunststoffboote.

Es wurde dunkel, und die Sterne verschwammen im Dunst. Pietros Anruf war überfällig. Ein Auto näherte sich. Gianella sah die Lichtkegel, die von der Deichkante herunterkippten und durch die Marina zuckten. Er überlegte, ob er von der Yacht klettern sollte, aber es war zu spät. Der Wagen hatte vor dem Steg gehalten. Ein Mann stieg aus und kam auf das Boot zu. Er machte die Leinen los, warf sie mit Schwung über die Reling und sprang an Bord. Gianella schaltete sein Handy ab, duckte sich auf die Planken und lauschte. Der Mann war mittelgroß, bewegte sich zielsicher und nahezu lautlos. Gianella hatte ihn nicht erkennen können, aber eines war sicher: De Santis war es nicht.

52

Der Jeep setzte über eine Betonkante, rollte ein Gefälle hinab und bremste heftig. Lunau knallte gegen die Rückbank. Er lag in seinem Schweiß, bekam in den Säcken keine Luft mehr, er war dehydriert und zitterte. Die Brüder hatten den Wagen irgendwo in der Sonne geparkt, die Klimaanlage abgeschaltet und ihn stundenlang stehen lassen. Nur den Hund hatten sie mitgenommen.

Der Motor verstummte, die Türen wurden geöffnet,

Lunau hörte das Schwappen des Wassers an der Kaimauer, das Knarren der Taue. Es roch nach Meer und Tang. Lunau versuchte, sich jedes Detail einzuprägen.

Er wusste, dass sie ihn töten wollten. Wahrscheinlich würden sie ihn auf See über Bord werfen. Mit einem Gewicht beschwert. Es würde Wochen dauern, ehe die Verwesungsgase seine Leiche an die Oberfläche steigen ließen, Wochen, in denen die Strömungen ihn Hunderte von Kilometern abtreiben konnten. Wer weiß, wann sie mich identifizieren, dachte er, und ob sie mich jemals identifizieren.

Er musste handeln, so lange sie noch an Land waren.

Aber schon nahmen sie den Sack, in dem er steckte, und trugen ihn über einen Steg, dann auf ein Boot, unter Deck. Quietschende Schuhsohlen, Klappern von Metall. Der Hund sprang hechelnd um sie herum und wurde von Totò zurückgepfiffen. Lunaus Bewacher zwängten sich mit ihrer Last durch Türen und über Leitern, Lunaus Kopf schlug gegen einen Handlauf. »Passt auf, ihr Idioten!«, blaffte Totò De Santis, »ich will hier keine Sauerei an Bord.«

Lunau wurde in einem kühlen Verschlag abgelegt, in dem es nach Maschinenöl, feuchtem Holz und Plastik roch.

»Ihr sollt ihn mitnehmen«, knurrte Totò. Seine Stimme drang nur schwach in die Kajüte. Seine Brüder protestierten, aber Totò duldete keine Widerrede: »Er wird seekrank. Ihr nehmt ihn mit.«

Es ging um den Hund. Die Männer entfernten sich, und dann sprang der Motor mit Getöse an. Lunau schien direkt auf den Kolben zu liegen. Die Drehzahl des Motors war hoch, höher als bei einem Dieselaggregat. Was war das für ein Boot? Lunaus Schädel vibrierte, die Geräusche dröhnten durch seinen Gehörgang und die Jochbeine.

Der Wellengang nahm zu, De Santis schien auf die offene See zu fahren. Lunau fing an, die Hand- und Fußgelenke in den Kabelbindern zu bewegen, bis er den Kunststoff in seinem Fleisch spürte. Wenn er sich nicht befreien konnte, dann wollte er wenigstens Spuren hinterlassen.

Der Wellengang wurde noch stärker, Lunau rollte hin und her, die Drehzahl des Motors oszillierte. Dann fasste ihn jemand an den Schultern, setzte ihn auf und versuchte, ihn die Treppe hochzuziehen. Er bohrte Löcher in die Müllsäcke, um Lunau unter den Achseln zu fassen.

Frischluft zog herein, die Wellen knallten gegen den Rumpf, während die Gischt sich als feiner Film auf Lunaus Gesicht legte. Tiefe Nacht, kein Lichtstrahl. Lunau lag nun an der Bordkante, direkt über dem Salzwasser. Er stellte sich vor, wie es in die Säcke eindringen würde, in denen er hilflos strampeln würde, den Knebel im Mund.

Wie in dem Po-Wasser, in dem er, mit einem Eisengewicht an den Handgelenken, immer tiefer gesunken war, während seine Lungen zuckten. Damals hatte er ein perfektes System der Flusspiraterie aufgedeckt. Ferrareser Behördenchefs hatten ihre Position genutzt, um den Po in eine Gelddruckerei zu verwandeln. Und er hatte das System durchschaut.

Aber nun? Sara war ein seelisches Wrack, Michael auf freiem Fuß, und De Santis würde die Kontrolle über den gesamten Muschelmarkt übernehmen. Lunau würde verschwinden, Silvia würde schweigen, niemand einen Zusammenhang erkennen. Sein Tod war vollkommen sinnlos.

Doch dann spürte er Hände, die sich an den Kabelbindern zu schaffen machten.

»Ganz ruhig«, sagte eine Stimme, die Lunau bekannt vorkam. »Er ist am Steuerrad.« Ein tiefes, sonores Timbre, Gennaro Tarantellas Stimme. Lunau schüttelte den Kopf, um auf den Knebel aufmerksam zu machen. Umsonst.

Auf der Kommandobrücke brannte ein grünliches Licht, in dem man die Silhouette De Santis' erkennen konnte.

Lunau spürte, wie die Blutzirkulation wieder einsetzte. In seinen Füßen und Händen brannte es. Er bewegte die Finger, kämpfte gegen den Schmerz an und knotete mit verkrampften Gelenken den Knebel auf.

»Haben Sie die Polizei verständigt?«, fragte er Tarantella.

»Hier ist kein Empfang.«

Lunau spürte etwas Kaltes, Metallisches in seinen Händen.

»Was ist das?«, fragte er.

»Ich glaube, jetzt brauchen Sie sie.«

Lunau blickte auf eine halbautomatische Pistole.

Es waren nur noch das Brummen des Motors und der klatschende Rumpf zu hören. Lunau riss den Sack mit den Händen auf und versuchte, sich zu orientieren. Er lag am Bug, neben der Ankerwinde. Vier Meter entfernt eine Kajüte mit Brücke und Sonnendeck. Er lag auf einer luxuriösen Motoryacht. Aber wieso hatte De Santis ihn nicht gesehen? Und wo war Tarantella?

Der Motor verstummte, und die Yacht trieb, wie auf einer Kinderschaukel tanzend, durch die Wellen. Da tauchte eine Gestalt auf, De Santis. Er kam auf Lunau zu, der unbeweglich liegen blieb. Irgendetwas schien De Santis jetzt doch verdächtig vorzukommen, denn er hielt inne und griff unter seine Jacke. Er zog seine Pistole und schrie: »Was hast du mit ihm gemacht?«

Wen meinte De Santis? Da er keine Antwort bekam, beugte er sich über Lunau und fasste ihn wieder unter den Achseln.

»Sie werfen mich hier über Bord? Ist das der Plan?«, fragte dieser. »Man wird Sie drankriegen.«

»Wieso hat er keinen Knebel mehr?«

»Der ganze Kutter ist voll von organischen Spuren«, sagte Lunau.

»Wir können uns eine Putzfrau leisten.«

»Außerdem habe ich die Polizei informiert, dass ich Ihre Lagerhalle aufsuchen wollte.«

»Jetzt halt endlich die Klappe. Man wird ganz meschugge von dem Gewäsch.«

Lunau wurde hektisch. Er wollte weiterreden, aber plötzlich fiel ihm nichts mehr ein. Sein Hirn war wie gelähmt vor Angst. Er spürte die Waffe zwischen den Fingern, aber er wusste nicht einmal, wie man sie entsicherte. »Beantworten Sie mir wenigstens eine Frage«, sagte er und wartete darauf, dass Tarantella endlich etwas unternahm.

De Santis hatte Lunau wieder unter den Armen gefasst und zog ihn an der Reling entlang.

»Warum wurde Sara entführt?«

De Santis schnaubte unter Lunaus Gewicht. »Da müssen Sie Michael Duhula fragen.«

»Das habe ich. Wieso haben Sie ihn auf Sara losgelassen?«

De Santis' Ächzen steigerte sich zu einem heiseren Lachen. »Sie stellen sich die Welt ein bisschen zu einfach vor. Niemand hat ihn auf das Kind losgelassen.«

»Aber er dachte, dass Joy bei mir ist. Wieso?«

De Santis versuchte, Lunaus Oberkörper unter der Reling hindurchzuschieben, Lunau streifte den Sack ab, ließ die Arme nach oben schnellen und zog De Santis' Kopf so heftig nach unten, dass er mit der Nase auf die Reling aufschlug. Er stieß einen Schmerzensschrei aus, und Lunau riss ihn zur Seite, kroch unter dem schweren Leib hervor, setzte sich auf ihn und presste beide Hände gegen seinen Kehlkopf: »Sie werden mir die Wahrheit sagen.«

Lunau sah, wie De Santis' Augäpfel anschwollen. »Wieso haben Sie Michael auf Sara gehetzt?«

»Das habe ich ... nicht.«

»Wieso haben Sie ihm gesagt, dass Joy bei mir war?«

De Santis schwieg. Lunau holte die Waffe und drückte Sie ihm ins Auge. »Reden Sie. Wieso ein Kind? Wieso Sara?«

De Santis sprach noch immer nicht. Lunau drückte

den Lauf noch fester in die Augenhöhle und suchte mit dem Daumen nach dem Sicherungshebel. De Santis ruderte mit den Armen und versuchte, an seine Waffe zu kommen. »Nur zu!«, schrie Lunau. »Sobald du sie in der Hand hast, drücke ich ab.«

»Gennaro«, schrie De Santis, »was soll der Scheiß?«

Es kam keine Antwort.

»Verdammt, wo steckst du denn?«

Lunau musste gegen die Versuchung ankämpfen, sich umzusehen. Wo war Tarantella? Und wieso wusste De Santis, dass Gennaro Tarantella auf dem Boot war?

»Gennaro!«, schrie De Santis wieder.

Da hörte Lunau Schritte. Tarantella kauerte sich neben ihn und sagte: »Was ist, Totò?«

»Hol ihn von mir runter.«

Tarantella grinste. »Na, wie ist das zu sterben?«

»Wovon redest du?«

Tarantella umklammerte Lunaus Hand und entsicherte die Waffe. »Mein Sohn wäre heute sechsundzwanzig Jahre alt.«

De Santis riss das eine Auge auf. Derselbe Ausdruck wie bei Michael. Erstarrung, Panik. »Ich wollte das nicht.«

»Du hast ihn von der Brücke geworfen.«

»Ich musste es tun.«

Tarantella umschloss wieder Lunaus Hände und schob den Finger an den Abzug.

»Nein, ich flehe dich an«, schrie De Santis. »Es war nicht meine Schuld. Du hättest …«

De Santis' Kopf hing über Bord. Die Wellen benetzten sein Haar, schwappten über sein Gesicht und seinen Hals. »Ich war immer loyal. All die Jahre habe ich diese verfluchte Po-Ebene ausgehalten, diesen verschissenen Nebel, die Stechmücken, den grauen Himmel, die kotzgelben Birnen, diesen ganzen Kürbisscheiß, den sie hier fressen. Du durftest den kultivierten Lebemann spielen, während ich die Drecksarbeit erledigen musste.« Er fing zu schreien an: »Lunau, das können Sie nicht zulassen ...«

Der Schuss zerriss die Stille, und er riss ein 6,75 Millimeter großes Loch in De Santis' Auge. Am Hinterkopf war das Loch vier Mal größer. Tarantella stand auf und gab der Leiche einen Stoß mit dem Fuß, womit er sie über Bord beförderte. Dann nahm er Lunau die Waffe aus der Hand und warf sie hinterher.

53

Arturo Boccafogli lag in seinem Bett und starrte an die Decke. Er konnte nicht schlafen, die Angst hielt ihn wach. Die Angst ließ ihn Geräusche hören, die gar nicht da waren. Nur seinen Hund, der neben dem Bett schlafen sollte, hörte er nicht. Er streckte die Hand aus und ließ sie herabsinken, bis sie das zottige Fell spürte. Er zog daran, der Hund rührte sich nicht. Eine Nacht noch galt es zu überstehen. Aber dann? Würde man den Polizisten sofort einsperren? Und seine Kollegen? Niemals würde er, Arturo, vor deren Vergeltung sicher sein. Wie konnte ich mich nur auf dieses Versprechen einlassen?, fragte er sich. Wieso habe ich mich von diesem Mädchen überreden lassen, vor dem Richter auszusagen. Ich muss verrückt geworden sein.

Er stellte sich den Gerichtssaal vor, die zahllosen Augen und Kameras, die auf ihn gerichtet waren. Er sprach leise die Sätze, die er sagen wollte. Mit denen er beschreiben wollte, wie der Junge am Boden lag, um Hilfe flehte, während der Polizist über ihm kauerte und wieder und wieder den Schlagstock herabsausen ließ. Aber war es überhaupt so gewesen? Nach über vier Jahren begannen die Bilder zu verblassen, und es entstanden neue, in denen die Streifenwagen kreuz und quer herumfuhren, in denen der Junge gleichmütig aufsprang und sich in den Fond eines Autos setzte, mit den Beamten plaudernd. War Marco Clerici wirklich vor Arturos Augen gestorben? An den Schlägen, die Arturo beobachtet hatte? Sollte er jetzt wegen so unscharfer Erinnerungen sein eigenes Leben aufs Spiel setzen?

Er streichelte wieder über das Fell des Hundes, kraulte ihn hinter den Ohren und schreckte auf. Wieso bewegte er sich nicht? Er schaltete das Licht ein, und da sah er die sanfte Bewegung, mit der die Rippen sich hoben und senkten. Der Hund war auch alt geworden. Er hörte schlecht und sah schlecht. Wie sollte er sein Herrchen beschützen? Und wie sollte das dünne Mädchen ihn beschützen, das in seinem Wohnzimmer lag? Was wollte es alleine ausrichten gegen die drei, die eines Abends an seiner Wohnungstür geklingelt hatten.

Vermummt in Sturmhauben, mit Baseballschlägern in der Hand. »Haben wir uns in der Tür geirrt?«, hatte einer gefragt. »Nein, wir sind hier richtig, oder?« Dann hatten sie mit den Baseballschlägern an seine magere Brust getippt und gesagt: »Sei vorsichtig, Opa, mit dem, was du erzählst. Du weißt, in deinem Alter ist man schnell einmal die Treppe hinuntergefallen, die Knochen brechen schnell, Osteoporose, du weißt schon, dann kommen die Komplikationen im Krankenhaus, da geht es leicht zu Ende mit einem.«

Er stand auf, nahm seinen schlafenden Hund auf den Arm und und öffnete vorsichtig die Schlafzimmertür. Das Mädchen hatte die Rollläden nicht geschlossen. Ihr Gesicht leuchtete weiß im Mondlicht. Er ging in den Flur, zog den Trenchcoat über den Schlafanzug, setzte den Hut auf und nahm die Schlüssel.

54

Das Boot hatte sich quer in die Dünung gestellt, die Wellen schlugen seitlich gegen den Rumpf, und Lunau musste sich an der Ankerwinde festklammern. Tarantella war auf die Kommandobrücke gelaufen, hatte den Motor angeworfen und stellte den Bug in die Wellen.

Was hatte De Santis gesagt? Er war immer loyal gewesen. Wem gegenüber? Woher hatte Tarantella gewusst, dass Lunau an Bord war?

Hatte Tarantella ihn retten oder De Santis hinrichten wollen?

Ihm fiel die Szene in der Lagerhalle ein. De Santis, der aus dem Kabuff ein Telefonat geführt hatte, der sich hatte abstrafen und instruieren lassen. Lunau hatte unwillkürlich an einen Anruf nach Süditalien gedacht. Aber sein Gesprächspartner war vielleicht nur wenige Kilometer entfernt gewesen. Tarantella. War es möglich, dass Tarantellas Leben nur eine Fassade war? Der Kampf gegen das Organisierte Verbrechen? Aber wie konnte die Organisation dulden, dass Tarantella die Erzfeinde der Mafia unterstützte, indem er ihre Waren vermarktete? Informationen sammelte?

Lunau hatte sich vor der Kommandobrücke in Deckung gebracht. Er schob sich an dem Aufbau entlang, während Tarantella über die Planken zur Ankerwinde ging. Lunau starrte in die Bugwelle, die unter ihm vorbeirauschte. Die Lichter der Küste flirrten in der Ferne. Sein Schädel pochte, seine Muskeln zitterten, so dehydriert war er. Er würde wohl kaum die Strecke schwimmen können.

»Das würde ich Ihnen nicht raten«, sagte Tarantella. Er stand in der Mitte des Vorderdecks und zielte auf Lunaus Kopf. Dieser drehte sich um und sah wieder Tarantellas zerfurchtes Gesicht. Das grünliche Licht von der Kommandobrücke gab ihm scharfe Konturen, aus denen das Weiß der Augäpfel hervorleuchtete.

»Wieso haben Sie De Santis erschossen?«, fragte Lunau.

»*Wir* haben ihn erschossen. Er hat meinen Sohn getötet. Und er wollte Sie töten.«

»Sie hatten gesagt, man könne jemanden wie De Santis nicht mit Gewalt bekämpfen.«

Lunau versuchte, Tarantella zu täuschen. So zu tun, als hätte er ihn nicht durchschaut, aber Tarantella quittierte dies nur mit einem gequälten Lächeln.

»Es tut mir leid«, sagte Tarantella. Noch immer hatte Lunau Mühe zu verstehen.

»Eine solche Gelegenheit wäre nicht wiedergekommen«, fügte Tarantella an. Er stand breitbeinig auf dem Deck und federte elegant die Wellen ab, die das Boot schaukeln ließen. Lunau sah wieder in die schwarze See.

»Das wäre Ihr sicherer Tod. 900 PS, die Schraube entwickelt einen gewaltigen Sog.«

Lunau suchte nach einer Waffe. Aber das Deck war leer.

»Sie waren mir sympathisch«, sagte Tarantella.

»Also war alles gelogen? Ihr Kampf gegen das Organisierte Verbrechen, die Ermordung Ihres Sohnes, alles nur Fassade.«

Tarantella schüttelte den Kopf. »Mein Sohn wurde umgebracht. Von De Santis.«

»Wie konnten Sie dann mit ihm zusammenarbeiten?«

Tarantella zuckte mit den Achseln. »Er war mir zugeteilt. Als mein Aufpasser, gemeinsam mit seinen debilen Brüdern. Sie sollten dafür sorgen, dass ich nicht noch einmal auf eigene Rechnung arbeite. Wir schienen die Idealbesetzung für eine Expansion in den Norden.«

»Das verstehe ich nicht.«

»Sie kommen aus einer heilen Welt. Bei uns herrschen andere Gesetze.«

»Sie haben mit dem Mörder Ihres Sohnes gemeinsame Sache gemacht?«

»Wir hatten keine Wahl. Er hatte Geld unterschlagen und ohne Genehmigung seinen Handel mit Metaamphetaminen aufgezogen. Er musste bestraft werden und war zu Hause untragbar geworden. Es hätte ihn schlimmer treffen können als eine Verbannung in die Emilia-Romagna. Ich dagegen war der ideale Partner, ich hatte den Ruf des Camorra-Opfers und war die Idealbesetzung für die Rolle des Saubermanns.«

»Dabei gehörten Sie selbst immer dem Organisierten Verbrechen an.«

Lunau betrachtete den Mann in seinem leichten Sommeranzug, dessen helles Beige perfekt zu den Lederschuhen und dem weißen Hemd passte. Er hatte studiert, er hatte Manieren, er repräsentierte die Zukunft der Organisation.

»Nicht wie Sie meinen. Ich hatte meine eigene kleine Gefolgschaft. Eigentlich wollte ich nur die Pizzeria meines Vaters schützen. Ich scharte einige Leute um mich und baute eine Schutzmannschaft auf. Bald baten mich auch andere Gastronomen um Schutz.«

»Wurden Sie um Schutz gebeten, oder boten Sie ihnen Schutz an?«

Tarantella sah Lunau irritiert an. »Was macht das für einen Unterschied?«

»Einen gewaltigen, das wissen Sie.«

»Jetzt nicht mehr.«

Lunau wurde übel. Er sah den Lauf der Waffe an, deren Mündung ein kleines schwarzes Loch in dieser

Nacht bildete. Tarantella würde ihn nicht verfehlen, da war sich Lunau sicher. Es sei denn, eine Welle brachte ihn aus dem Gleichgewicht. Oder ein überraschender Tritt. Es waren drei Meter, zwei Sprünge. Aber er schaffte es nicht, sich zu bewegen. Die Angst lähmte seine Muskeln.

»Gestatten Sie mir eine Frage?«, sagte er.

»Nur zu. Wir sind hier ungestört. Und wie gesagt: Ich bedaure, dass unser Kontakt so früh abreißt.«

»Warum Sara?«

»Ich verstehe nicht.«

»Sie haben ein Kind verloren. Sie hätten wissen müssen, was Sie damit anrichten.«

»Die Geschichte bedaure ich. Niemand hat Michael aufgetragen, Sara zu entführen. Er ist ein Irrer. Er war panisch, er hatte Schulden. Er konnte den Standplatz für Joy nicht mehr bezahlen, und dann war Joy auch noch abgetaucht, wollte ihn anzeigen.«

»Sie haben Michael gesagt, dass Joy bei mir war?«

Er schüttelte den Kopf. »Zu Kleindealern pflege ich keinen Kontakt. Totò hat es ihm gesagt, oder einer der Brüder. Ich habe nur dafür gesorgt, dass man Amanda aus dem Spiel lässt. Das war ich meinem Freund Adelchi schuldig.«

Lunau schüttelte den Kopf. »Also war Saras Entführung ein reines Zufallsprodukt?«

So wie es Zufall gewesen war, dass die Kugeln damals Kurt getroffen hatten, nicht Lunau. Ein Gedanke, der ihn seit sieben Jahren verfolgte. Zufall, dass er Meserets zermatschtes Gesicht am Strand gesehen hatte, dass Amanda ausgerechnet ihn in Berlin angerufen hatte. Dass Joy in die Lagerhalle geflohen war, in der nun die Muscheln getürkt wurden.

»Wie gesagt: Michael ist unberechenbar. Dieses Mädchen scheint ihn um den letzten Rest Verstand gebracht zu haben. Aber uns war es natürlich nicht unlieb, dass Sie erst einmal anderweitig beschäftigt waren.«

Tarantella legte an. Lunau hatte versucht, sich langsam zu nähern, aber Tarantella war zurückgewichen, um den Sicherheitsabstand zu halten. Es war unmöglich, ihn zu überraschen. Tarantellas Arm beschrieb den Knick, den der schlecht verheilte Bruch hinterlassen hatte.

»Wie ist es möglich, dass jemand von einer Organisation verstümmelt wird, dass er das einzige Kind drangeben muss und weiter zu dieser Organisation steht?«, fragte Lunau.

»Ich bin kein Freund dieser Organisation, wie Sie sie nennen. Ich konnte nur wählen: mich unterordnen oder sterben. Ich habe mich für das Leben entschieden. Wie hätten Sie sich entschieden?«

Lunau schwieg.

»Sie hätten ein berühmter Musiker werden können. Der Weg war Ihnen vorgezeichnet. Warum haben Sie sich anders entschieden? Das würde mich ebenfalls interessieren.«

Lunau dachte nach. Er dachte wieder an seine Kindheit zurück, an die Haltestelle, an der er auf den Schulbus warten musste, an die beiden Brüder, die ihn schlugen. Es war immer dasselbe Prozedere. Lunau kam, mit seinem Ranzen auf dem Rücken, mit den Partituren, mit seinen dünnen Beinen, dem Seitenscheitel und dem dunklen Blazer, und die beiden Brüder grinsten einander an. Sie stießen sich mit dem Rücken lässig von der Glasscheibe ab, warteten, bis Lunau auf Idealdistanz herangekommen war, und dann schlugen sie ihm abwechselnd mit der Faust in den Magen. So lange, bis sich Lunaus Solarplexus zusammenkrampfte, ihm die Luft wegblieb und er umfiel.

Am Abend vor dem Einschlafen lag Lunau im Bett und quälte sich vor Angst. Immer wieder dachte er an den nächsten Morgen, an den stechenden Schmerz in seinem Magen, an den Schock, der ihm die Atemwege verschloss und ihn zu ersticken drohte. Die Angst vor dem nächsten Morgen wurde unerträglich. Lieber wollte er tot sein.

Aber wenn ich sterben will, dann brauche ich mich auch nicht vor dem Ersticken zu fürchten. Wenn ich sterben will, brauche ich vor nichts mehr Angst zu haben, dachte er.

In der Nacht, als er vor Angst nicht mehr in den Schlaf fand und sterben wollte, hatte er einen Entschluss gefasst. Er würde am nächsten Morgen als Erster zuschlagen. Er würde wie gewohnt auf die beiden zugehen. Er würde auf den Größeren der beiden zugehen und ihm mit der Faust auf den Mund schlagen. Er hatte noch nie mit der Faust geschlagen. Er durfte seine Hände nicht einmal zum Rudern oder Hantelstemmen benutzen, weil dadurch die Fingerknochen dick und fest und auf der Klaviatur langsamer wurden. Er trainierte an jenem Abend im Bett, indem er Luftlöcher schlug. Immer wieder fuhr er den Arm kerzengerade aus, wie auf einer Schiene. Ich darf mich von nichts ablenken lassen, dachte er, ich darf an nichts denken, nur daran, diese Faust kerzengerade ins Ziel zu bringen.

Und so tat er es. Er trat auf die beiden zu, und als sie sich von dem Bushäuschen lösten, schlug er zu. Er spürte nichts, nur einen Ruck in der Schulter.

Der Größere der beiden Brüder war umgefallen wie ein Baum, mit einem erstaunten, fast anerkennenden Lächeln. Sein Bruder stand daneben, wagte weder, Lunau zu attackieren, noch seinem Bruder beizustehen. Der Bus kam, Lunau stieg vorne ein, ging ganz durch den Mittelgang und setzte sich in die hinterste Reihe, wo gewöhnlich nur die Angeber saßen und lärmten. Die Brüder stiegen als Letzte in den Bus ein und setzten sich in eine der vordersten Reihen, in eine Reihe mit den Strebern und Verlierern. Lunau hatte sich unsterblich gefühlt. Ein Rausch, aus dem er nie wieder erwachen wollte.

»Wenn Sie mich jetzt erschießen, werden Sie nicht davonkommen«, sagte Lunau.

»O doch. Die Organisation weiß, dass Sie mit De Santis hier rausgefahren sind. Man wird zwei Leichen finden, jeweils mit der Waffe des anderen erschossen. Ein perfektes Duell auf See. »

»Auf See. Und wer brachte die Yacht wieder rein?«

»Wer sagt, dass die Yacht wieder einläuft? Ich bin ein

guter Schwimmer. Trotz meiner kleinen Behinderung.« Tarantella lächelte. Er hob den Arm, das Mündungsfeuer zuckte durch die pechschwarze Nacht, Lunau fiel rücklings über die Reling.

Er dachte an Silvia, ihre nackte Wade, die unter dem Laken hervorsah, an Saras lange Wimpern, die ihre großen Augen umschlossen. Die Geschenke lagen im Kofferraum des Leihwagens. Er würde sie nicht mehr überreichen. Er sah Jette, vor der dunklen Glasscheibe des Berliner Cafés, gegen das der Herbstwind das bunte Laub klatschte, ihr Lächeln, mit dem sie auf seinen Heiratsantrag reagierte. Er dachte an Paul und Stefan, die Armbändchen mit ihren Namen, die sich in den rötlichen Speck schnitten, an die langen Wege durch die nächtlichen Korridore der Entbindungsstation. Während es kalt um ihn wurde, das eisige Wasser seine Muskeln zusammenpresste, schnürte der Schmerz ihm den Magen zu.

Es blieb ihm keine Zeit nachzudenken. Er kam noch einmal an die Oberfläche zurück und schnappte nach Luft, während es in seinen Eingeweiden zog. Er spürte, wie das Leben aus ihm floss, wie seine Beine schwerer wurden in der nassen Hose, er spürte den Sog der Schraube. Auf dem Boot über ihm war das Bild erstarrt. Tarantellas Silhouette hatte eine merkwürdige Ausbuchtung. Lunau schaffte es, mit strampelnden Bewegungen über Wasser zu bleiben und das Bild scharfzustellen. Der Motor der Yacht war verstummt.

Hinter Tarantella stand jemand. Hatte mit einem Werkzeug ausgeholt und Tarantella niedergestreckt.

Dieser war auf die Knie gestürzt, und mit einem fast höhnischen Lächeln versuchte er, seinen missgebildeten Arm zu heben. Dann kippte er nach vorne.

Die Gestalt trat an die Reling und brüllte gestikulierend. Es war Gianella, der einen Rettungsring schwenkte. Die Bordwand wogte weiß und bedrohlich über Lunau. Er schwamm in langsamen Zügen durch die Dünung.

Nachdem Gianella ihn an Bord geholt hatte, beugte er sich über Tarantella. Dieser lag auf dem Bauch, in seinem Rücken steckte ein Pickel. Lunau tastete nach dem Puls. Er war schwach, aber spürbar.

»Ist er tot?«, fragte Gianella. »Habe ich ihn umgebracht? Ich habe noch nie jemanden umgebracht. Ich wollte das nicht. Aber er hat Meseret getötet. Und Sie wollte er auch töten.«

»Wir müssen Hilfe holen.«

Gianella lief auf die Brücke und startete den Motor. »Es gibt hier draußen keinen Handy-Empfang«, sagte er und legte den Gang ein. Der Bug der Yacht hob sich aus dem Wasser und schnitt sich durch die See.

Tarantella hatte die Hand ausgestreckt, aus seinem Mund lief Blut, aber er versuchte zu sprechen. »Was hätten Sie an meiner Stelle … getan? Hätten … Sie sich töten lassen?«

Lunau schwieg und dachte nach. Er hatte keine Antwort. Er dachte an die beiden Brüder, an die Bushaltestelle. Vielleicht hatte er ihretwegen auf die Musikerkarriere verzichtet. Um solche Kerle niederzustrecken. Oder um noch einmal dieses Gefühl zu genießen, das ihn in den Bus begleitet hatte. Vielleicht ging es ihm nicht um Wahrheit und Gerechtigkeit, sondern nur um dieses primitive Gefühl, der Stärkere zu sein. Vielleicht hatte Silvia recht. Es waren Hahnenkämpfe. Und er wollte gewinnen.

»Wie ist Meseret dahinter gekommen, dass Sie mit De Santis gemeinsame Sache machen?«

Tarantella hustete und röchelte. »Dummer Zufall. Ein verlassener Rastplatz an der Romea. Dort trafen wir uns.« Tarantellas Atem ging schwer, aber er sprach in kurzen Schüben weiter. »Kein Mensch fährt auf der Romea Fahrrad, noch dazu ohne Licht. Nur dieser Meseret.«

Lunau sah die Bilder vor sich. Meseret, auf den dreißig Kilometern zwischen Lido di Spina und Goro, inmitten donnernder Lastzüge und den Blechlawinen der Urlauber. War er wirklich die ganze Strecke gefahren, nach einem langen Arbeitstag, währenddessen er in der Gluthitze gefälschte Handtaschen verkauft hatte? Um am Abend die Wohnung zu streichen? Um in der Nacht Muscheln zu fischen? Hatte er De Santis' Wagen auf einem Parkplatz entdeckt und aus Neugier angehalten? Oder hatte er an einem Baum gestanden und sich erleichtert, als die Wagen auf den Parkplatz rollten? Noch ein Zufall, der ein Menschenleben gekostet hatte.

Lunau dachte an das Kindergesicht, das er im Fotoalbum gesehen hatte, er dachte an den Stolz in den Augen der Mutter, die den kleinen Meseret an der Hand hielt. Er war klüger als seine Altersgenossen, »er war etwas Besonderes«, hatte Oba gesagt. Er gehörte zu den Privilegierten unter den Immigranten, auch weil er reguläre Papiere hatte, weil sein Gesicht dem Passbild in der Aufenthaltsgenehmigung entsprach. Aber von diesem Gesicht war nichts übriggeblieben. Er hatte ein ihm fremdes System durchschaut, aber er hatte es nicht bis ins Letzte offengelegt, und das war ihm zum Verhängnis geworden. Ähnlich wie Silvias Mann, Vito Di Natale, der von Sizilien in den Norden gekommen war in der Illusion, er könne hier seine Träume verwirklichen. Gute Ideen erstickten im Norden nicht im Filz, hatte er gemeint.

Tarantella schloss die Augen. Einige Minuten später setzte sein Pulsschlag aus.

55

Der Saal war noch voller als bei der letzten Verhandlung. Das Publikum war wieder in zwei Blöcke geteilt: auf der einen Seite Polizisten und Carabinieri, auf der anderen die Angehörigen und Freunde Marco Clericis. Seit zwei Stunden spielte sich ein scheinbar sinnloses Spektakel ab, das allein Amanda und Paolo Palombo, der Anwalt der Familie Clerici, durchschauten.

Wieder waren detailreiche medizinische Gutachten vorgetragen worden, die zu den immer gleichen Schlüssen kamen. Die von den Polizisten bestellten Gutachter blieben dabei, dass ein starker physischer Stress in Kombination mit Alkohol und Marihuana bei

Marco Clerici zu einem tödlichen Kreislaufkollaps geführt habe. Worin dieser starke physische Stress bestand, ließen sie, trotz der dokumentierten Schlagverletzungen und Würgemale, im Dunkeln. Die von den Nebenklägern bestellten Gutachter listeten eben diese Verletzungen auf: das von Hämatomen entstellte Gesicht des Opfers, die zahllosen Striemen auf allen Extremitäten und auf dem Brustkorb, die Male im Kehlkopfbereich. Sie legten den Schluss nahe, dass die Gewaltanwendung der Polizisten ursächlich für den Tod des Jungen verantwortlich war.

Und nun kam die Phase, die Marcos Freunden und Angehörigen wie Hohn vorkommen musste. Die drei Polizisten wurden gehört. Sandro Massari, Stefano Catozzo und Antonino Pulla redeten, in jeweils fast identischem Wortlaut, von einer »beispielhaft, in Einhaltung aller geltenden Dienstanweisungen, durchgeführten Aktion«. Sie hätten Marco Clerici gegen halb drei Uhr auf der Straße in verwirrtem Zustand angetroffen, Hilfe angeboten und gleichzeitig zur Identifizierung um seine Papiere gebeten. Daraufhin habe der Junge angefangen, sie zuerst verbal und dann körperlich anzugreifen. Er habe wie ein Wahnsinniger um sich geschlagen, sei auf einen Einsatzwagen gesprungen und habe Schlag- und Tritttechniken asiatischer Kampfsportarten zur Anwendung gebracht. Zum Beweis wurden Fotografien von Verletzungen der Polizisten vorgelegt. Darauf sah man gerötete Hautstellen, Blutergüsse und Abschürfungen, in starker Vergrößerung.

Die Polizisten redeten fast eine Stunde lang, wobei ihre Verteidiger ihnen mit wohlwollenden Fragen eine bequeme Spur legten, auf der sie lächelnd und selbstsicher dahinwandelten.

Um Amanda herum kochte das Blut. Marcos Freunde, vor allem die Fangruppen der SPAL, zischten Flüche und Schmähungen. Susanna Clerici, Marcos Mutter, ertrug dagegen mit bewundernswerter Gelassenheit die Selbstzufriedenheit der Männer, die ihrer (und nicht nur ihrer) Meinung nach ihren Sohn getötet und im Laufe des Prozesses süffisante Anspielungen auf ihre unzulänglichen Erziehungsmaßnahmen von sich gegeben hatten. Seit vier Jahren erduldete sie den Zynismus, und jetzt wartete sie, manchmal nach der Hand ihres Mannes greifend, der schweigend und wie geistesabwesend neben ihr saß, scheinbar unbekümmert darauf, dass die drei Polizisten in die Falle gehen würden. Aber Amanda wusste, dass diese Falle nicht einrasten konnte. Sie überlegte, ob sie Susanna, die Frau, die sie wie eine Tochter behandelt hatte, die ihr sogar angeboten hatte, in Marcos leeres Zimmer zu ziehen, wenn sie es bei sich zu Hause nicht mehr aushielt, einweihen sollte. Aber sie hatte den Mut nicht.

Nun war die Reihe an Carlo Palombo, dem Anwalt der Clericis, die Angeklagten zu befragen. Er begann mit Sandro Massari, dem mit 35 Jahren ältesten des Trios. Der Brigadiere war ein kräftiger Mann mit Bauchansatz, der wortwörtlich wiederholte, was er schon vorher gesagt hatte: Sie hätten einen beispielhaften Einsatz durchgeführt, exakt nach den Regeln des

Polizeidienstes. Sie hätten dem armen Burschen helfen wollen und zum Dank Prügel bezogen.

Carlo Palombo war ein Mann, den jahrzehntelanger Nikotingenuss geformt hatte. Seine Stimme war rau, seine Zähne waren gelb, seine Haut war wenig durchblutet, aber seine kleinen Augen blitzten. »Entschuldigen Sie mich, wenn ich Sie unterbreche«, sagte er zu dem Polizisten, »ich würde Ihnen gerne weiter zuhören, aber ich fürchte, der Richter verliert gleich die Geduld.«

»Wenn ich die Geduld verliere, sage ich selbst Bescheid«, warf der Richter ein.

»Sie haben uns ausführlich von den Verbalattacken Marco Clericis berichtet. Können Sie uns sagen, was seine letzten Worte waren? Laut gerichtsmedizinischem Gutachten verstarb Marco gegen 3.30 Uhr. Wann hat er das letzte Mal etwas gesagt, und was war das?«

Der Polizist zuckte mit den Achseln. »Ich habe nicht auf die Uhr gesehen.«

»Würden Sie für uns die Uhrzeit schätzen?«

»Kann ich nicht«, antwortete der Polizist.

»Dann sagen Sie uns doch wenigstens, was Marco als Letztes von sich gegeben hat.«

»Na, seine Beschimpfungen.«

»Welcher Art?«

»Ihr Drecksbullen, Faschistenschweine. Ich bringe euch um, solche Sachen halt.«

»In welcher Lautstärke?«

»Er brüllte wie ein Verrückter.«

Der Verteidiger rückte seine Lesebrille zurecht, schaute den Angeklagten an und ließ dann seinen Blick durch den Saal kreisen. »Ich möchte kurz Ihre Angaben zusammenfassen. Marco Clerici schrie aus vollem Hals Beleidigungen in Ihre Richtung, und gleich darauf starb er.«

»Ich habe nicht gesagt: gleich darauf.«

»Wie auch immer: So lange er Energie hatte und sich äußern konnte, war sein einziger Antrieb Hass gegen die Polizei.«

Der Polizist nickte. Der Verteidiger ließ den nächsten Angeklagten in den Zeugenstand rufen. Stefano Catozzo, 31 Jahre alt. Der Mann ähnelte seinem Kollegen in Statur und Gebaren. Der Anwalt stellte dieselben Fragen, es kamen dieselben Antworten. Marco Clericis letzte Wort waren: »Drecksbullen, Faschistenschweine.« Dann war der letzte der drei angeklagten Polizisten an der Reihe. Antonino Pulla, ein 26-jähriger Sizilianer, Vicebrigadiere, der erst kurz vor Marcos Tod nach Ferrara versetzt worden war. Er wirkte ein wenig unsicher, auch wegen seines süditalienischen Akzents. Wenn er versuchte, Hochitalienisch zu reden, knallten die Konsonanten noch lauter hervor.

Der Anwalt stellte wieder dieselben Fragen. Publikum und Richter wurden unruhig. Die Polizisten konnten wieder und wieder darstellen, wie sie Opfer beleidigender Ausfälle von Seiten eines unter Alkohol- und Drogeneinfluss stehenden Jugendlichen wurden. Was bezweckte Palombo mit dieser Taktik? Er brachte den Richter und den ganzen Saal gegen sich auf. Nur die Polizisten waren erfreut, dass sie so lange Eigenwerbung machen durften.

»Was waren Marco Clericis letzte Worte?«, fragte er zum soundsovielten Mal.

»Drecksbullen, Arschlöcher, Faschisten …«

»Herr Verteidiger«, sagte der Richter, »Sie waren vorhin so freundlich, auf unser aller Langmut anzuspielen. Ich denke, Sie haben diesen nun ausreichend in Anspruch genommen. Falls Sie keine neuen Fragen an die Angeklagten haben, würde ich bitte gerne zum Abschluss kommen.«

Der Verteidiger nickte. »Vorher habe ich noch einen Antrag zu stellen.«

Der Richter lupfte die Brauen. »Jetzt?« Er sah auf die Uhr. »Wir haben bereits die anberaumte Zeit um sechzig Minuten überschritten. Auch Ihretwegen.«

»Ich bitte um die Anhörung eines zusätzlichen Zeugen.«

Es war so weit. Die Falle sollte zuschnappen. Aber Amanda wusste, als Eindruck würde die Eigenwerbung der Polizisten haften bleiben und einer Gegenpartei, die dem nichts entgegenzusetzen hatte. Denn Amanda war am Morgen erwacht, in einer leeren Wohnung.

Der Alte hatte sich in der Nacht aus dem Staub gemacht und nur einen Zettel hinterlassen: »Ich schaffe es nicht. Tut mir leid.« Tut mir leid, dachte Amanda bitter. Seit vier Jahren tut es dir leid, dass du nur ein alter, schwacher Mann bist, der es aber schafft, sich mitten in der Nacht, mitsamt seinem Hund, lautlos aus der Wohnung zu schleichen. Vorbei an Amanda, die ihn beschützen wollte.

»Wie bitte?«, sagte der Richter. »Sie machen mir Spaß. Sie hatten Gelegenheit, sämtliche Zeugen der Verteidigung rechtzeitig zu benennen.«

»Dies war bei diesem Zeugen leider nicht möglich.«

»Warum nicht?«

»Weil er sich erst heute zur Aussage durchringen konnte. Und diese Aussage wird nur wenige Sekunden in Anspruch nehmen. Der Zeuge hat den letzten Satz gehört, den Marco Clerici von sich gegeben hat.«

Der Richter runzelte die Stirn. »Wer ist dieser Zeuge?«

»Arturo Boccafogli.«

Ein Raunen ging durch den Saal. Jeder kannte diesen Namen. Arturo Boccafogli war der alte Mann, der in einer ersten Befragung durch Beamte und Journalisten angegeben hatte, er habe die Szenerie in der Tatnacht vom Fenster aus beobachtet. Er habe Schreie gehört und Schemen über dem wehrlos am Boden liegenden Marco gesehen. Diese Aussage hatte er kurze Zeit später zurückgezogen. Er habe sich Publicity verschaffen wollen, gab er als Grund für seine erste Version an, die Mutter des Jungen habe ihm leid getan.

Der Richter lehnte sich in seinen Sessel zurück und sah noch einmal auf die Uhr.

»Wo ist der Mann?«

»Er wartet vor dem Saal.«

Er wartete nicht vor dem Saal. Aber das wusste nur Amanda. Der Richter schüttelte den Kopf. »Trotzdem, das sprengt den Rahmen unseres Verhandlungstages.«

Das Publikum fing zu murren an. »Also doch ein Polizeistaat. Die Bullen decken einander. Und wenn das nicht mehr reicht, decken die Richter die Bullen«, zischte jemand, »Eine Krähe hackt der anderen kein Auge aus«, rief jemand anderes. Der Richter hatte es gehört. Und Amanda schöpfte noch einmal Hoffnung. Wenn der Richter jetzt die Sitzung vertagte, dann gab es noch eine Chance. Vielleicht würde Amanda Boccafogli rechtzeitig aufspüren. Dann wären all die Monate, all die Nacht- und Tagschichten bei *Ex* nicht umsonst gewesen. Sie dachte daran, wie sie sich in Tarantellas Büro vorgestellt hatte, wie sie sich ganz allmählich durch die verschiedenen Initiativen gearbeitet hatte, wie man sie für den Straßenstrich einteilte, und sie dachte: Ich verschwende hier meine Zeit.

Sie drehte sich um und versuchte, Marcos Freunde aufzuwiegeln. Je lauter sie wurden, desto größer die Wahrscheinlichkeit, dass die Sitzung abgebrochen wurde.

Carlo Palombo sah verwundert zu Amanda und sagte schnell: »Entschuldigen Sie, wenn ich insistiere. Es war nicht so leicht, Herrn Boccafogli davon zu überzeugen, dass seine Aussage unverzichtbar und er gleichzeitig keiner Gefahr ausgesetzt sei. Seine Nerven haben in den letzten Jahren gelitten. Ich finde es bewunderungswürdig, dass er die Kraft aufgebracht hat, sich dieser schweren Verantwortung heute zu stellen. Ich weiß nicht, ob wir dies ein zweites Mal von ihm verlangen können.«

»Das können wir, das können wir, glauben Sie mir, Herr Anwalt. Unsere Bürger sind, wie Sie wissen, dazu verpflichtet, jederzeit zur Wahrheitsfindung beizutragen, wenn sie in einer Strafsache sachdienliche Angaben machen können.«

»Geben Sie mir eine Minute«, sagte der Anwalt.

Der Richter bekam einen eckigen Kiefer. Er wusste nicht, ob er den impertinenten Anwalt zusammenstauchen oder gar offiziell zur Ordnung rufen sollte. Dann ließ er sich gegen die Lehne fallen und sagte: »Ihrem Antrag wird stattgegeben.«

Schlagartig war Ruhe im Saal. Der Richter gab einem Justizbeamten ein Zeichen. Dieser verließ den Verhandlungssaal. Amanda ließ sich in den Stuhl sinken und wünschte sich weit weg. Drei Minuten später kam der Beamte zurück, neben sich einen schmächtigen Mann mit schütterem Haar und gebeugter Haltung. Arturo Boccafogli. Er hatte dunkle Augenringe, zitterte und wagte kaum, den Blick zu heben. Nachdem er vereidigt worden war, trat er in den Zeugenstand, wo er sich mit beiden Händen festklammerte. Amanda war fassungslos. Wo kam er jetzt her? Wer hatte ihn gefunden?

Der Anwalt stellte ihm die ersten Fragen. Boccafogli beschrieb, wo seine Wohnung und seine Fenster lagen. »Und haben Sie in der besagten Nacht etwas beobachten können, was diesem Gericht bei der Wahrheitsfindung helfen kann?«

Boccafogli nickte.

»Was?«

»Der Junge lag auf dem Boden und winselte.«

»Konnten Sie Worte verstehen?«

»Helft mir, oder so ähnlich. Ich kann nicht mehr.«

»Wie ist es möglich, dass Sie, entschuldigen Sie, aber Sie haben bereits ein gewisses Alter, über die Straße hinweg einzelne Worte verstehen konnten?«

»Mein Fenster war offen. Es war eine der ersten warmen Nächte. Und mein Gehör hat im Alter nicht gelitten.«

»Was geschah danach?«

»Jemand kauerte auf dem Jungen.«

»Und was tat dieser Jemand?«

»Ich sah nur einen Schlagstock, der immer wieder niederging.«

Susanna Clerici fing zu schluchzen an. Aus dem Block der Fußballfans kam bedrohliches Knurren. Der Richter mahnte zur Ruhe.

»Konnten Sie den Beamten erkennen?«

Arturo Boccafogli verneinte.

»Sie wissen also nicht, ob er hier anwesend ist?«

»Nein.«

»Warum sagen Sie erst heute aus.«

»Man hat mich bedroht.«

»Wer?«

»Das weiß ich nicht.«

»Können Sie die Art der Bedrohung schildern?«

Boccafogli erzählte von nächtlichen Anrufen und vom Besuch der drei vermummten Männer mit ihren Baseballschlägern.

Der Anwalt bedankte sich und bat den Richter darum, eine Tonaufzeichnung vorspielen zu dürfen. Der

Richter war sichtlich verwirrt. Die Aussage Boccafoglis hatte auch ihn beeindruckt. Ehe er richtig über die Prozessordnung nachdenken konnte, hatte er bereits genickt.

Der Anwalt gab dem Techniker eine CD, und alle warteten, während der Verstärker leise brummte, auf den Ton. Man hörte zuerst das Krachen einer gestörten Funkverbindung, dann eine blecherne Stimme: »Ja, hier Hecht 81.« – »Probleme? Wieso meldet ihr euch nicht?« – »Nein, keine Probleme.« – »Was ist mit der besagten Person?« – »Im Moment nicht vernehmungsfähig.« – »Wieso?« – »Pulla hat ihn ein bisschen hart rangenommen.«

»Dieser Funkspruch wurde in der besagten Nacht um 3.42 Uhr abgegeben.«

»Wie sind Sie in dessen Besitz gelangt?«, fragte der Richter.

»Über eine anonyme Quelle.«

Der Richter kaute auf seiner Wange, sah auf die Uhr und beriet sich kurz mit den beiden beisitzenden Richtern. Dann rief er Antonino Pulla, den Vicebrigadiere aus Sizilien, in den Zeugenstand.

»Herr Pulla. Wie erklären Sie sich diesen Funkspruch?«

Der junge Beamte war bleich, seine Oberlippe zitterte. Er sah immer wieder zu seinen Kollegen, die ins Nichts starrten. Er stammelte, dass er von seinem Recht auf Verweigerung der Aussage Gebrauch machen wolle. Anschließend rief der Richter Stefano Massari in den Zeugenstand.

»Herr Massari, erkennen Sie die Stimme in dem Funkspruch?«

Der Polizist lächelte dümmlich. Auch wenn sie leicht verzerrt gewesen war, hatte jeder im Saal die Stimme als die seine erkannt.

Dann rief der Richter auch noch Sandro Catozzo auf. »Können Sie sich erklären, wie es zu diesem Funkspruch kam?« Der Beamte schüttelte den Kopf.

Daraufhin vertagte der Richter die Sitzung und ordnete eine vorläufige Festnahme der drei Polizisten an. Wegen des Verdachts auf fahrlässige Tötung.

Ein Jubelsturm brach los.

Arturo Boccafogli stand alleine in dem leeren Raum zwischen Richterpult und Zeugenstand und dachte an seinen Hund, der im Hof des Gerichtsgebäudes angebunden war und winselte.

56

Lunau trat auf die Straße, sah sich um, sah die roten Ziegel, die ockerfarbenen Fassaden, die warmen Erdtöne, die im Abendlicht ihre Hitze abstrahlten. Er sah das alles vielleicht zum letzten Mal. Er versuchte, sich über den Ausgang des Verfahrens zu freuen, aber es fiel ihm schwer. Er dachte an Sara, und er dachte an Tarantella, der ihn so getäuscht hatte. Wieviel würde man jemals über den Einfluss des Organisierten Verbrechens erfahren? Es nahm Einfluss auf die Politik in Italien, und es wusch sein Geld in Deutschland, in der

Schweiz und überall sonst in den sogenannten fortschrittlichen Demokratien. Und wo man Geld wusch, hatte man Macht.

Während Lunau die Menge beobachtete, die aufgeregt palavernd aus dem Gerichtsgebäude strömte, fasste ihn jemand am Jackettärmel. Es war Joy. Sie trat vor ihn hin, in einem knappen Kleid, das ihre glatten, schlanken Beine zeigte. »Tut mir leid, was meinetwegen passiert ist. Aber ich wollte mich trotzdem bei Ihnen bedanken«, sagte sie.

Lunau betrachtete das strahlende Gesicht mit den vollen Wangen und den fast unheimlich weißen Augäpfeln. »Sie trifft keine Schuld.«

Amanda war hinter Joy aufgetaucht. Ihre Wangen glühten.

»Glückwunsch«, sagte Lunau und sah sich nach Susanna Clerici um. Er hatte sie im Mai zum Tod ihres Sohnes befragt und war tief beeindruckt gewesen von ihrer Haltung. »Es gibt nichts Schlimmeres, als ein Kind zu verlieren. Jeder muss für sich selbst entscheiden, wie er damit umgeht«, hatte sie gesagt. »Wir haben entschieden zu kämpfen.«

»Danke«, antwortete Amanda. »Kommst du noch mit, ein Glas trinken?«. Er schüttelte den Kopf. »Mein Flugzeug geht in wenigen Stunden.«

»Immer noch der alte Langweiler.«

Er hätte sie gerne gefragt, ob sie nur bei *Ex* angeheuert hatte, um an Arturo Boccafogli heranzukommen, aber angesichts von Joy ersparte er sich diese Taktlosigkeit.

Das Mädchen umarmte ihn und gab ihm zwei Küsse. »Michael ist verhaftet«, sagte sie.

»Joy hat Anzeige erstattet«, ergänzte Amanda.

»Glückwunsch zu Ihrem Mut«, schloss Lunau. Er sah Amanda an. Und ihren Vater. Mit einem zuversichtlichen Lächeln schaute Adelchi Schiavon auf die Gruppe herab.

»Er wird Mühe haben, weiterhin seine Anzeigenkampagnen zu finanzieren, ohne Tarantella«, sagte Lunau.

Amanda drehte sich um, sah das Plakat und lachte.

»Glaubst du, er wusste Bescheid über seinen Sponsor?«, hakte Lunau nach.

Amanda verdrehte die Augen. »Wir würden gerne feiern. Wenn du ein Glas mit uns trinkst, freuen wir uns, aber verdirb uns nicht die Laune.«

Er lächelte und küsste Amanda auf die Wangen. Plötzlich wurde ihm klar, dass er keinen Grund mehr hatte, nach Ferrara zurückzukommen. Und daher küsste er sie noch einmal auf den Mund. Sie wich erstaunt zurück, und das versetzte ihm einen Stich.

Als Lunau den Autoschlüssel aus der Tasche holte und auf die Fahrertür seines Leihwagens richtete, trat ihm Silvia in den Weg. Er hatte Mühe, sie wiederzuerkennen. Sie war blass, die Krähenfüße um die Augen ließen sie zehn Jahre älter aussehen.

»Hallo«, sagte Lunau. Er fühlte sich schuldig, er fühlte sich ohnmächtig, aber trotzdem freute er sich, Silvia zu sehen. Ihr Anblick hatte immer denselben Effekt und würde ihn auch in vierzig Jahren haben.

»Warum lächelst du?«, fragte sie. »Freust du dich über den Ausgang des Prozesses?«

»Nein, ich freue mich, dich zu sehen. Warst du im Saal?«

Sie schüttelte den Kopf.

»Was machst du dann hier?«

»Ich habe vermutet, dass du da bist. Und dass du bei deinen beiden Freundinnen bist.«

Sie machte eine Geste Richtung Enoteca, in der die beiden Mädchen verschwunden waren. Er zog es vor, nicht zu antworten.

Auch sie schwieg. Dann hob sie den Kopf und blickte ihm direkt ins Gesicht. Er sah ihre vollen Locken, roch den Duft ihrer Haut. Ihre Augen waren feucht, und dann fingen die Tränen an zu laufen. Sie ruderte mit der rechten Hand, ballte eine Faust und schlug damit wie mit einem Hammer auf einen imaginären Holzpflock. Dieselbe Bewegung, die Lunau an Amanda beobachtet hatte.

»Du fliegst zurück?«, fragte sie.

Er nickte.

»Wann?«

»Jetzt.«

Sie setzte zum Sprechen an, biss sich auf die vollen Lippen und setzte wieder an. Lunau spürte das Bohren in seinem Magen. Er hätte sie fast an seine Brust gezogen, aber damit hätte er wahrscheinlich alles kaputt gemacht.

»Mirko hat Sara ein Video gezeigt, das er mit meinem Handy gedreht hat.«

Lunau schaute Silvia immer noch an. Die Nasenflügel, die schwarzen Wimpern. Er hatte Mühe, ihr zuzuhören.

»Als sie deine Stimme gehört hat, hat sie plötzlich etwas gesagt. Nur einen Satz, wir haben ihn nicht verstanden, aber die Psychologin meint, das könnte ein Anfang sein.«

57

Sara saß auf Mirkos Bett und sah, wie sich der Kopf ihres Bruders über dem weißen Blatt bewegte. Er lag auf dem Bauch, die Arme angewinkelt, und seine rechte Hand, die einen Filzstift umklammert hielt, zuckte mit irrsinniger Hast. Der Stift hinterließ auf dem Blatt blutige Spuren. Und sie wusste, dass auch der Kopf, den er knapp über dem Papier hielt, voller Blut war.

Der Vater war tot, die Mutter war gegangen, und bald würde auch Mirko nicht mehr da sein. Sie alle würden in der Erde vergraben oder verbrannt werden. Und es stimmte nicht, dass man einander wiedersah. Man war tot, und dann blieb man tot und alleine für immer.

Vorher wollte sie ihn noch einmal rufen, auch wenn es keinen Sinn hatte. Aber kein Laut kam über ihre Lippen. Immer wieder nahm sie Anlauf, wollte sich zu ihm beugen, doch eine Hand riss sie zurück, eine Stimme, SEINE Stimme, verbot ihr, den Bruder zu berühren. So wie Mirko sie nicht mehr berührte.

»Zehn Minuten, nur zehn Minuten«, hatte die Mutter gesagt, aber sie hatte gelogen, wie immer. Stunden waren vergangen. Es war Nacht geworden und Tag, und dann wieder Nacht. Sie hatte das Haus verlassen, sie hatte Sara verlassen, mit einer freudigen Begeisterung hatte sie draußen die Autotür zugeworfen, sie hatte gar nicht schnell genug wegkommen können, so hatten die Reifen gequietscht. Vielleicht war sie gegen eine Mauer gefahren und hing mit zerschmettertem Gesicht in ihrer Windschutzscheibe. Windschutzscheibe, dachte sie und horchte lange dem Wort in ihrem Kopf nach. Ein komisches Wort, ein dummes Wort.

Wer brauchte schon Schutz gegen Wind, wenn er Auto fuhr? Und wer brauchte all diese Wörter? Halfen sie vielleicht?

Mirko sah auf und grinste sie blöde an. Wusste er nicht, dass sie in diesem Haus verhungern würden? Auch wenn sie gar keinen Hunger mehr hatten?

Da hörte sie die Reifen auf der Bordsteinkante und eine Tür, die zuschlug, dann noch eine Tür. Der Schlüssel in der Haustür war nicht der Schlüssel der Mutter. ER war zurückgekommen. Mirko, wollte sie sagen. Hörst du IHN nicht kommen? ER wird ins Zimmer treten und uns mitnehmen. Oder wird ER dich wieder verschonen? Mirko fuhr weiter über das Blatt und hörte nichts. Jetzt sprang er auf und ging IHM entgegen. Ahnungslos lief er die Treppe hinab. Oder war er gar nicht so ahnungslos?

Die Zimmertür ging auf, blieb offen stehen. Sie wünschte, sie wäre zu, sie wünschte, sie könnte sich die Decke über den Kopf ziehen und verschwinden, aber dazu hätte sie sich bewegen müssen.

Eine Stimme, die wie die Stimme der Mutter klang, so wie im Märchen vom bösen Wolf. Mirko kam zurück.

Die Schritte waren schwer und bedrohlich. Viele Füße gleichzeitig, von gewichtigen Männern.

Und dann stand die Mutter in der Tür und lächelte, als ob Sara nicht wüsste, dass sie eine Lügnerin war und IHM den Weg bereitete.

Ihr Atem, ihre warme Haut, nach der sie sich einmal so gesehnt hatte. In dem anderen Raum, mit dem Heizungsrohr und der schweren Tür. Damals war sie nicht dagewesen, wie immer, wenn es darauf ankam. Aber dieser Atem und diese Wärme fuhren ihr in Glieder und Brust. Sie wollte sprechen, sie wollte schreien, aber es ging nicht.

Der Mann neben der Mutter war blond, hatte gelocktes Haar, sein Gesicht war entstellt. Es lächelte, dieses Gesicht, als spürte es keinen Schmerz. Seine Stimme ertönte, und sie klang sanft und wohlig, obwohl er die Konsonanten ungelenk aussprach. Es war die Stimme, die ihnen Geschichten erzählt hatte, die Stimme von Kaspar, der ihr die Strandtasche gepackt, Essen gekocht und Zappaterra gefangen hatte. Hatte er auch IHN gefangen?

Er lächelte, und die Mutter lächelte, und da brach plötzlich etwas heraus aus Sara. Ein Heulen hing im Raum, zog in ihren Schultern und in ihrem Nacken. Aber dieses Heulen, das aus ihr brach, hauchte allem Leben ein.

Sie spürte die Arme, die sich um sie schlangen. Die Mutter lachte und weinte und lachte, und Kaspars glatte, starke Unterarme lagen um sie, weich wie ein Pelzkragen und fest wie ein Panzer.

»Hast du IHN gefangen?«, fragte Sara.

Zwei Stunden später lagen sie noch immer zu viert auf dem Boden und sahen, wie erste Schatten auf die Zimmerdecke fielen. Niemand sprach, bis Sara etwas in ihrem Bauch spürte, das ihr gleichzeitig unangenehm und angenehm vertraut vorkam.

»Mamma, ich habe Hunger«, sagte sie. Kaspars Arme fuhren behutsam unter ihr Gesäß und hoben sie hoch. Sie schwebte die Treppe hinunter wie auf einer Sänfte, und sie erkannte: das Haus, in dem sie sich aufhielt, war ihr Zuhause.

Mein Dank gilt

Giovanna De Simone und Donna Giustizia für den Einblick in die Straßenarbeit,

Eris, Marco und Juri Gianella, Ruggero Ruggeri, Francesco Paesanti für die Informationen zur Muschelzucht in Goro,

Meseret, Abdallah, Veris und all den anderen Asylsuchenden für ihre Offenheit,

dem in Unterhose vor seiner verschlossenen Wohnungstür stehenden John Gilmore, der mich dazu zwang, zum Einbrecher zu werden,

Matthias Manzke, Anna Mozer und Manne Schäfer, die mit ihren Kommentaren und Küchentischen in Pankow und Mitte eine stetige Hilfe beim Schreiben waren,

Kirstin Scherner, die als meine erste Leserin wertvolle Hinweise gab,

und Giulia, Claudio und Lorenzo, ohne die alles sinnlos wäre.

DIANA FIAMMETTA LAMA
Eine Leiche zu Ferragosto
Maresciallo Santomauro fischt im Trüben
Kriminalroman
Aus dem Italienischen
von Esther Hansen
335 Seiten
ISBN 978-3-7466-2634-5
Auch als E-Book erhältlich

Sonne, Strand und eine wunderschöne … Leiche

Mit der Sommerruhe des malerischen Örtchens Pioppica ist es jäh vorbei, als am Strand eine Frauenleiche gefunden wird. Bedauernd verlässt Maresciallo Santomauro seine einsame Bucht, in der er melancholischen Erinnerungen nachhängt, und macht sich an die Arbeit. Der Dorfklatsch liefert bald erste Hinweise: Unter den »Freunden« der Toten – einer Clique reicher Städter – scheint es nicht einen zu geben, dem ihr Ableben nicht zupass käme.

»Wie Montalbano, der Santomauros Cousin sein könnte, verlässt sich der Maresciallo auf seinen guten Spürsinn und die natürliche Neugier des Menschen.« CORRIERE DELLA SERA

»Wer das Cilento kennt, dem werden seine Farben, seine Gerüche, seine zauberhaftesten Gegenden vor dem inneren Auge lebhaft wiederauferstehen.« LA REPUBBLICA

Mehr Informationen erhalten Sie unter www.aufbau-verlag.de oder in Ihrer Buchhandlung

atb aufbau taschenbuch

KATHARINA HÖFTMANN
Die letzte Sünde
Kommissar Rosenthal ermittelt in Tel Aviv
288 Seiten
ISBN 978-3-7466-2854-7
Auch als E-Book erhältlich

Stadt im Fieber

Tel Aviv – die Metropole der Sünde im Heiligen Land. Hier ermittelt Kommissar Assaf Rosenthal, ein ehemaliger Armeeoffizier, der Menschenfreund, Zionist, Frauenheld und liebenswertes Muttersöhnchen zugleich ist. Als eine junge Frau an einer Sprachenschule erdrosselt aufgefunden wird, scheint der Täter schnell gefunden: Ein junger Afrikaner wurde zuletzt mit der Toten gesehen. Doch dann findet Rosenthal heraus, dass das Mädchen eine Prostituierte war und den Namen Sulamith trug – »die schönste aller Frauen«. Plötzlich scheinen andere verdächtig: Die Spur führt zu den Zuhältern und Drogenbossen der Stadt.

»Spannend und unerwartet – ein Blick hinter die Fassaden des modernen Israels.« BUCH MAGAZIN

Mehr Informationen erhalten Sie unter www.aufbau-verlag.de oder in Ihrer Buchhandlung

atb aufbau taschenbuch